KB103091

비나이다 비나이다

◆신도윤 장편소설

비나이다 비나이다

한끼
Han kc

차례

0. 화마

0. 화마

자식을 잃은 부모의 마음이 타오르는 불처럼 전신을 태워버리는데 비해 부모를 잃은 자식의 마음은 그리 극적이지 않다. 그저 수면에 돌멩이를 던진 것처럼 퍼져나갈 뿐이다. 수면에 파문이 일 때마다 나는 우리 가족을 덮친 화염에 대해 떠올렸다.

그때 나는 무슨 일이 일어나는지도 모른 채 편히 자고 있었다. 눈을 뜬 건 동생이 화장실에 가고 싶다며 내 팔을 흔들었을 때였다. 당시 동생은 '변기에 숨어 엉덩이를 노리는 괴물'이 무섭다며 항상 같이 가자고 졸라대곤 했다. 동생이 바지를 적시면 혼나는 것은 나였기에 앞장서라고 말했다. 동생은 뭐가 그리 좋은지 실실대며 문고리를 잡았다.

"앗, 뜨거워!"

동생은 화들짝 놀라 문고리를 잡은 손을 놓더니 이내 목청껏 울어댔다. 동생의 손에는 잔뜩 물집이 잡혀 있었다. 잠기운이 단번에 달아났다.

문을 자세히 살피니 문틈에서 시커먼 연기가 들어오고 있었다. 누군가 거실에서 쥐불놀이라도 하지 않는 이상 집에 불이 난 것이 확실해 보였다.

방에는 타기 좋은 이불과 책, 옷가지밖에 없었다. 어떻게 문을 연다고 해도 문 너머에는 불길이 도사리고 있을 것이다. 학교에서도 불이 났을 때는 비상구로 대피하라고만 했지 방 안에 갇혔을 때 어떻게 할지는 말해주지 않았다. 그럴 때는 일찌감치 포기하라는 선생님만의 조언이었을 수도 있다.

어디선가 닭이 울어대는 소리가 귀가 찢어질 정도로 크게 들렸다. 잔뜩 겁먹은 동생이 오들오들 떨자, 자는 동안 흐트러진 양갈래 머리에 간신히 매달린 나비 모양 머리끈도 같이 떨렸다.

"오빠. 우리 이제 죽는 거야?"

"그런 소리 하지 마. 죽긴 누가 죽는다고 그래."

유치원생인 동생과 초등학생인 나는 죽음의 무게를 알기에 너무 어렸다. 그저 닭의 울음소리가 머리털이 쭈뼛 설 만큼 무섭다는 것과 동생의 손에 잡힌 물집이 내 몸을 뒤덮을 예정이라는 것, 그리고 더는 '포켓몬스터'를 볼 수 없다는 것만 알았다.

연기가 천장을 가득 메우고 우리는 더욱 가까이 붙었다. 우리가 의지할 수 있는 것이라고는 서로의 체온뿐이었다. 동생과 사이가 썩 좋은 편은 아니었지만 문득 앞으로는 더욱 잘해줘야겠다는 생각이 들었다. 우선 한동안 손이 불편할 테니 옆에서 도와줘야지.

화장실도 같이 가주고.

그때 집 안이 아닌 창문 밖에서 고함 소리와 소란스러운 대화 소리가 들렸다. 불이 난 우리 집을 보고 사람들이 모여든 모양이었다. 당연히 지금쯤이면 119는 불렀겠지만 남은 시간이 그리 많은 것 같지는 않았다.

동생과 함께 목이 터져라 소리 질렀다.

"살려주세요. 저희 여기 있어요!"

"얘들아. 너희 거기 있니?"

옆집 박씨 아주머니가 슬리퍼만 신은 채 우리를 찾았다. 하굣길에 마주치면 항상 과자를 쥐여줘서 동생이 과자 아줌마라고 부르는 사람이었다.

"네, 저희 2층에 있어요. 저희 좀 여기서 꺼내주세요."

"거기 창문은 안 열리니?"

나는 잽싸게 옷장에 있던 옷으로 손을 감싸고 창문을 열려고 했다. 그런데 왜인지 아무리 힘을 줘도 열리지 않아 틀렸구나, 낙담할 때 옆에서 보고 있던 동생이 잠금장치를 열었다. 이런 바보 같은 실수를 하다니. 동생의 머리를 한 번 쓰다듬고는 박씨 아주머니에게 소리쳤다.

"열었어요. 이제 어떻게 해요?"

"우리가 집 안에 들어갈 수는 없어. 소방차도 부르긴 했는데 늦을 수도 있어. 거기서 뛰어내리면 내가 아래에서 받아줄게."

"여기서요?"

아래를 보자 그리 높은 것 같지 않아 씩씩하게 나섰지만, 창틀에 올라서니 높이가 갑자기 두 배로 늘어난 것처럼 보였다. 2층 높이이긴 해도 머리부터 떨어지면 죽을 수도 있다. 목이 꺾여 죽는 것보다는 연기를 들이마시고 죽는 편이 고통 없이 죽지 않을까.

동생은 뒤에서 눈물이 가득 맺힌 눈으로 걱정스레 나를 쳐다보고 있었다.

"오빠. 진짜 뛸 거야?"

"모르겠어."

수영장에서 다이빙은 해본 적 있지만 이건 다이빙과 차원이 달랐다. 다이빙은 물로 뛰어내렸지만 지금은 잔디밭으로 뛰어내리는 상황이었다. 잔디가 아무리 푹신해도 내 무게를 버텨줄 것 같지는 않았다. 박씨 아주머니가 잔디보다는 낫겠지만 그래도 나를 제대로 받을 수 있을지 의문이었다. 아주머니의 체형을 봤을 때 손보다 푹신한 배로 받아주는 편이 더 안전할 것 같았다.

"빨리 뛰어. 시간이 없어."

구경꾼 중 누군가 소리쳤다. 그의 말대로 이제 방은 연기로 가득해 눈물이 새어 나왔다. 동생은 자꾸 기침을 해댔다. 동생을 위해서라도 내가 빨리 뛰어야 했다. 그걸 알면서도 아래를 보면 겁이 나서 다리가 가만히 있지를 않았다.

"이제 뛸게요."

멍이 들 정도로 다리를 강하게 때리니 떨림이 잦아들었다. 나는 눈을 감고 단번에 뛰어내렸다. 박씨 아주머니는 나를 두 팔로 받아주었다.

"괜찮으세요?"

나는 아기처럼 두 팔에 안겨 물었다.

"팔이 좀 저리긴 한데 괜찮아. 다친 데는 없니?"

"덕분에 없는 것 같아요. 감사합니다."

나는 박씨 아주머니의 팔에서 내려왔다. 다행히 아주머니의 팔은 나를 받고도 멀쩡해 보였다.

"오빠. 괜찮아?"

"응. 괜찮아."

우리는 더 심해진 닭의 울음소리를 뚫으려 악을 써가며 대화했다.

"너도 빨리 뛰어내려."

내가 동생에게 소리친 것과 동시였다.

화염이 집을 집어삼키며 폭발했다. 누군가 내 어깨를 붙잡고 이끄는 동안 나는 폭발해 버린 집을 멍하니 바라보고 있었다. 부모님이나 동생이 무너진 집의 잔해 사이로 걸어 나오기를 기대했던 것일까. 집을 뒤덮은 화염은 매혹적일 정도로 빨갛게 이글거렸다. 나는 그 불꽃을 용서할 수 없었다.

어깨를 감싸 이끌어준 것은 구급대원이었다. 그사이 도착한 구급대원은 내 몸 상태를 물었다. 연기를 조금 마신 것 빼고는 괜찮다고 하니 일단 구급차에 타라고 말했다.

"잠시만요. 조금 더 기다릴래요."

구급대원은 동정하는 얼굴로 나를 보았다. 나는 울지 않았다. 방금 가족을 잃었다는 것이 도무지 실감 나지 않아서.

이렇게 끝이라고? 학교에 다녀오면 가장 먼저 나를 반겨주던 엄마의 희미한 안도의 미소도, 퇴근한 아빠가 내 얼굴에 억지로 비비던 까칠한 수염도, 화장실에 같이 가자며 졸라대던 동생의 투정도 이렇게 끝인 건가?

나는 무릎을 꿇고 열심히 기도했다. 갑작스러운 행동에 구급대원이 당황한 것 같았지만 상관없었다. 부모님이 무교였으니 나 역시 신에게 빌어본 적은 없었다. 기도를 어떻게 하는지도 잘 몰랐지만 손을 싹싹 비비며 빌었다.

제발 부모님과 동생을 살려주세요. 다 타버린 집까지는 바라지도 않아요. 행복했던 저희 가족을 돌려주세요.

혹시나 하는 기대감을 갖고 눈을 오랫동안 질끈 감았다 떴다.

불은 집을 거세게 태우고 남은 잔해마저도 긁어모아 먹어치우는 중이었다. 소방관들이 호스로 열심히 물을 뿌렸지만 역부족인 모양이다. 이래서야 시체도 못 찾겠다며 누군가 혀를 차는 소리가 어렴풋이 들렸다.

냅다 무릎을 꿇고 신에게 빌고 있는 내가 바보 같았다. 파리처럼 필사적으로 손을 비벼댄 내가 한심했고 신이 원망스러웠다. 못된 장난에 걸려 뼛속까지 농락당한 기분이었다.

밤하늘은 해맑게 빛나고 있었다. 저 멀리 어디선가 신이 지켜보고 있을까. 구름 위에서 아무렇지 않게 지내고 있을 신에게도 뜨거운 불의 맛을 보여주고 싶었다. 구름으로 된 집이 불에 타 허둥지둥하는 꼴을 보고 싶었다. 꽉 쥔 주먹 안으로 손톱이 살을 파고들어 피가 흘렀다. 마비된 것인지 고통은 느껴지지 않아 울지 않았다.

여담이지만, 나와 동생이 들었던 닭 울음소리는 부모님 중 누군가가 내지른 비명 소리였다. 그걸 알게 되었을 때에는 눈물이 불꽃에 모두 타버렸기에 역시 울지 않았다.

1. 발령

1. 발령

지원한 학교에 발령이 났다는 소리를 듣고도 그리 기쁘진 않았다. 지원자가 손에 꼽을 정도로 적었기에 당연한 일이었다. 최대한 빨리 발령받고 싶어 알아본 곳 중 지원율이 제일 적은 곳으로 신청했었다.

주변에서는 창창한 나이인데 벌써부터 그런 곳에 있으면 득 볼 것 없다며 만류했다. 친하게 지냈던 동창 중 한 명은 가족들 보기도 어려울 것이라며 손사랫짓했다. 동창들은 물론이고 누구에게도 가족이 없다는 말은 하지 않았다. 알아봤자 서로 불편하기만 할 것이다.

"괜찮아요. 아무리 시골이어도 요즘 인터넷 안 되는 곳도 없는데요. 어떻게든 되겠죠."

주변에는 그렇게 말하고 다녔다. 어떻게든 되겠죠, 라는 말은 거짓말이었다. 예전부터 도시가 아닌 시골에 가고 싶었다. 인프라가 아무리 잘 되어 있다 하더라도 도시의 공허함과 나는 잘 맞지 않았다. 어릴 적부터 가족 없이 살아온 내게는 시골 특유의 정겨움이 일종의 고향처럼 느껴졌다.

내가 가게 될 학교의 이름은 한사람 초등학교로, 소재지인 한사람 마을과 이름이 똑같았다. 검색해 보니 10년 전에 전교생이 열네 명인 시골 학교를 소개한다는 기사와 몇십 년 전 큰 홍수가 났다는 것 외에는 아무 정보가 없었다. 마을 사진이 있기는 했지만 전부 옛날 사진이어서 도움이 안 되었다.

발령을 축하한답시고 놀러 와 있던 친구가 그 꼴을 보고 말했다.

"진짜 제대로 된 곳에 가는구나."

그는 사람은 한 번쯤 불에 뛰어드는 나방이 되어봐야 한다며 서울에 지원했다. 임용고시도 턱걸이로 통과한 그는 당연히 떨어졌다. 그래도 굴하지 않고 계속 서울로 지원할 것이라고 했지만 머지않아 불나방이 현실과 타협하리란 건 빤해 보였다.

"그래, 고맙다."

"너 진짜 쥐도 새도 모르게 사라지는 거 아냐? 핸드폰 GPS는 계속 켜둬."

"그래. 연락 끊기면 죽은 줄 알아."

지금 사는 곳에 미련도 없었기에 발령이 확정 났을 때부터 이사를 준비했다. 부동산을 알아봤지만 산속 시골까지 꿰고 있는 곳이 없어 마을에 가서 직접 알아봐야 할 듯싶었다. 정 안 되면 모텔에서 하루 이틀 정도는 지내도 괜찮을 것이다.

가진 게 별로 없어 짐을 싸기도 쉬웠다. 이삿짐센터는 부를 필요도 없었다. 짐은 모두 택배 상자 안에 담아 트렁크에 실었다. 유일하게 남아 있는 가족사진은 글러브 박스에 넣었다. 일곱 살 때 놀이공원 앞에서 찍은 사진이었다. 아직도 사진만 보면 생생히 떠오르는 기억이 있다.

두 발로 걸어 다니는 곰을 보고 우는 동생이 귀여우면서도 웃겼다. 나도 아직 어렸지만 진짜 곰이 아닌 인형 탈이라는 것은 알고 있었다. 덕분에 엄마의 다리 뒤에 숨어 벌벌 떠는 동생을 놔두고 혼자서 곰 인형과 악수하는 영광을 누릴 수 있었다.

한사람 마을은 상당히 구석진 곳에 있었다. 지도로 보자면 현미경으로 봐야 겨우 보일 듯 말 듯한 곳이었다. 내비게이션이 없었다면 갈 엄두도 내지 못했을 것이다.

그러나 마을에 다 와갈 즈음에는 믿었던 내비게이션마저 길을 찾지 못했다. 분명 알려준 곳으로 정확히 왔는데 매번 다른 곳에 도착했고, 허허벌판이거나 길이 없는 상황이 반복되었다. 한 번은 공동묘지로 안내한 적도 있었다. 마을만 빼고 근처에 있는 곳은 거의 다 간 것 같아 헛웃음이 나왔다.

어쩔 수 없이 오는 길에 지났던 가까운 마을로 들어섰지만, 이미 밖은 어두워져 사람들도 보이지 않았다. 불빛이 보이는 곳은 다 쓰러져 가는 슈퍼뿐이었다. 영업 중인지 의심스러울 정도로 지붕이 아래로 꺼졌지만 문이 반쯤 열려 있었다. 차를 근처에 대충 세우고, 실례한다는 말과 함께 조심스레 들어갔다.

가게 안도 밖과 다를 것 없었다. 구석에서 거미줄에 걸린 파리 몇 마리가 버둥거렸다. 냉장고의 불빛은 금방이라도 꺼질 것 같았고 진열된 상품들에는 먼지가 쌓여 있었다. 한쪽 벽에는 창고와 연결된 듯한 문이 있었다.

사람은 없는지 가게를 둘러보았다. 그때 느닷없이 창고의 문이 열리고 노파 한 명이 천천히 걸어 나왔다. 노파는 당장이라도 쓰러질 것 같은 걸음걸이로 카운터에 앉았다. 카운터 위에는 초등학생 정도 되어 보이는 소년의 사진이 있었다. 액자에 끼워진 사진이 누렇게 변색된 것을 보니 아들의 어린 시절 사진인 것 같았다. 초등학생인 것 같았는데 소년의 해맑은 미소를 보자 불현듯이 동생이 떠올랐다.

"우리 아들이야. 잘생겼지?"

노파가 갑자기 말을 걸어왔다. 곰보투성이의 주름진 얼굴이 일그러졌다. 기분 나쁘게 킥킥거리는 소리가 벌어진 입술 사이로 새어 나왔다. 얼떨결에 고개를 끄덕이자 노파는 정신을 차린 듯 고개를 가로저었다. 그러자 그녀가 목에 걸고 있던 작은 십자가도 함께 흔들렸다.

"아이고, 미안하네. 자식 자랑도 정도껏 해야 하는데 손님이 온 게 오랜만이라……. 딱 봐도 알겠지만 우리 가게가 사람이 많이 오지는 않아서. 그래서 뭐가 필요해서 왔어?"

"한사람 마을이요. 혹시 어디로 가야 하는지 아시나요? 제가 길을 잃어서요."

노파는 마을 이름을 듣자마자 자리에서 벌떡 일어섰다. 거센 기운이 방금까지 다 죽어가던 사람이 맞는지 의심스러웠다.

"거기는 왜?"

"제가 이번에 그곳으로 발령이 났거든요."

"그런 데는 안 가는 게 좋아. 가봤자 좋을 것 없어. 내 말 들어."

노파는 더 이상 할 말이 없다는 듯이 손을 내저으며 창고로 들어가려 했다. 바깥은 이미 어두워져 더 이상 지체되면 오늘은 차에서 자야 할 판이었다. 나는 지푸라기라도 잡는 심정으로 말했다.

"할머니. 방향이라도 가르쳐주시면 안 될까요?"

노파는 고민하더니 도무지 내키지 않는다는 듯 작게 내뱉었다.

"오면서 표지판 하나 못 봤어?"

표지판이라면 아까 풀숲에 세워진 것을 하나 봤다. 어린애가 썼는지 서툰 글씨로 '곧 있으면 한사람 마을입니다'라고 쓰여 있었다. 기왕 표지판을 놔둘 거면 어디로 가야 하는지도 써놓지.

"그 표지판에서 오른쪽으로 꺾으면 산이 하나 나오는데, 거기 갈림길에서 왼쪽으로 가면 나올 거야."

"감사합니다."

빈손으로 나올 수 없어 먼지가 쌓인 과자 중 아무거나 집어 카운터에 올렸다.

"괜찮아. 그냥 가져가."

"아닙니다. 길을 가르쳐주신 것만으로도 고마운걸요."

"됐어. 그 대신 마을에서 이 슈퍼나 내 얘기는 절대 하지 마. 알겠지?"

노파가 누구인지도 모르니 그녀 얘기는 하고 싶어도 할 수 없었지만 순순히 알겠다고 했다. 그녀의 눈에서는 아까까지만 해도 꺼져가던 촛불 대신 수많은 감정이 휘몰아치고 있었다. 나는 슈퍼를 나와 더 늦기 전에 서둘러 노파가 알려준 길로 향했다.

다시 차에 올라타 노파가 알려준 대로 표지판에서 오른쪽, 산에서 왼쪽으로 꺾으니 길이 점점 좁아졌다. 여기가 맞는지 의심스러웠지만 시간이 늦어 슈퍼로 돌아갈 수도 없었다.

길은 이제 길이 아닌 선에 가까울 정도로 좁아졌다. 선을 따라가니 울타리가 보였다. 울타리 안쪽에 불빛이 여럿인 걸 봐서는 마을을 감싸는 울타리 같았다.

산길이 좁아 여기서부터는 걸어야 했다. 간단히 짐을 챙기고 핸드폰 라이트를 비춰 울타리를 따라 걸었다. 정문처럼 보이는 곳은 안쪽에서 잠겨 있었다. 바깥쪽에는 용무가 있다면 이쪽으로 전화를 하라는 안내문이 붙어 있었다.

안내문에 적혀 있는 대로 걸어보니 중저음의 남자가 전화를 받았다. 용무를 묻기에 한사람 초등학교로 이번에 발령받은 교사라고 하자 잠시만 기다려달라며 전화가 끊겼다. 불빛을 보고 모여든 벌레가 얼굴 주위를 날아다녔다.

10분 정도 지나자 덩치깨나 있는 남자가 다가왔다. 그는 손전등으로 내 몸 이곳저곳을 비췄다. 고작 이 시골 마을에서 이렇게까지 할 이유는 없어 보였지만 장단에 맞춰주었다.

"전화하신 분 맞습니까?"

"네. 문 좀 열어주세요."

탐색이 끝났는지 순순히 울타리를 열어주었다. 덩치는 마을의 이장을 소개해 주겠다며 앞장섰다. 원래 계획대로라면 그냥 값싼 모텔에서 하루 자려고 했지만 내게 거부권은 없는 것 같았다.

"원래 정문은 잠가 두나요?"

적막한 분위기를 깨보려 가볍게 물었다. 덩치의 반응은 가볍지 않았다. 그는 나를 노려보며 조용히 말했다.

"그게 왜 궁금하신가요?"

"그냥, 오늘만 그러신 건지 매일 이러시는 건지 궁금해서요. 이러면 불편하지 않나요?"

"……멧돼지가 나와서요. 저번에도 큰 놈이 산에서 내려와서 난리였어요."

덩치는 중얼거렸다. 누가 봐도 대충 둘러대는 것 같았지만 구태여 파고들지는 않았다. 제대로 된 대답을 듣기는커녕 경계심만 줄게 뻔했다.

그 뒤로는 묵묵히 걷기만 했다. 드디어 덩치가 발을 멈췄다.

"이장님은 여기 계십니다."

그가 나를 안내한 곳은 집이 아닌 교회였다. 마치 유럽에 오기라도 한 듯 도시의 여느 교회보다 서양풍이 흠씬 느껴졌다. 건물의 옆면에 달려 있는 창문은 스테인드글라스로 꾸며져 있었다. 지금까지 본 집들은 죄다 맞추기라도 했는지 하나같이 기와집이었는데. 게다가 크기는 어찌나 큰지, 오리 사이에 껴 있는 백조처럼 어울리지 않았다.

"여기 계신다고요? 혹시 여기서 사시는 건가요?"

내가 묻자 덩치는 무슨 그런 질문이 다 있냐는 듯이 쳐다보았다.

"그런 건 아니고. 아마 기도 중이실 거예요. 자세한 건 저도 몰라요. 여기 계시다고만 들었으니까."

우리는 교회 안으로 들어갔다. 교회 안은 여느 교회가 그렇듯 길쭉한 의자가 양쪽에 열을 맞춰 놓여 있었고 강단에는 목재 단상이 있었다. 단상 뒤에는 등에 날개가 달리고 하얀 가운을 입은 천사들이 정면을 바라보는 벽화가 있었다.

한 남자가 구석에 앉아 있었다. 고개를 숙인 채 두 손을 모으고 기도하는 모습은 어딘가 간절해 보였다. 방해하면 안 될 것 같은 분위기에 우리는 그가 기도를 끝낼 때까지 기다렸다.

"기다리셨죠. 죄송합니다. 할 일이 있어서요."

기도를 끝마친 남자가 다가와 내게 손을 내밀었다. 가까이서 보니 입가와 턱에 수염이 거뭇거뭇하게 났고 눈가에는 주름이 깊게 잡혀 있었다. 눈살을 찌푸리고 있는 건 원래 그런 표정인지 한밤중의 불청객 때문인지 알 수 없었다.

해명을 해야 하나 싶었지만 나도 억울한 부분이 없진 않았다. 일주일 전에 와서 미리 지리나 익혀두려고 했을 뿐, 이런 환영 인사가 있을 줄은 몰랐다.

남자가 먼저 입을 열었다. 다행히 무표정한 얼굴처럼 화가 난 것 같지는 않았다.

"반갑습니다. 저는 이 마을의 이장 겸 목사인 박성호라고 합니다. 이번에 한사람 초등학교 선생님으로 오셨다고요?"

"네. 최이준이라고 합니다. 근무는 다음 주부터지만 집도 알아볼 겸 미리 와봤습니다. 잘 부탁드립니다."

성호, 그러니까 이장은 나를 뚫어져라 쳐다보았다. 이러고 있으니 선생님 앞에 선 꼬마아이가 된 것 같았다.

"오늘은 어디서 주무시려고요?"

"숙소나 여관에서 자려고요. 혹시 추천해 주실 곳이 있나요?"

그는 잠시 생각하더니 천천히 말했다.

"그러지 말고 내가 아는 집이 있으니까 거기서 지내시죠."

"집이요?"

내가 어리둥절해 하자 이장은 헛기침을 했다.

"동네에 사람이 없어서 그런지 빈집이 많거든요. 폐가는 아니니까 걱정하지 마세요. 세도 안 받을 테니까 너무 더럽히지만 마시고요."

"그래도 괜찮나요?"

갑작스러운 제안에 섣불리 대답이 나오지 않았다. 나야 고시원 정도만 아니면 집 크기는 상관없었다. 시설도 마찬가지로 비가 새거나 하지만 않는다면 아무렴 좋았다. 내게는 아무리 봐도 좋은 제안이었다.

지금 처음 본 사이인데 왜 이렇게까지 해주나 의심이 먼저 들었다. 이장도 그런 내 생각을 알았는지 부담 갖지 말라며 말해줬다.

"어차피 숙소 같은 건 저희 마을에 따로 없습니다. 사람이 올 일이 없거든요. 아마 선생님 이전에 손님이 온 적이 거의 1년이 다 돼갈 겁니다."

여기까지 오느라 고생했던 것을 생각하면, 오고 싶었지만 찾지 못해 발을 돌려야 했던 사람들도 분명 있을 것이다.

"알겠습니다. 그래도 집세는 내겠습니다. 제가 불편해서요. 어떻게 드리면 될까요?"

"아닙니다. 빈집을 놔둬봤자 쓸모도 없는데 이렇게라도 써야죠. 대신 아이들 교육에 힘써주세요. 그 편이 집세보다 더 값질 겁니다."

이장은 인자한 목소리로 말했다. 그는 덩치를 다시 울타리로 보내고는 늦은 시간이었지만 내가 살게 될 집까지 직접 안내해 주었다. 가로등이 아예 없어 이장이 들고 온 손전등으로 길을 비추었다.

인적 없는 시골길은 불빛을 비추고 있다고 해도 무언가 튀어나올 것처럼 오싹했다. 귀를 간지럽히는 서늘한 바람이 오싹한 분위기에 화룡점정을 찍어줬다. 이장은 길을 걸으며 한사람 마을의 역사에 대해 설명해 줬지만 전혀 귀에 들어오지 않았다.

대화거리로 적당한 것이 없는지 고민하다가 마을 앞의 표지판이 떠올라 그에게 물었다.

"오는 길에 표지판이 하나 있더라고요. 직접 만드신 건가요?"

"그거요? 서연이라는 아이가 만든 겁니다. 아직 초등학생인데 애가 똑똑해요."

"덕분에 잘 왔네요. 만나면 고맙다고 해야겠어요."

사실 표지판은 거의 도움이 되지 않았다. 도움이 된 건 곧 무너질 것 같은 슈퍼의 할머니였다. 할머니의 이야기를 꺼내기 직전에 그녀가 신신당부하던 말이 떠올라 입을 닫았다. 그녀는 이 마을과 무슨 사이이기에 자신을 꽁꽁 숨길까.

"여기가 앞으로 지내면 되는 집입니다."

이장이 말했다.

빈집이라 해서 더 허물어져 가는 낡은 집을 생각했는데 겉은 의외로 깔끔했다. 다른 집들이랑 비교해 봐도 다를 게 없었다. 물론 안은 다르겠지만 빈집을 관리해 줄 사람은 없을 테니 내부 상태는 바라지도 않았다. 집세도 안 내는 것을 감안하면 오히려 기대하는 편이 배은망덕했다.

"어떤가요?"

"정말 감사합니다. 이렇게 신경 써주실 줄은 생각도 못 했어요."

"이제부터 같이 살 거니까 당연한 거죠. 선생님도 그 사실 잊지 말아주셨으면 좋겠습니다."

이장은 부담 갖지 말고 있으라고 당부하며 돌아갔다. 조심히 들어가라며 배웅하면서도 그의 마지막 말이 귓속에서 맴돌았다. 그 사실 잊지 말아달라니. 왜인지 협박처럼 들리기도 하는 어조였다.

집 안은 폐가임을 증명하듯 벽지가 뜯어지거나 거미줄이 군데군데 쳐져 있었다. 다시 마을 앞 슈퍼로 돌아온 것 같은 착각이 들었다.

거실로 가보니 왜인지 모르겠지만 죽은 쥐 하나가 방 한가운데에 떡하니 누워 있었다. 어디서 쥐약을 먹고 온 건지 입에는 거품을 물고 있었다. 손으로 잡기도 꺼림직해 집 밖까지 축구공처럼 걷어찼다. 쥐 시체는 맥없이 저 멀리 어딘가로 날아갔다.

차에서 짐을 미처 가져오지 않았다는 것이 떠올랐다. 매트리스를 들고 마을을 왕복할 수는 없으니 짐을 가져오려면 차를 통째로 끌고 와야 했다. 내일 이장에게 말해서 울타리를 잠시 열어달라고 해야겠다는 생각을 하며 집을 둘러보니 쓰레기장에서 갓 나온 듯한 베개와 이불이 벽장에 있었지만 곰팡이가 펴 있었다. 이런 걸 베고 잤다가는 머리에도 곰팡이가 생길 것 같았다. 차라리 땅바닥이 나아 보여 한구석을 대충 훔치고 일단 잠을 청했다.

땅바닥에서 자고 일어나니 허리가 아팠지만 더 심한 건 두통이었다. 원인은 원래 벽지가 무슨 색깔이었는지 모를 정도로 벽을 뒤덮고 있는 곰팡이였다.

일어나자마자 비몽사몽한 상태로 화장실에 갔다. 세수를 하려 수도꼭지를 돌렸지만 약한 물줄기만 쪼르륵 흘렀다. 받은 입장에서 말하긴 뭣하지만 '빈집'은 정말 집의 형태만 유지하고 있었다. 하는 수 없이 매무새만 다듬었다.

모든 집이 비슷하다 보니 학교를 찾는 것은 쉽지 않았다. 의도한 것인지는 몰라도 같은 집으로 이루어진 미로 같은 길이 이어졌다. 이놈의 마을은 찾아오는 것도 힘들더니 찾은 이후에도 사람을 헷갈리게 했다.

"처음 보는 얼굴인데, 누구세요?"

뒤에서 누군가 말을 걸었다. 꽃밭을 그대로 박아 넣었는지 꽃으로 범벅이 된 바지를 입은 할머니였다. 그녀는 안경을 치켜올리며 나를 빤히 쳐다보았다. 어제 울타리에서 경비를 서던 남자와는 다르게 호의적이었다.

"안녕하세요. 이번에 한사람 초등학교에 부임하게 된 최이준이라고 합니다."

"아, 그러고 보니 선생이 하나 새로 온다고 했는데. 반가워요.

애들이 하도 장난기가 심해서 말을 잘 들을지 모르겠네. 어디 가세요?"

"학교에 가려는데 제가 길을 몰라서요. 어디로 가면 될까요?"

그녀는 흔쾌히 길을 알려주었다. 왜 지금까지 몰랐을까 싶을 정도로 쉬운 길이었다. 다행히 시간은 아직 늦지 않았다.

학교는 1층짜리 건물이었다. 단층짜리 학교는 처음이라 2, 3층을 포클레인으로 뜯어낸 모습 같았다. 시골 학교라 아이들이 적다는 것은 알고 있었지만 이대로면 학교가 제대로 돌아갈지 의문이었다. 이런 학교가 처음으로 부임하는 학교라니. 어쩌면 몇 번이고 서울로 지원하던 친구가 옳았던 것은 아닐까. 썩어도 준치라는 말이 괜히 있는 것은 아닐 것이다.

학교 안으로 들어가 보자 복도에 나란히 걸려 있는 그림들이 보였다. 색연필이 있는 사람은 없었는지 전부 크레파스로 그린 그림이었다. 주제가 가족이었는지 그림들은 전부 부모님의 손을 잡은 아이의 모습이었다. 아쉽게도 미술에 재능을 가진 아이는 없었다.

"어때요. 잘 그렸나요?"

누군가 말을 건넸다. 젊은 여성의 목소리에 돌아보자 키가 나와 머리 하나 차이 나는 여자가 다가왔다. 피부는 구리처럼 까무잡잡했는데 눈이 500원짜리 동전만 했다. 전체적으로 보면 차분한 인상이었지만 이리저리 움직이는 눈은 절대 그녀가 얌전하기만 한 여자는 아니라는 것을 말해주고 있었다.

그녀는 내 얼굴을 뚫어져라 쳐다보고는 물었다.

"누구……?"

이미 수 차례 들은 듯한 질문에 절로 눈살이 찌푸려졌다. 내가 이름을 말하기도 전에 그녀는 잠시 생각하더니 말했다.

"아. 혹시 최이준 선생님?"

"네, 맞습니다. 어떻게 아셨어요?"

"교장선생님께서 미리 알려주셨거든요. 선생님 한 분이 새로 오실 거라고. 그런데 다음 주부터 근무하시는 거 아니었어요? 저는 그렇게 들었는데."

"그렇긴 한데 궁금해서요. 미리 왔습니다. 인수인계도 받아야 하고요."

"아, 인수인계요……."

그녀는 미처 생각 못 했다는 듯이 말했다.

"저는 이미정이라고 합니다. 잘 부탁드려요. 인수인계는 어떤 식으로 해드리면 되나요?"

"전임자한테 받겠습니다. 아, 제가 전임자가 누군지 몰라서 그러는데 어디 계신가요?"

미정은 전임자 얘기가 나오자마자 표정이 어두워졌다.

"전에 있던 선생님이요? 어느 날 갑자기 사라졌어요. 하늘로 솟았는지 땅으로 꺼졌는지. 시골이 싫어져서 몰래 나갔나 싶었는데 그날은 원래 나가는 사람들 말고는 아무도 마을 밖으로 안 나갔다더라고요. 어떻게 된 일인지 저도 자세히는 몰라요."

"사라지다니요?"

이해가 되지 않아 되묻자 미정은 설명이 부족했다는 듯 말을 이어갔다.

"말 그대로 사라지셨어요. 경찰에 실종 신고는 했는데 아직도 못 찾은 것 같아요. 어쨌든 그분은 이제 여기 안 계세요. 그건 그렇고, 참관이라도 한번 해보실래요? 애들하고도 미리 얼굴 익혀두면 좋을 것 같고."

전임자가 실종되었다는 사실이 마음에 걸렸지만 미정이 어떤 식으로 일해야 할지 알려준다면 아무래도 상관없었다.

"저야 감사하죠."

"체육 시간 말고는 다 제 수업 시간이었는데. 이제 이준 씨랑 나눠서 하겠네요. 좀 아쉬워지겠네."

"그러면 혼자서 계속 수업하셨던 건가요?"

내가 놀라서 묻자 그녀는 별일 아니라는 듯 말했다.

"그렇게 말하니깐 어려운 일 같은데, 그렇지만은 않아요. 대부분은 자습이거든요. 저희가 나서서 수업하기보다는 아이들의 자기주도적인 학습을 도와주는 셈이라고 생각하시면 돼요."

"반은 몇 개나 있나요?"

미정은 눈을 동그랗게 뜨고 나를 쳐다보았다. 안 그래도 큰 눈을 더 크게 뜨고 쳐다보니 부담스러워 뒤로 살짝 물러났다.

"반이라니요?"

"1반, 2반 할 때 있잖아요."

그녀는 이제 생각났다는 듯이 웃었다. 내 마음속 그녀에 대한 신뢰감은 점점 사라져 갔다.

"아. 전 또 무슨 얘긴가 싶어서. 여기는 학생 수가 적어서 따로 반이 없어요. 굳이 따지자면 통합 반인 셈이죠."

그리고 보니 아이들 수가 적은 시골에서는 다 같이 수업을 듣는 다는 말을 들은 적 있었다. 그때는 귀담아 듣지 않았는데 정말 내 일이 될 줄이야.

"통합 반이면 수업에 지장은 없나요? 교육 과정이 다 다를 텐데. 아무리 자기주도 학습이라고 해도 어려울 것 같은데요."

"걱정 마세요. 아이들이 다 말을 잘 들어서인지 수업하는데 어려움은 없어요. 오늘 참관해 보시면 알게 될 거예요."

여덟 살부터 열세 살까지의 아이들이 한 반에서 얌전히 자습을 하는 장면이 도저히 상상되지 않았다. 교생 시절에 본 아이들은 얌전과는 담을 쌓고 살아온 아이들만 모아놓았는지 하루도 못 가서 말썽이었다. 그들은 납작하게 눌러놓은 용수철 같았다. 화를 내면 잠시 동안은 눌러지지만 눈을 떼면 금세 다시 튀어 올랐다. 여기 아이들이라고 크게 다를까.

"학교 구조도 소개해 드릴게요. 밖에서 보셨겠지만 뭐가 많지는 않아요. 그래도 알고 계시는 편이 좋을 테니까. 불이 난다면 어디로 도망쳐야 하는지 정도는 알고 계셔야 할 거 아니에요."

미정은 나를 데리고 학교를 돌아다니며 이곳저곳 알려주었다. 그녀의 말대로 교무실과 하나뿐인 교실, 교장실과 화장실 말고는 별게 없었다.

"밖에도 별건 없어요. 아, 사육장이 있구나."

"사육장이요?"

그녀를 따라 학교 뒤편으로 갔다. 따로 지붕은 없고 울타리로 우리들을 구분해 놓은 사육장이 뒤편에 전세를 내고 있었다. 우리에는 토끼와 닭, 고양이들이 격리되어 있었다.

가까이 보기 위해 다가가자 고양이들은 울타리를 껑충 뛰어 유유히 우리에서 빠져나갔다. 고양이 근처에 닭을 두면 닭들의 목숨이 위험한 것 아닌가 싶었다. 그런 생각을 해서인지 닭들은 무척이나 피곤해 보였다. 이대로면 닭들이 늦잠을 잔 후 수업 중에 울어젖히지 않을까. 그런 일이 생긴다면 고양이 한 마리를 닭 우리에 넣어줘야겠다.

토끼들이 깡충깡충 울타리로 다가와 내 손을 들여다보았다. 먹이를 찾는 듯한 눈빛이었다.

"먹이는 저기 있어요."

미정이 가리킨 곳에는 사료 포대들이 쌓여 있었다. 이미 뜯어져 내용물을 드러내는 포대들도 있었다. 토끼들은 내 눈치를 슬쩍 보더니 내가 사료를 가지러 갔다 올 생각이 없는 것을 눈치챘는지 다시 깡충깡충 원래 자리로 돌아갔다.

"여기는 누가 관리하나요?"

"일주일마다 당번을 정해요. 아이들한테 맡겨두지만 저희도 아예 안 볼 수는 없죠."

다시 교내로 들어가는데 문득 생각난 것이 있었다.

"그런데 주차장은 어디 있나요?"

"주차장은 여기 없는데요. 마을 안에서는 차를 안 타거든요."

"그러면 마을 주민분들은 다들 차가 없으신 건가요?"

나는 내심 놀라며 물었다.

"그건 아니죠. 그런데 차가 없는 사람도 꽤 많아요. 저도 그렇고요. 웬만하면 마을 밖으로 나갈 일이 없거든요. 아마 이준 씨도 그럴 거예요. 겉보기에는 깡촌처럼 보이긴 해도 한사람 마을만큼 살기 편한 곳이 없어요. 사실, 제 고향이 여기거든요."

미정이 말했다. 한사람 마을이 살기 편한 곳인지는 모르겠지만 그녀의 피부가 왜 이렇게 탔는지는 알 수 있었다.

교무실에는 누군가 소파에 앉아서 팔짱을 낀 채 졸고 있었다. 상하의가 전부 검은색인 트레이닝복을 입고 있었는데 머리에는 흰머리가 드문드문 나 있었다. 입에서 침이 한 줄기 흘러나와 옷에 닿기 직전이었다.

"우리 학교 체육선생님이신 박상훈 선생님이에요."

미정이 옆에서 속삭였다. 깨워서 인사해야 하나 망설이는데 상훈이 발작적으로 고개를 떨어뜨리고는 신음 소리를 내며 깨어났다.

"아, 미정이네. 지금 몇 시야?"

"애들 오려면 아직 멀었어요. 더 주무실 거예요?"

"언제 잤다고 그래? 살짝 졸았던 거지. 어제 너무 늦게까지 달렸나 봐. 미정이 너도 최씨 영감님 알지? 저기 건너편에 사시는 분. 아니 글쎄 소를 한 마리 샀다고 해서 가봤더니 소는 없고 술만 가득 있는 거야. 그래서 내가 소는 어디다 갖다 팔았냐고 물어보니까 이 술이 황소 같은 술이래. 근데 그 말이 맞긴 하더라. 미정이 너 내가 평소에 술이 얼마나 센지 알지?"

"전 모르죠. 저 어릴 때 어른들 술 먹는데 끼어들지 말고 나가서 놀라고 한 건 박상훈 선생님이었잖아요."

미정은 '박상훈 선생님'이라는 부분을 강조하며 대꾸했다.

"그랬나? 어쨌든 내가 술이 세. 그런데도 얼마 못 가 쓰러졌다니까. 까딱하면 오늘 학교에도 못 나올 뻔했어."

상훈은 속사포처럼 내뱉던 말을 멈추고 나서야 내가 눈에 들어왔는지 손가락으로 나를 가리키며 물었다.

"여기는 또 누구야?"

"저번에 교장 선생님이 말했잖아요. 다음 주에 김 선생님 대신해서 새로 한 분 오신다고. 그분이에요."

"그러고 보니 그랬었지. 반갑네."

상훈과 나는 통성명을 했다. 잠시 정적이 흐른 후 미정이 내게
물었다.

"그런데 잠은 어디서 잤어요? 여긴 숙소 같은 곳도 없을 텐데.
차에서 잔 건 아니죠?"

상훈도 궁금해하는 눈치기에 나는 어제 있었던 일들을 간략히
말해줬다. 덩치와 나눴던 대화를 말해주자 미정이 이상하다는 듯
이 말했다.

"멧돼지요? 이 근처에 멧돼지가 나왔다는 말은 못 들어봤는
데."

"뭐, 영훈이가 착각했나 보지. 걔가 생긴 건 안 그래 보여도 명
청하거든. 저번에는 학교 사육장으로 사료 포대 좀 나르라니까 글
쎄 아랫부분이 뜯어진지도 모르고 나른 거야. 마을 입구에서부터
학교까지 사료로 길이 만들어졌다니까. 그것 때문에 온갖 비둘기
들이 날아들어서 난리도 아니었어. 비둘기들이 일렬로 줄 서서 길
바닥에서 모이를 쪼아 먹는 건 어디 가서도 못 볼 거야."

영훈은 어제 울타리를 감시하던 덩치의 이름인 것 같았다.

"그거 저 어릴 때 아니에요? 저도 그때 본 것 같아요. 헨젤과 그
레텔처럼 누가 떨어뜨려 놨는지 궁금했는데. 과자인 줄 알고 하나
먹었거든요."

상훈은 '헨젤과 그레텔'을 모르는지 그게 누구 집 아이냐고 물
었다. 나는 다시 하던 얘기로 돌아갔다. 집 상태를 말하자 상훈이

넌지시 말했다.

"그러면 한번 이장님한테 말해봐. 벽지를 바꿔야겠다고."

"네? 괜찮아요. 저도 받은 입장인데 어떻게 그래요."

"이럴 때 돕고 사는 거지. 나도 도와줄게. 수도관 고치는 건 내가 아는 사람이 있어. 그쪽에도 한번 말해보지."

상훈은 팔을 걷어붙이며 말했다. 첫 인상은 그리 좋지 않았지만 인정 있는 성격인 것 같았다.

밖에서 아이들이 떠드는 소리가 들렸다. 얘기를 하다 보니 시간이 이만큼 흘렀는지도 눈치채지 못했다. 상훈은 헐레벌떡 소파 한쪽에 있던 경비원 모자를 주머니에 쑤셔 넣고 밖으로 나갔다.

"아마 교장선생님 때문에 그럴 거예요. 저번에도 전날 밤에 술 먹고 아침에 학교에서 졸다가 엄청 혼났거든요. 교장선생님이 그런 부분에 있어서는 엄하신 분이에요. 두 분이 소꿉친구라고 들었는데 이런 건 얄짤없어요."

그녀의 말대로 아이들 사이로 양복을 입은 중년 남자가 뒤뚱뒤뚱 걸어왔다. 워낙에 몸집이 커서 상의가 터지기 직전까지 부풀어 올랐다. 아이들은 그의 뒤통수에 대고 인사하며 빠르게 지나갔다.

교장은 교무실에 얼굴이 벌게진 채로 들어왔다. 등산이라도 하고 왔는지 몸을 숙이고 헐떡였다. 미정은 익숙하다는 듯이 물 한 잔을 갖다주었다. 문득 이것도 막내인 내가 앞으로 해야 할 일 목록에 추가되는 것인지 궁금했다.

"박상훈. 박상훈 그 인간 어딨어?"

교장이 숨을 고르지 못한 목소리로 말했다. 미정은 입가에 지은 미소를 미처 숨기지 못하고 모르겠다며 둘러댔다.

"교사가 아니라 웬수야, 웬수. 아니 내가 술은 주말에만 먹든지 평일에 먹을 거면 애들 보기 안 좋으니까 출근할 때 술은 깨고 오라고 그렇게 말했는데. 이럴 때 보면 애들보다 못한 것 같아."

교장은 진정이 안 되는지 다시 얼굴이 벌게졌다.

"물 좀 마시고 진정하세요. 두 분 친하시잖아요."

"그게 다 무슨 소용이야. 이렇게 말을 안 듣는데. 그냥 짜르고 다른 사람 알아보던가 해야지. 안 그래?"

"그래도 상훈 선생님, 수업은 열심히 하시잖아요."

"열심히 마시긴 해도 열심히 하는지는 모르겠다."

한풀이가 끝난 교장은 나를 보고 어리둥절해했다. 오늘 몇 번 했는지 모를 통성명을 하고 난 뒤 그는 방금까지 화를 내던 모습은 거짓말처럼 느껴질 정도로 온화한 분위기를 풍기며 말했다.

"아이들이 말을 좀 안 들을 텐데 지도 잘 부탁드립니다."

"아닙니다. 아이들 얼굴을 보니 순하게 보이더라고요."

내가 본 아이들이라고는 방금 창문 너머로 등교하는 몇 명이 전부였다. 그 아이들을 보자 교생 시절 숙제 검사를 하려니 개떼처럼 달려든 아이들에게 물렸던 팔이 아팠다.

수업 시간이 되자 나는 미정을 따라 교실에 갔다. 아이들은 갑작스럽게 등장한 낯선 남자가 신기하다는 듯이 쳐다봤다. 첫인상이 중요하다는 것을 교생 시절에 깨달은 나는 최대한 사람 좋은 미소로 웃으며 자기소개를 했다. 아이들은 저마다 손을 들고 질문 공세를 펼쳤다. 아직까지는 분위기가 좋았다.

"선생님은 그럼 마을 밖에서 오신 거예요?"

"그렇지. 서울에서 왔어."

"선생님도 교회에 나오세요? 저번에 이장님이 외부인은……."

누군가 묻자 미정이 당황한 얼굴로 황급히 끼어들었다.

"자. 질문은 여기까지 하고. 최이준 선생님은 오늘 선생님을 도와주러 오신 거니까 너희도 최이준 선생님 말 잘 들어야 된다."

그녀는 내게 속삭였다.

"최이준 선생님. 죄송한데 교무실에서 파일 하나만 들고 와주실 수 있으세요? 제가 까먹고 두고 와버렸네요."

나는 흔쾌히 교무실에 다시 갔다 왔다. 교실로 돌아오니 아이들의 표정은 아까보다 어두워진 것 같았다.

"그러면 수업 시작할까?"

미정의 말에 한 아이가 벌떡 일어났다. 아마 반장인 것 같았다.

"차렷. 선생님께 경례."

아이들은 저마다 미정에게 고개를 숙이며 인사했다. 음정이 제각각인 것이 아마추어 합창단 같았다. 몇몇은 내게 인사를 하기도 했다.

전 학년이 다 같이 수업을 듣는다고 하기에 수업이 제대로 진행될지 의문이었지만 막상 참관해 보니 크게 문제되는 것은 없었다. 아이들은 말도 잘 듣고 수업 집중도도 좋았다. 듣기 싫은 수업보다는 자신이 좋아하는 과목을 스스로 공부하는 편이 아이들에게 좋을지도 몰랐다. 수업은 최소한으로 진행되어 교사들에게도 무리가 가지 않았다.

수업이 끝난 뒤 나는 감사 인사를 하기 위해 미정이 알려준 이장의 집을 방문했다. 이장의 집은 교회 맞은편에 자리 잡고 있었다. 초인종을 누르자 잠시 후 이장이 나와 문을 열어주었다.

"여기는 웬일이십니까?"

"제가 어제 너무 폐를 끼친 건 아닌가 싶어서요."

나는 오는 길에 마을의 슈퍼에 들러 사 온 사과가 가득 담긴 봉투를 건넸다. 슈퍼의 주인은 물건 대부분 마을 밖에서 가져오지만 먹는 것만큼은 이 마을에서 직접 재배한 것만 들인다며 당당히 말했다. 그중에서도 제일은 사과라면서 억지로 손에 들려주었다. 이장은 얼떨결에 받아 들고는 안에 들어와 차라도 한잔하라며 권유했지만 거절했다.

"맞다. 까먹고 어제는 못 물어봤는데 물은 잘 나옵니까?"

"아뇨. 그게 잘 안 나오더라고요."

"그래요? 오래되어서 혹시나 싶었는데. 그러면 주말에 다 같이 고치러 가겠습니다. 아마 집도 더러울 텐데 가는 김에 치워드릴게요."

　나는 상훈이 벌써 이장에게 귀띔해 놓았는지 의심스러웠다. 그러나 학교에서 나올 때까지만 해도 상훈은 교장실에서 온갖 욕이란 욕은 다 먹고 있었으니 시간상 여유가 없었을 것이다. 최대한 거절하려 했으나 이장의 뜻을 꺾기에는 역부족이었다. 그는 마치 자기 집인 것마냥 나보다도 집의 상태에 신경 썼다.

　토요일이 되자 마을에서 힘깨나 쓰겠다 싶은 남자들은 전부 왔는지 인파가 북적거렸다. 다행히 귀찮아하는 사람은 없는 것 같았다. 나는 만나는 사람마다 일일이 고개를 숙였다. 누군가는 연장통을 들고 있었고 누군가는 벽지를 들고 있었다.

　상훈은 일행들과 좀 떨어진 곳에서 한 손은 주머니에 넣고 한 손으로는 담배를 피다가 눈이 마주치자 내게 한 대 권했다.

　"집이 진짜 더럽긴 더럽네. 어제는 여기서 어떻게 잤어?"

　상훈이 곰팡이 부대가 점령하기 직전인 거실을 보고 말했다. 이장은 마을 사람들에게 이것저것 할 일을 정해주고 있었다. 나는 기계에는 젬병이었으므로 벽지를 새로 갈고 전체적으로 집을 청소하는 것을 도왔다.

　그들은 마치 소풍이라도 온 것처럼 화기애애하게 잡담을 나누며 일했다. 나를 배려해 준 것인지 내게도 간간이 질문이 들어왔다. 사람이 많아서인지 막막해 보였던 일도 생각보다 빨리 끝났다.

오후가 되자 곧 무너질 것 같던 폐가에서 집 구실은 할 수 있게 바뀌었다. 내친김에 이장에게 부탁해 마을 밖에 세워두었던 차도 끌고 왔다. 점심으로 먹은 자장면 20인분은 내가 계산했다. 트럭 짐칸에 자장면 그릇을 가득 싣고 온 자장면집 사장은 우리가 다 먹고 그릇을 돌려줄 때까지 얼굴에 웃음이 떠나질 않았다. 시골 인심인지 20인분을 팔게 해준 답례인지는 몰라도 시키지 않은 탕수육도 같이 왔다.

하루뿐이었지만 노숙자마냥 땅바닥에서 자다가 매트리스와 베개를 베고 자니 한결 편했다. 벽지 뒤에 곰팡이들이 살고 있다는 것을 생각하면 불안했지만 눈앞에 없으니 점차 잊게 되었다.

시골에서 맞는 아침 햇살은 도시의 피곤함에 찌든 새벽과는 반대로 상쾌했다.

"빨리 와. 늦었어."

"늦기는 뭘 늦어. 아직 시간 남았는데. 좀 더 천천히 가도 돼."

한 부부가 집 앞을 지나갔다. 일요일 아침부터 무슨 일인지 궁금해하던 찰나 그 부부 뒤를 따르는 몇십 명의 마을 사람들 때문에 잠시 할 말을 잃었다. 그들은 전부 손에 비닐봉지를 들고 있었다. 투명한 비닐봉지에는 새빨간 액체가 고여 있는 게 보였다. 설마 그럴까 생각하면서도 내심 피라고 반쯤 확신했다. 그들은 고개를 푹 숙였다 들기를 반복하며, 비닐봉지를 팔에 건 채 두 손을 모아 무언가 중얼거렸다. 기도를 하는 듯한 모양새였다. 하나같이 표정이 일그러져 있었고 누구는 비지땀까지 흘리고 있었다. 그들은 보이지 않는 무언가를 찾으려는 듯 하늘을 우러러 보면서도 그게 실제로 보일까 두려운 듯 재빨리 고개를 숙이곤 했다.

무슨 일인가 싶어 그들의 뒤를 따라가 보았다. 그들은 중간에 빠지는 사람 없이 모두 교회로 향했다. 나는 그들을 따라 교회 안으로 들어가려 했지만 누군가 문 앞에서 막았다.

"이장님이 들어오라고 하셨습니까?"

자세히 보니 울타리를 지키던 덩치였다. 이름이 영훈이랬나.

"아뇨. 그런 말은 없었는데요. 그냥 교회잖아요."

"이장님 허락을 받으셔야 들어갈 수 있습니다."

나는 뭐라고 따지고 싶었지만 영훈의 굳게 닫힌 입 때문에 결국 돌아설 수밖에 없었다. 무슨 교회 출입을 이렇게 철저히 관리하는 것인지 이해할 수 없었다.

괜스레 기분만 나빠져 집으로 돌아가려던 차에 교회 앞에 무언가 떨어져 있는 것이 보였다. 몸을 숙이고 자세히 보니 아직 마르지 않은 핏방울이었다. 비닐봉지 안에 있던 붉은 액체가 피라는 추측은 확신으로 바뀌었다.

머릿속에서는 오만 상상이 들었다. 비닐봉지 안에 든 것은 대체 뭘까. 마을에 오기 전 친구가 했었던 얘기가 떠올랐다.

"너 쥐도 새도 모르게 사라지는 거 아냐?"

지금이 어느 시대인데. 이곳이 악의 소굴이라 해도 외부에서 온 초등교사를 대놓고 해치지는 못할 것이다. 게다가 내가 한사람 마을에 와서 한 짓이라고는 빈집을 받고 집을 청소해 준 마을 사람들에게 자장면을 대접한 것밖에 없다. 이게 죽을 정도의 죄는 아니지 않나.

"거기서 뭐 합니까?"

영훈이 내 쪽을 보며 퉁명스럽게 말했다. 나는 아무 일도 아니라는 듯 웃으며 발로 핏방울을 슥슥 지웠다. 그가 빨리 집에 가라며 재촉하는 바람에 거의 떠밀리다시피 교회에서 쫓겨났다.

비닐봉지에 들어 있던 것은 무엇일까. 비닐봉지에서 풍겼던 피비린내만 아니었다면 정말 피가 맞는지조차 의심했을 것이다. 회식이라도 한 걸까. 아침부터 회식이라니 조금 억지스러웠지만 그러지 말라는 법도 없으니까.

누군가 빤히 쳐다보는 느낌에 뒤를 홱 돌아보았다. 팔짱을 끼고 잔뜩 찌푸린 얼굴인 영훈 말고는 아무도 없었다. 하지만 내가 느낀 시선은 영훈이 아니었다. 그보다는 더 위에서 시선이 느껴졌다.

교회의 위를 무의식적으로 올려다보았지만 찌르는 듯 햇빛이 비쳐 금세 고개를 떨구었다. 바닥을 향한 고개 너머의 시선은 뻔뻔하게도 숨으려는 기색 하나 없는 것 같았다. 내가 자리를 떠날 때까지.

2. 초대

2. 초대

영화에서나 나올 법한 극적인 일은 벌어지지 않았다. 마을 사람들과 마주칠 때마다 내 이름을 묻는 바람에 사흘 정도는 자기소개를 하며 다녀야 했다. 간혹 초등학교에서 이름을 헷갈리지 않기 위해 학생들에게 명찰을 달게 하는 경우가 있는데 시골 마을에도 필요한 제도인 것 같았다.

교무실로 출근하면 항상 미정이 먼저 와 있었다. 그녀는 집이 가까워서 빨리 오는 것이라며 대수롭지 않게 여겼다.

"안녕하세요."

미정은 늘 그러듯이 자신의 자리에 앉아 있었다. 그녀의 자리에서 창문을 보고 있으면 우리에 갇힌 토끼들을 정면으로 볼 수 있었다.

"오늘은 일찍 오셨네요. 주말에는 뭐 하셨어요?"

미정이 물었다. 아직 한사람 마을에 온 지 열흘 정도밖에 안 되었지만 그녀는 마치 원래부터 알고 지내던 친구처럼 다가왔다. 아

마 마을에 또래가 거의 없어서일 것이다. 그나마 비슷한 나이라고
는 마을 밖에서 일하느라 주말에만 마을에 오는 철물점집 아들뿐
이었다. 나머지는 마을을 떠나 도시에서 산다고 미정이 말했다.
한 번은 왜 본인은 도시로 나가지 않느냐고 물었지만 미정은 얼버
무리며 대답하지 않았었다.

"그냥. 이것저것 했어요. 드라마도 몇 편 보고."

나는 한사람 초등학교에서 가장 최신식 기계 중 하나인 커피머
신을 돌렸다. 아침잠에 취한 선배들을 위해 막내가 해야 하는 일
중 하나였다. 미정은 이제 자신이 허드렛일을 하지 않아도 돼서인
지 홀가분한 표정으로 커피를 받았다.

"수업은 어때요. 해보니까 할 만해요?"

미정은 커피를 마시며 토끼들을 바라봤다. 토끼들은 주변을 맴
도는 고양이들이 불안한지 최대한 닭 우리 쪽에 붙어 있었다. 그
래 봤자 우리를 넘어 다닐 수 있는 고양이한테는 무용지물이었다.
토끼들한테 다행인 것은 꼬박꼬박 사료를 받아먹고 배가 부른 고
양이들이 토끼한테 전혀 관심이 없다는 것이다. 고양이는 가끔 어
디선가 심심풀이로 쥐를 잡아와 우리에 넣어둘 때 빼고는 얌전한
편이었다.

고양이가 쥐를 잡아오면 치우는 것은 그 주에 당번을 맡게 된
사육 담당이었다. 그러나 초등학생들에게 죽은 쥐를 치우게 하는
것은 가혹하다는 이유로 전부 막내인 내가 치우게 되었다. 정작

아이들은 쥐 시체를 보면 깔깔거리며 좋아했다. 나도 어릴 때 나비를 잡아 날개를 뜯으며 놀고는 했으니 이해되지 않는 것은 아니었다.

"네, 좋아요. 아이들도 말을 잘 들으니까."

걱정했던 것과 달리 아이들은 외지에서 온 선생님이라 해서 수업을 방해하려 하지는 않았다. 아이들은 통제에 잘 따라주었고 수업 시간에 멍만 때리지도 않았다. 모두 학구열이 넘쳤고 질문 공세도 의외로 그치지 않았다.

다들 학년이 다르기에 각자 물어보고 싶은 것만 물어보아도, 나에게는 4학년을 가르쳐주다 1학년을 가르쳐주는 식이다 보니 정신이 없었다. 처음에는 열 살짜리 아이에게 초등학교 6학년 수업 과정에나 나올 법한 풀이로 문제를 알려주는 실수를 했지만 지금은 적응이 되었다. 수업보다는 과외에 가까운 방식이었지만 전 학년을 같은 반으로 통합한다면 피할 수 없는 수순이다.

"마을은요? 도시에서 살다 오셨는데 불편한 건 없어요? 환경이 많이 다를 텐데."

"없지는 않죠. 그래도 사는데 지장이 있을 정도로 불편하지는 않아요. 전에 살던 곳보다 좋은 점도 있죠. 공기가 좋다거나. 시골의 분위기 같은 게 있잖아요. '우리는 한 가족이다'라는 분위기. 그런 게 저는 좋더라고요."

이 마을에 오기 전에는 크게 기대하지 않았지만 시골 마을 특유의 정겨운 분위기는 마음에 들었다. 매일같이 보는 이들마다 말을 걸어오니 귀찮을 법도 했지만 그런 점이 마을의 화목한 분위기를 만들어가는 것 같아 받아들이게 되었다.

"다행이네요. 그런 게 안 맞는 분들도 계시니까."

상훈은 교무실에 들어오자마자 미정이 커피를 마시는 모습을 보고는 입맛을 다셨다. 나는 커피 하나를 새로 내려서 그에게 건넸다. 상훈은 커피를 홀짝이며 소파에 앉아 몸을 떨었다.

"요즘 춥지 않아? 난 감기 걸린 것 같은데."

그의 목소리도 평소와 달리 어딘가 쉬어 있었다. 그러고 보니 나도 어젯밤에 추워서 깼던 것 같다.

"선생님 눈도 빨개요. 많이 아프시면 오늘 쉬셔야 하는 거 아니에요? 애들도 옮을 텐데……."

"그래. 애들이 문제지, 애들이. 나 하나 어떻게 된다고 누가 신경이나 쓰겠어."

상훈은 섭섭하다는 듯이 내뱉었다. 미정은 그렇게까지는 말하지 않았다며 그의 기분을 풀어주려 했으나 상훈은 못 들은 척 소파에서 잘 준비를 했다. 매일같이 커피를 마시면서도 학교에서 자는 것을 보면 카페인이 전혀 안 드는 체질인 것 같았다.

"그러고 보니 저희 집도 이제 추워지는 것 같아요. 이준 씨 집에는 전기장판 있어요?"

미정은 상훈이 마시고 버려둔 종이컵을 치우며 말했다.

"장판은 따로 없어요. 그래도 지낼 만하던데요. 평소에 추위를 잘 타는 체질도 아니라."

"부럽네요. 저희 집은 전기장판 쓰는데 중간이 없더라고요. 세게 틀어놓으면 덥고, 그렇다고 약하게 조절하면 춥고. 마음 같아서는 보일러를 새로 설치하고 싶은데 근처에 보일러를 달 줄 아는 사람이 없어서. 저번에 누가 설치 기사를 불렀는데 그분이 마을 위치를 못 찾아서 근처에 소문이 쫙 깔렸대요. 한사람 마을은 산꼭대기에 있다느니, 괴담 속에나 나오는 마을이라느니. 웃기지 않아요? 그 쉬운 길을 왜 그걸 못 찾아온담. 표지판까지 세워뒀는데."

그 쉬운 길을 못 찾아온 장본인인 나는 입을 다물었다. 내가 외부에서 왔다는 사실을 잊어버린 것인지 모르는 척해준 것인지는 모르지만 미정은 다른 주제로 화제를 돌렸다.

수업 시간이 되기 전 미리 교실로 들어갔다. 복도까지 교실에서 고함 소리가 들렸다. 무슨 일인가 싶어 황급히 들어가 보니 반장인 채윤과 말을 한 마디에 한 번씩은 더듬어 별명이 말더듬이가 되어버린 은성이 싸우고 있었다.

평소에는 얌전한 아이들이어서 의아했지만 은성의 손에 들린 고무 딱지를 보고, 둘의 고성에 가까운 대화를 들어보니 금방 전후 상황을 알 수 있었다. 규칙이라면 목숨보다 소중히 여기고 선생님 말씀이라면 부모님 말씀처럼 따르는 채윤의 성격상 교실에 딱지를 들고 오는 짓은 두고 볼 수 없는 중죄였다.

또래에 비해 직설적인 채윤은 은성이 딱지를 들고 온 것을 보자마자 그에게 달려가서 딱지를 '압수'하려 한 것 같았다. 당연히 당하고만 있을 수는 없었던 은성은 '선생님도 아닌 네가 뭔데 압수를 하려 하냐'며 거부했고, 이 대화가 목소리만 커지며 반복되는 중이었다.

"둘 다 그만."

조금 더 지켜보면 말싸움이 몸싸움으로 번질 것 같아 아이들 사이에 끼어들었다. 채윤은 곧바로 입을 다물었다. 은성은 그녀가 입을 다문 지금이 기회라고 생각했는지 더듬거리며 말했다.

"쟤, 쟤가 먼저 했어요. 선생님도 아니면서 자, 자꾸 압수니 뭐니 하면서 시비 걸잖아요."

"선생님이 저번에 반에 딱지 들고 오지 말라고 한 것 기억 안 나? 선생님이 말씀하신 대로 하겠다는데 그게 왜."

가만히 놔두면 또다시 시끄러워질까 봐 이번에는 조용히 하라고 엄하게 말했다. 아이들은 누군가 입을 꿰맨 듯이 조용해졌다. 그 자리에서 혼내기에는 보는 눈이 너무 많아, 다른 아이들에게는 떠들지 말고 얌전히 자습을 하라고 시킨 후 교무실로 아이들을 데려갔다.

교무실에 들어가니 미정은 어디로 갔는지 없고 상훈은 아직도 소파에서 졸고 있었다. 나는 조용히 그의 어깨를 흔들었다.

"선생님. 제가 애들하고 할 말이 있어서 그런데 잠시만 교무실 좀 써도 될까요?"

상훈은 아직도 잠이 안 깼는지 멍한 눈으로 나와 내 등 뒤에 있던 아이들을 바라봤다.

"얘기라니. 무슨 얘기?"

"애들이 다퉈가지고요."

상훈은 군말 없이 재채기를 하며 교무실에서 나갔다. 나는 아이들을 내 자리로 데려왔다.

"그래서. 왜 싸운 거니?"

내가 묻자 그들은 동시에 입을 벌렸다 서로 힐끔거렸다. 표정을 보니 둘 다 말하고 싶은 것이 한가득 쌓여 있는 듯했지만 이대로면 눈치 보느라 학교가 끝날 때까지 입을 다물 것 같았다.

"그럼 반장인 채윤이 먼저 말해봐. 왜 싸웠어?"

그제야 아이들은 띄엄띄엄 입을 열었다. 내용은 내가 예상했던 것과 같았다. 발단은 싸구려 고무 딱지였지만 실상은 반장의 권력이 어디까지 통용될 것인지에 대한 보이지 않는 권력 싸움이었다.

"너는 이걸 왜 들고 온 거야? 선생님이 저번에 학교에 들고 오지 말라고 했잖아."

아직도 딱지를 손에 들고 있는 은성에게 물었다. 그는 당연한 걸 묻는다는 식으로 말했다.

"애들하고 하려고요."

"다른 애들도 들고 왔어?"

은성은 그제야 자신의 실수를 눈치챘는지 입을 손으로 가렸다. 은성의 친구들은 나중에 따로 불러야겠다.

"애들하고 딱지 치는 건 좋은데 선생님이 학교에는 들고 오지 말라고 했잖아. 들고 와도 꺼내지는 말든가."

은성은 금세 시무룩해져서 고개를 숙였다.

"채윤이 너도. 하지 말라고만 하면 되지. 네가 압수를 하긴 왜 해. 선생님이 알아서 할 텐데. 내 말 틀려?"

채윤 역시 시무룩해져서 생쥐 울음처럼 작은 소리로 "아니요." 라고 중얼거렸다.

"선생님이 딱지 같은 것이 다 나쁘다고 하는 게 아냐. 선생님도 어릴 때 이런 거 많이 갖고 놀았어."

초등학생 시절. 아빠가 퇴근길에 팽이를 한 무더기 사 온 적이 있었다. 당시 유명했던 애니메이션에 나온 팽이는 아니었지만 외형은 거의 비슷해서 반 친구들도 충분히 속아 넘어갈 것 같았다. 아빠가 엄마에게 혼나는 동안 나는 방으로 팽이를 가져와 혼자서 돌려보았다. 빙글빙글 돌아가는 팽이의 중앙을 보고 있으면 어지럽지만 기분이 좋아졌다.

하지만 얼마 안 가 아빠가 대량의 팽이를 사 오셨다는 소식이 동생의 귀에 들어갔다. 늦든 빠르든 언젠가 알게 될 일이었다. 동생은 내게 팽이 하나만 달라고 떼를 썼지만 아무리 봐도 동생에게 줄 정도로 값어치가 떨어지는 팽이가 없었다.

팽이에 대한 동생의 집착은 생각보다 집요했다. 그녀는 영리하게도 내가 자리를 비운 틈을 타 팽이를 하나 가져갔다. 그러고는 바로 다음 날 유치원에 팽이를 들고 갔다.

팽이를 가져갈 줄만 알았지 돌릴 줄은 몰랐던 동생은 마음대로 돌아가지가 않자 팽이를 던져버렸다. 팽이가 앞에서 구경하던 친구의 코에 맞은 것은 동생의 의도가 아니었을 것이다. 유치원 선생님께 전화를 받은 엄마는 그날부로 집 안에서 팽이를 금지시켰다. 호랑이와 용 모양의 팽이들은 이웃집에 살던 운 좋은 아주머니와 그 아들에게 바쳐졌다.

"선, 선생님은 뭐 하고 놀았어요?"

은성이 해맑게 물었다.

"그게 왜 궁금해. 됐으니까 수업 끝나고 찾으러 와. 딱지는 그때 돌려줄게. 채윤이도 선생님 도와주려는 마음은 고맙지만 다음부터는 그렇게까지 안 해도 돼. 이제 수업하러 가자. 애들 기다리겠다."

교실로 가니 누군가 뒷문에서 고개만 내민 채 선생님이 교실로 오는지 망을 보고 있었다. 아이는 나와 눈이 마주치자마자 두더지가 굴에 숨듯 재빨리 문을 닫았다. 아이들은 아마 요즘 유행하는 애니메이션에 대해 열심히 토의하고 있을 것이다. 아무것도 모르는 척 교실로 들어와 말했다.

"토의 잘 하고 있었지? 동식이 너는 왜 내다보고 있었어?"

"화장실 가고 싶어서요."

그는 누가 봐도 '나 거짓말 하고 있어.' 하는 얼굴로 말했다.

"그러면 지금 갔다 와. 동식이 갔다 오면 수업 시작하자."

동식은 쩔쩔매며 교실을 나갔다. 어쩔 줄 몰라 하는 모습이 귀여우면서도 한편으론 우스워서 웃음이 절로 났다.

학교가 끝나고 집에 갈 준비를 하는데 은성이 찾아왔다.

"선생님. 아, 아까 말씀하신 거요."

"아까 말한 거라니?"

그에게는 미안한 일이지만 나는 머릿속에서 딱지에 대한 기억을 지운지 오래였다. 나름대로 변명을 하자면, 아이들이 싸우는 일은 없으면 서러울 정도로 비일비재했기 때문에 기억에 담아두지 않는 편이 장기적으로 좋았다.

미정이 이쪽을 쳐다보고 있어서인지 은성은 목소리를 한껏 낮추고 속삭였다.

"제 딱지요. 아, 아까 학, 학교 끝나고 찾으러 오라고 하셨는데……."

나는 그제야 내가 했던 말이 기억났다. 방금까지 딱지 따위 안중에도 없었다는 것을 은성이 눈치챌까 봐 걱정했지만 다행히 그는 딱지에 온 신경이 가 있어 선생님은 눈에 들어오지도 않는 것 같았다. 서랍을 열어 은성에게 딱지를 돌려주었다.

"다음부터는 들고 오지 마."

은성은 순순히 돌려받을 수 있을 것이라고는 생각지 않았는지 물었다.

"깜지는 안, 안 써요?"

"됐어. 이런 걸로 뭘 깜지야. 선생님 말이나 잘 들어. 공부 열심히 하고."

"공부할 필요 없는데……."

"공부할 필요가 왜 없어. 공부해서 취직해야지. 벌써부터 그러면 안 돼."

"기도만 하면 돼요, 기, 기도만 하면. 그러면 자판기처럼 돈이 나오는데."

미정이 건너편에서 말했다.

"기도는 무슨. 기도 같은 말 하지 말고 공부나 잘해. 공부 잘해야 기도도 들어주시지."

은성은 미정의 말에 황급히 손에 들고 있던 딱지를 주머니에 집어넣었다. 그러고는 죄인처럼 고개를 푹 숙였다. 그렇게 불편해할 거면 처음부터 들고 오지 말라는 말이 목 끝까지 올라왔다.

"뭐야. 너 방금 뭐 숨겼어?"

미정이 수상하다는 듯 눈썹을 찌푸렸다.

"아무것도 아니에요. 안녕히 계세요."

은성은 황급히 교무실을 나갔다. 미정은 어처구니없다는 듯이 쓴웃음을 지었다.

"딱지라, 나도 어릴 때 갖고 있었는데."

"알고 계셨어요?"

"대놓고 보여주는데 모르는 게 바보죠. 나 눈 되게 좋아요."

그녀의 무서울 정도로 큰 눈은 햇빛을 받아 영롱하게 빛났다. 보석보다는 어둠속에서 빛나는 고양이의 눈 같아서 살짝 소름이 돋았다.

"좋겠네요. 저는 눈 안 좋아서 라식 했는데."

"이준 씨 라식 했었어요? 이제 알았네. 제 친구는 라식하고 3일을 앓아누웠다는데 이준 씨는 어땠어요?"

나와 미정은 시끄럽게 떠들며 퇴근했다. 교장실에서는 소리 지르는 교장과 열심히 항변하는 상훈의 목소리가 들렸다. 초등학생들이 시도 때도 없이 싸우듯 그들도 매일같이 싸웠다. 거의 일방적으로 교장이 상훈에게 소리 지르는 경우였지만. 아이들이 싸우면서 크듯이 그들도 싸우면서 늙어갔다.

이제는 익숙해졌는지 지나가는 사람들마다 이름을 묻는 대신 인사를 건넸다. 가족이 죽은 뒤 가게 된 보육원에서는 서로 알아도 모른 척했다. 대부분 악에 받혀 있었기 때문에 사소한 일로도 싸워대서 주먹다짐이나 하지 않으면 다행이었다. 대학생 시절 자취방에서 옆집 사람과는 서로 얼굴도 몰랐고 관심도 없었다. 거기에 비하면 지금 마을 사람들과의 관계는 가족에 가깝다고 볼 수 있었다. 물론 진짜 가족에 비할 바는 못 되지만.

"선생. 잘 지내?"

어느새 내 별명은 '선생'이 되어 있었다. 딱딱해 보이지만 상훈이 교무실에서 커피를 마시고 싶을 때 종종 부르는 '커피'보다는 나은 취급이었다. 이제는 그가 나를 사람이 아닌 커피머신으로 보는 건 아닐지 의심스러울 지경이었다.

"네. 덕분에 잘 지냅니다."

"불편한 건 없고?"

"감사하지만 아직 없습니다. 워낙 주변 분들이 잘 해주셔서요."

"그래? 다행이네. 힘든 거 있으면 마을 사람들한테 말해. 나한테 말해도 좋고."

"말씀만이라도 감사합니다."

만나는 이들마다 이런 대화를 나누니 이제는 생각도 전에 자동응답기처럼 대답이 먼저 나왔다. 유난하리만치 나를 신경 써주는 주민들의 태도에는 경계심마저 느껴졌지만 나는 마을의 일원이 된 것 같아 이런 대화가 그리 나쁘지만은 않았다.

은성은 딱지를 돌려준 이후로 감동을 받았는지 존경심이 담긴 눈으로 나를 따랐다. 태생이 모범생이었던 채윤은 그가 못마땅한지 은성과 내가 대화하고 있으면 그를 노려보곤 했다.

"선, 선생님."

수업이 끝나고 교무실로 향하는 나를 은성이 불러 세웠다. 그는 제 신발만 보며 손가락을 더듬거렸다.

"왜 그래?"

"혹시 고, 고기 있으세요?"

"고기?"

나는 점심에 급식으로 나온 불고기를 떠올렸다.

"배고파서 그래?"

"아뇨. 그런 게 아니라……."

"그럼 갑자기 고기는 왜?"

은성의 표정이 더 어두워졌다. 요즘 아이들은 사춘기도 빨리 오니 배가 고파서 꼬르륵거리는 것도 충분히 신경 쓰일 것 같았다. 말을 더듬는 것 때문에 주변의 눈치를 자주 보는 은성이라면 특히나 그럴 수 있었다.

"선생님이 지금은 먹을 게 없는데……."

은성은 무언가 말하려다 입을 다물었다.

"같이 교무실에 가볼래? 과자 같은 게 있을 수도 있는데."

나는 상훈이 체육 수업을 끝내면 습관처럼 먹는 감자칩을 떠올렸다. 상훈의 자리에 박스째로 있으니 하나 가져간다고 해도 모를 것이다.

"아뇨. 괜, 괜찮아요."

그는 누가 봐도 시무룩하게 고개를 떨군 채 돌아갔다. 반응이유별나다고 생각했지만 아이들은 원래 사소한 것에도 일희일비하니 크게 신경 쓰지 않았다.

학교에서 집으로 돌아가는 길은 무조건 교회를 지나쳐야만 했다. 나는 아직도 교회에 들어가 보지 못했다. 그때 본 피 같은 것이 새어 나오는 비닐봉지는 대체 뭘까.

일요일마다 돌아오는 행진을 집 안에서 보고 있으면 소름이 끼쳤다. 비닐봉지를 하나씩 손에 들고 가는 것은 익숙해졌다. 그러나 교회에 가는 사람들의 얼굴은 절대 평범하다고 할 수 없는 표정이었다. 몇몇은 눈이 퀭했고 하늘을 바라보며 걸었다. 기도문을 중얼거리는 사람들도 있었다. 저번에 인사를 나눴던 사람들이 이런 얼굴로 교회에 가는 것을 보면 절대 교회에서 평범한 일만 하지는 않겠구나 하는 의심이 절로 들었다.

교회가 아무리 의심스러워도 내가 할 수 있는 것은 없었다. 일요일에는 교회 근처에 가기만 해도 영훈이 눈을 부릅뜨고 문 앞을 지키고 있어 들어갈 엄두도 내지 못했다. 한번 교회를 둘러보며 샛길이 있나 찾아봤지만 벽돌을 높이 쌓은 벽은 사다리가 있어도 넘기 어려워 보였다. 마을 입구 경계보다 교회 경비에 더 힘을 쏟은 것을 보니 교회에 무언가 있긴 한 것 같았다.

처음에는 흔히 영화에 나오는 것처럼 마을 전체가 범죄에 연루되어 있는 것은 아닐까 싶었지만 그러기엔 마을의 분위기가 너무 평화로웠다. 어쩌면 보물이 들어 있는 금고가 있을지도 모른다. 그렇게 생각하면 외부인이 교회에 못 들어오게 기를 쓰고 경계하는 것도 이해가 되었다. 나는 교사였지 도둑은 아니었지만 억울함을 토로할 정도로 친한 사람은 없었다.

오다가다 인사나 하는 사이 말고 친하게 지내는 사람이라면 그나마 학교 관계자들뿐이었다. 상훈에게 말하면 그날 밤 술자리에서 마을 전체로 소문이 쫙 퍼질 것 같았다. 미정에게 말한다고 해도 눈을 크게 뜨고 자기는 잘 모르겠다면서 발뺌하거나 자기 얘기를 하느라 바쁠 것이다.

멈춰 서서 교회를 보고 있자니 누군가 다가왔다. 이장이었다. 이장은 눈을 가늘게 뜨고 물었다.

"여기서 뭐 하세요?"

"그냥 보고 있었습니다. 건물이 예뻐서요."

아닌 게 아니라 교회는 혼자서 서양식 건축을 따르다 보니 상당히 이질적이었다. 스테인드글라스가 햇빛에 반사되어 반짝거리니 절경이었다.

"건물을 이렇게 지으려면 돈이 많이 들었겠는데요."

"많이 들었죠. 아마 들으면 놀라실 겁니다. 그래도 신의 은총 덕분에 무사히 지을 수 있었으니 다행이죠."

나는 이장이 목에 걸린 십자가를 바라보았다. 처음 보았을 때는 눈치채지 못했는데 그는 볼 때마다 십자가를 걸고 있었다. 미정의 말로는 자신도 이장이 목에서 십자가를 빼놓은 것을 본 적이 없다고 한다. 크기가 액세서리처럼 작은 것도 아닌 손바닥만 한 크기였다. 씻을 때도 끼고 있을 것이라며 상훈은 감탄했다.

"신의 은총이요?"

"네. 신의 은총이요."

나는 웃어야 하는지 고민되었다. 이장의 굳은 얼굴을 보니 아무래도 진담인 것 같았다.

"신의 은총이라. 저도 한번 경험해 보고 싶네요."

"곧 경험할 수 있으실 겁니다. 기회가 된다면요."

나는 빙그레 웃었지만 이장은 입꼬리에 미동도 하지 않았다. 이 것도 진담인 것 같았다.

이장은 내 얼굴을 빤히 쳐다보더니 말했다.

"오지랖이라면 죄송하지만, 하고 싶은 말씀이 있으신 것 같은데요. 제가 도움이 될 수 있다면 들어도 괜찮을까요? 이것도 이장이 하는 일이니까요. 목사가 하는 일이기도 하고요."

생각을 읽은 듯한 그의 말에 헛기침을 했다. 이장의 말대로 하고 싶은 말은 있었다.

나는 신의 은총을 바라기는커녕 신을 믿지도 않는 사람이다. 설령 신이 있다고 해도 나와는 연관 없는 존재이다. 신이 내 기도를 들어줬더라면 가족이 산 채로 불탔을 리도, 유년시절을 보육원에서 지냈을 리도 없었다. 보육원에서 구석에 숨어 인상을 찌푸리고 있거나 손목에 자해 자국이 있는 아이들은 대부분 사연이 나와 비슷했다.

나는 그들과 다르다고 생각했다. 저 아이들과 내가 같은 처지라고 생각조차 하지 않았다. 내 의식은 아직도 불타는 집을 바라보는 꼬마아이에서 벗어나질 못했다. 벗어나고 싶지도 않았다.

이장의 진실로 나를 걱정하는 듯한 눈빛에 하마터면 그날의 참극을 내 입으로 털어놓을 뻔했다. 그는 계속해서 나를 보았지만 추궁할 생각은 없어 보였다. 어색한 침묵 속에 나는 어색하게 웃었다.

"감사하지만 그런 거 없습니다. 언젠가 한번 교회에 가보고 싶네요."

교회에 가보고 싶다는 말을 하자 이장은 나를 따라 웃었다.

"저도 마음 같아서는 초대하고 싶습니다만, 다른 분들이 마음의 준비가 되지 않은 것 같아서요. 너무 조바심 내지 않으셔도 됩니다. 혹시 오해가 있으실까 봐 얘기 드리는 건데 따돌린다거나 그런 건 아니니……."

"아뇨. 그런 의도는 아니었습니다. 그냥 궁금해서요."

이장은 불편한 게 없냐고 물었다. 우리는 간단히 대화를 조금 더 하다가 헤어졌다. 기분 탓인지는 모르겠으나 이장은 마치 내가 어디로 가는지 보는 것처럼 내 뒷모습을 끝까지 지켜보았다.

웬일인지 상훈이 아침 일찍부터 학교 앞에 나와 있었다. 팔에는 경비라고 쓰인 완장을 차고 있었다.

"혹시 여기서 밤새우셨어요?"

나는 우스갯소리를 던졌다. 평소 같았으면 웃어넘겼을 상훈이었지만 그는 웃지 않았다.

"어젯밤에 뭐 했어?"

"그야 집에 있었죠."

"확실해? 본 사람은 없고?"

상훈의 반응에 나는 그제야 그의 얼굴이 딱딱하게 굳은 것을 눈치챘다.

"무슨 일 있었어요?"

"나중에 교무실에서 말해줄게. 일단 들어가."

교무실에서는 미정이 불안한 듯이 눈을 크게 뜨고 있었다.

"미정 씨, 지난밤에 무슨 일 있었어요?"

"토끼가 죽었어요."

미정은 매일 내다보던 창밖의 우리를 가리켰다. 그녀의 말대로 토끼의 수를 세보니 한 마리가 없었다.

"고양이가 물어 간 거 아니에요?"

평소에 닭을 보며 입맛을 다시던 고양이를 떠올렸다. 고양이가 토끼도 먹는지는 모르겠지만 토끼나 닭이나 똑같은 고기이니 배고픈 고양이라면 가리지 않고 먹을 것 같았다.

"아니에요. 은수 아저씨가 토끼가 죽은 걸 봤대요. 저는 보지는 못했는데 듣기로는 토끼 머리가……."

성은수는 한사람 초등학교의 경비원이었다. 그는 마주칠 때마다 시덥잖은 얘기를 꺼내 사람을 귀찮게 하는 재주가 있었다. 궁금하지도 않은 얘기를 가만히 듣다가 적당히 호응해 주는 것도 상당히 귀찮은 일이었다. 다행히도 은수의 근무는 대부분 야간에 있어 마주칠 일이 적었다. 지난 밤에도 야간 순찰을 돌다 토끼의 시체를 발견한 모양이었다.

미정은 은수가 떠벌린 토끼의 사체 묘사가 떠올랐는지 상상하는 것만으로도 속이 안 좋은 듯 헛구역질을 했다. 자세한 얘기를 듣고 싶었지만 그녀에게는 무리한 부탁이었다.

"토끼 머리가 깨져 있었어. 누가 돌로 찍은 것 같더라고. 바로 옆 수풀에 피 묻은 돌이 버려져 있었으니 확실해."

등교하지 않은 아이가 없는지 확인하고 돌아온 상훈이 덤덤히 말했다. 전교생이라고 해봤자 채 스무 명도 되지 않으니 어려운 일은 아니었다.

"토끼 시체는 내가 치웠어. 보고 싶진 않겠지만 나중에라도 보고 싶으면 쓰레기장에 가봐."

"쓰레기장이요?"

미정이 경악하며 소리쳤다.

"쓰레기봉투에 담아 버리신 거예요? 세상에, 그렇게 예쁜 토끼를."

"그러면 애들 다 보게 그대로 놔둬?"

"그 말이 아니라 적어도 땅에 묻어줬으면 좋았잖아요."

"아주 호상이네, 호상이야. 토끼 말고 나 죽었을 때나 그렇게 해줘라."

"그러면 토끼가 죽은 지 언제 아신 거예요?"

상훈에게 자세한 사정을 물었다.

"자고 있는데 성은수한테 전화가 오더라고. 받아보니까 학교에 누가 들어왔었대. 울타리 넘는 건 봤는데 너무 빨라서 뒤쫓아 가질 못했다더라고. 원래 은수가 관절이 안 좋아서 뛰지를 못해. 그래도 몸집이 작다는 건 봤다더라. 매일같이 눈에 좋은 음식만 먹어댈 정도로 눈만큼은 끔찍이 여기는 애라 확실해.

어쨌든 그 일 때문에 아침에 일찍 출근해서 은수랑 같이 토끼 시체를 치웠어. 그놈이 자기는 죽어도 못 만지겠다며 혼자서는 못하겠다더라고. 나이는 먹을 대로 먹어놓고 그것도 못해서야. 하긴 어릴 때부터 비위가 약하긴 했어. 한 번은 낚시를 하는데 기껏 물고기를 잡아놓고 손으로 잡지를 못해서 다 놓치는 거야. 내가 그때 얼마나 답답했는지."

때마침 교무실에 들어온 교장은 눈썹이 일그러지다 못해 하나로 붙을 정도로 인상을 쓰고 있었다.

"다들 들으셨는지 모르겠지만 간밤에 누군가 학교에 침입했었다고 합니다. 토끼가 죽은 것도 죽은 거지만, 문제는 이놈의 다음 표적이 무엇이 될지 모른다는 거예요."

교장은 침을 튀기며 빠르게 말했다. 나는 순간적으로 아이들의 얼굴을 떠올렸다. 그리고 실제로 보지는 못했지만 지금쯤 파리나 구더기들이 집으로 삼았을 토끼의 시체를 떠올렸다. 머리가 깨지다니. 대체 어떻게 되었기에 머리가 깨졌다고 하는 걸까.

"그런데 뭔가 이상하지 않나요?"

내가 말을 꺼내자 모두들 나를 쳐다보았다. 미정은 늘 그렇듯이 금방이라도 눈알이 빠져나올 듯 눈을 떴고 상훈은 교장의 시선이 내게 머물러 있는 틈에 나를 향해 살짝 고개를 저었다. 어설프게 나서지 말라는 뜻이었다.

"고작 하는 게 새벽에 들어와서 토끼 한 마리 죽이는 거라니. 너무 비상식적인 행동이잖아요. 그리고 박상훈 선생님. 아까 토끼 시체 옆에서 흉기도 봤다고 했죠? 그 피 묻은 돌 말이에요."

"돌? 봤었지."

"칼이나 도끼 같은 걸 안 쓰고 굳이 돌멩이를 쓴 걸 봐서는 계획 범죄도 아닌 것 같은데. 이상한 점이 많아요."

"그래서, 최이준 선생님 말은, 신경 쓸 필요 없다 이건가요?"

"아뇨. 신경 쓸 필요 없다는 게 아니라 범인의 동기가 중요하다는 겁니다."

교장은 온몸의 피가 얼굴에 쏠린 듯 벌게졌다. 색깔 때문인지 그의 얼굴이 풍선처럼 부풀어 올라 금방이라도 터질 것처럼 느껴졌다.

"그런 건 중요하지 않아요. 중요한 건 우리 학생들을 노리는 미친놈이 이 마을에 있을 수도 있다는 거 아닙니까. 그저 어림짐작으로 넘기기에는 아이들의 생명이 걸려 있습니다."

나는 실언이었다고 사과했지만 내 의도는 다른 곳에 있었다. 머리가 깨진 채 쓰레기봉투에 담겨 버려진 토끼와 일요일만 되면 사람들이 교회로 들고 가는 피가 뚝뚝 떨어지는 비닐봉지. 이 둘은 우연이라기엔 어딘가 비슷한 점이 있다고 직감이 말하고 있었다.

아이들에게는 당연하지만 아무 말도 하지 않았다. 토끼 한 마리가 사라진 것에 대해서는 간밤에 병을 앓게 되어 '하늘나라'에 가게 되었다고 전했다. 요즘 아이들은 눈치가 빨라서 '하늘나라'가 무엇을 뜻하는지 다들 알고 있었다.

아이들 사이에서는 온갖 추측이 난무했다. 누군가 자신이 어제 본 드라마에서 나왔던 '폐렴'에 걸린 것 아니냐고 말했지만 토끼가 무슨 폐렴에 걸리냐며 비웃음만 샀다.

토끼의 사인을 아는 아이는 없었지만 원인은 사육 담당이 제대로 관리를 안 해서 그렇다는 의견이 대다수였다. 그래서인지 그 주 사육 담당이었던 은성의 안색이 창백했다. 이 이상 놔두었다간 싸움이 일어날 것이 뻔해 보여 서둘러 수업에 들어갔다.

귀여운 토끼들은 아직 남아 있었으므로 아이들의 관심은 빠르게 식었다. 학교가 끝날 때쯤 아이들의 의견은 고양이가 물어갔다는 것으로 모아졌다.

그날 저녁 나는 은수와 함께 학교에 남았다. 교장이 제안한 야간 동반 경비는 당연하다는 듯이 내게 넘겨졌다. 범인이 바로 다음 날 범행을 저지를 것 같지는 않았지만 실언을 하기도 했으니 순순히 교장의 말에 따랐다. 싫다고 해도 어쩔 수 있는 일이 아니기도 했고.

은수의 뒤를 따라 경비실에 들어갔다. 책상 위에는 방금 은수가 사 온 야식거리 말고는 아무것도 없었다. 무릎 높이까지 오는 작은 냉장고와 간이침대가 있는 것으로 볼 때 야간 경비가 그리 힘들어 보이진 않았다.

"선생님이랑 이렇게 대화해 보는 건 처음이네요. 늘 먼저 가버리시니까."

은수는 한사람 마을에 유일하게 존재하는 분식집에서 사 온 떡볶이를 먹으며 말했다. 내가 있어서 신경을 쓴 것인지 떡볶이에 순대, 오뎅 국물까지 책상 위에 늘어놓았다. 이럴 줄 알았으면 나도 과자거리라도 사 올 걸 그랬다. 친분이 있는 것도 아닌데 얻어먹으려니 괜히 눈치가 보였다.

"죄송합니다. 다음에 시간 되실 때 같이 밥이라도 한 끼 하시죠."

겉보기에도 튼실해 보이는 순대는 방금 만들었는지 따뜻한데다 속이 꽉 차 있었다. 떡볶이 국물에 찍어 먹으니 그만한 별미가 없었다. 나는 은수가 옆에서 하는 말을 한 귀로 듣고 한 귀로 흘리며 야식을 먹었다.

은수가 매일 퇴근할 때마다 말을 걸어왔으므로 대화하는 걸 즐기는 성격이라고는 알고 있었지만 상훈의 친구 아니랄까 봐 이 정도로 말이 많을 줄은 몰랐다. 하나하나 받아주었다가는 근무는커녕 야식도 제대로 먹지 못할 것 같았다.

범인이 다시 올 것이라고는 생각하기 힘들었다. 어느 멍청한 놈이 범행을 저지른 지 채 하루도 안 돼서 똑같은 장소에서 똑같은 범행을 저지른단 말인가. 차라리 이럴 시간에 영훈에게 울타리 감시만 하지 말고 마을 순찰이나 하라고 하는 편이 나을 텐데.

"그러면 내일이라도 어떻습니까. 사실 내일 상훈이랑 한잔하기로 했거든요. 선생님이 있으면 술맛이 더 살 것 같은데……."

모터처럼 돌아가던 은수의 입이 점점 조용해졌다. 그는 눈을 가늘게 뜨고 떡볶이를 입으로 가져가던 내 팔을 툭툭 쳤다. 이쑤시개 끝에 힘없이 매달려 있던 떡볶이가 바닥으로 추락했다.

"왜 그러세요?"

"아니. 잘못 봤나 싶어서요. 방금 누가 지나가지 않았어요?"

"저는 못 봤는데요."

내가 보고 있었던 것은 바닥으로 추락사한 떡볶이밖에 없었다.

"그래요? 내가 눈이 침침한가. 다리도 모자라서 눈까지 말썽이네. 그렇게 좋다는 거 챙겨 먹으면 뭐해."

은수가 다시 입을 열어 신세한탄을 시작할 때 어디선가 퍽 하는 소리가 들렸다. 무슨 소리인지 정확히는 알 수 없었지만 바람 소리가 아닌 것만은 확실했다.

"제가 가볼게요. 여기서 문을 맡고 있다가 범인이 나가려고 하면 어떻게든 막아주세요."

"알겠습니다. 이거 챙겨 가세요."

은수는 나를 멈춰 세우더니 책상 서랍에서 손전등과 호신용 삼단봉을 건네주었다.

"거기 버튼 누르면 펴지거든요? 오래되어서 원래 잘 안 접히니까 신경 쓰지 마세요. 문은 내가 막고 있을 테니 빨리 가세요."

"감사합니다."

소리가 난 곳으로 황급히 뛰어갔다. 사육장 쪽이었다. 보육원에서 허구한 날 싸우기는 했지만 흉기를 들었을 게 뻔한 놈과 맞닥뜨리는 것은 그리 유쾌한 일이 아니었다.

토끼 우리에서 무언가 움직이고 있었다. 입구 쪽에 옹기종기 모여 있던 토끼들은 멀리서 달려오는 나를 보고는 반가운 듯 귀를 쫑긋댔다. 우리 안에 있던 누군가가 재빨리 담을 넘었다. 몸집이 작은 것으로 보아 아직 어린아이일 것이다. 한사람 마을엔 초등학교뿐이라 중고등학생들은 대부분 친척집에서 생활하는 것을 감안하면 범인은 초등학생이 거의 확실했다.

범인의 정체가 매일 보는 학생이라고 생각하자 긴장감이 사라져 하마터면 삼단봉을 놓칠 뻔했다. 초등학생이 토끼를 돌로 내리찍어 죽였다는 것도 심각한 사안이었지만 적어도 학교에 침입한 괴한이 있다는 것보다는 나은 소식이었다. 의도를 지닌 성인보다는 비뚤어진 초등학생이 제압하기 쉬우니까.

"거기, 누구야. 얘기 좀 하자."

나는 그를 뒤쫓아 가며 말했다. 이런 말을 한다고 멈출 리가 없었지만 내가 할 수 있는 것이라고는 뒤쫓아 가기와 소리치는 것밖에 없었다.

"서, 선생님이세요?"

앞서 도망치던 누군가가 자신 없어 하는 목소리로 소리쳤다. 코가 꽉 막힌 듯한 코맹맹이에 말을 더듬는 것이 누가 들어도 은성의 목소리였다. 반신반의하면서도 일단 계속 쫓아갔다.

내가 아는 은성은 말을 더듬지만 성격이 좋아서 채윤이 빼고는 모두하고 다 잘 지내는 아이였다. 몰래 학교 뒤편에서 토끼 같은 작은 동물을 해할 아이처럼 보이지는 않았다.

"은성아. 은성이 맞니?"

"아, 아니요. 여기 아무도 없, 없어요."

말을 더듬는데다 멍청하게 보일 정도로 순진한 것이 은성이 확실했다. 은성은 학교 뒤에 있는 언덕을 오르기 시작했다. 아이를 두고 혼자 갈 수도 없으니 나도 따라서 가파른 언덕을 올랐다. 휘두르기 위해 들고 온 삼단봉은 지팡이처럼 땅에 머리를 처박히는 신세가 되었다. 손전등으로 길을 비춰도 잘 안 보이는데 은성은 신기하게도 원숭이가 나무에 오르듯 자연스럽게 언덕을 올라갔다.

손전등은 오래되었는지 가끔씩 깜빡거렸는데 은성을 시야에서 놓칠 때마다 나는 그를 불렀다. 은성은 쫓기는 입장에서도 대답은 꼬박꼬박 해줬기에 뒤쫓는 것은 어렵지 않았다.

그에게는 안 된 일이지만 학교 뒤에 있는 언덕은 학교로 다시 내려오는 길 말고는 높진 않더라도 꽤 가팔라 외딴 섬이나 마찬가지였다.

"은성아. 더 가면 위험해."

"오, 오지 마세요."

나는 은성이 뒷걸음질 치다 추락할까 걱정이 되었다.

"알았어. 뭐라 안 할 테니까 뒤에 조심해. 떨어진다."

떨어진다는 말에 겁을 먹었는지 은성은 주춤대며 자리에서 꼼짝도 하지 않았다.

"선생님이 갈게. 거기 가만히 있어."

이게 무슨 고생인가 싶었지만 천천히 은성에게 다가갔다. 체념한 것인지는 몰라도 그는 그늘진 나무 사이에 가만히 서 있었다. 내가 다가가자 그는 헐레벌떡 내게 안겼다. 비에 젖은 고양이처럼 품에 안겨 울먹이는 꼴이 애처로워 보였다.

"선, 선생님. 잘, 잘못했어요."

아직 아무 말도 안 했지만 그는 자기가 받게 될 벌이나 꾸지람이 두려운 것인지 울음 섞인 목소리로 더듬거렸다.

"네가 그랬니?"

"잘못했어요."

"내려가면서 얘기하자. 학교 온 거 부모님은 알고 계시니?"

은성은 훌쩍이며 고개를 저었다.

"마을 밖…… 고기가 상해서 고기를 사러 마을 밖으로 나가셔서 지금은 집에 안 계세요. 밤이 늦어서 먼저 자라고 하셨어요."

"이런 늦은 시간에 돌아다니면 안 되지."

동물을 죽여도 안 되고.

나는 어떤 말을 꺼내야 할지 몰랐다. 은성이 토끼를 죽였다는 것은 확실했지만 그는 고등학생도 중학생도 아닌 아직 초등학생인 어린아이였다. 어린이의 짓궂은 장난이라고 하기에는 도를 넘은 것 같지만 그래도 어린 마음에 상처를 내기는 싫었다. 하지만 그냥 넘어간다면 그건 그거대로 문제였다. 일단 오늘은 시간이 늦었으니 그냥 보내주고 다음에 진중히 얘기를 해봐야 할 것 같았다.

"선생님. 죄송해요."

계속 아무 말이 없자 내가 화가 났다고 오해한 은성이 기어들어가는 목소리로 중얼거렸다.

"사과는 내가 아니라 토끼한테 해야지."

은성은 울먹이다가 결국 하늘이 무너지도록 울음을 터뜨렸다. 나는 그를 달래주며 계속 언덕을 내려갔다. 가뜩이나 어두운 밤에 초행길이어서 길을 찾기 쉽지 않았다. 산에서 조난당하는 사람들의 심정을 알 것 같았다. 길찾기에만 정신을 집중해도 모자랄 판에 위로까지 해줘야 하니 몸이 두 개가 아닌 열 개라도 모자랄 판이었다. 은성의 절규 같은 울음이 잦아들고 '불쌍한 토끼'라며 흐느낌이 시작됐을 때 내가 물었다.

"은성아. 혹시 왜 그런 짓을 했는지 물어봐도 될까?"

그는 대답하는 대신 걱정에 찬 목소리로 물었다.

"서, 선생님. 저 혹시 경찰 아저씨한테 잡혀가나요? 감, 감옥에도 가는 거예요?"

만약 그렇다면 동네 경찰서는 어릴 적 심심풀이로 잠자리 날개를 잡아 뜯거나 개구리를 돌로 맞힌 죄로 끌려온 아이들로 가득 찼을 것이다. 나 역시도 동생과 함께 말라비틀어진 지렁이를 쥐불놀이 하듯 흔들어댔었다.

"감옥이 문제야? 은성이 너 진짜 안 되겠구나."

"저, 저도 불쌍한 토끼한테 그러고 싶지 않았어요. 그치만 고기, 고기가 없었단 말이에요."

그게 무슨 뜻인지 추궁하려 했을 때 눈앞에서 도깨비불처럼 일렁이는 불빛 두 개가 나타났다. 밑으로 내려가던 우리에게는 허공에서 나타난 것처럼 보였다. 쌀쌀한 날씨에 한 치 앞도 제대로 보이지 않는 어둠과 바람이 나뭇가지에 손을 뻗으며 만드는 부스럭거리는 소리. 그리고 도깨비불이 합쳐져 공포영화의 한 장면을 만들었다.

은성은 몸을 움찔거리며 고개를 푹 숙였다. 나는 지팡이로 들고 있던 삼단봉을 들었다. 어느새 삼단봉은 접혀 있었다. 삼단봉을 펴기 위해선 분명 버튼을 누르라고 했었는데. 아까와는 달리 안에서 걸린 건지 삼단봉이 펴지질 않았다. 그동안 도깨비불은 착실하게 다가왔다. 귀신한테 삼단봉이 통하긴 할까.

"거기 있으셨어요?"

다행히도 도깨비불이 아닌 손전등을 든 성은수였다. 나는 마음이 놓여 주저앉을 뻔했다. 은수의 뒤에서는 이장이 마찬가지로 손전등을 들고 올라오고 있었다. 아마 손전등 불빛을 도깨비불로 착각한 것 같았다.

"왜 그러세요. 무슨 일 있었어요?"

"아뇨. 괜찮습니다."

은수가 걱정스레 물어 되레 부끄러웠다. 은성이 같은 어린애라면 모를까, 다 큰 어른이 손전등 불빛에 놀라 자빠질 뻔했다는 건 자랑이 아니다.

이장은 내 등 뒤에 숨어버린 은성을 노려보고 있었다. 아니, 그냥 노려본다는 말로는 부족했다. 어쩌면 우리가 본 도깨비불은 이장의 눈이었을지도 모를 정도로 그의 눈은 불타고 있었다. 그의 입은 금방이라도 소리를 지를 것처럼 입술을 일그러뜨린 채 반쯤 벌렸다.

속은 몰라도 겉으로는 감정을 드러내지 않고 항상 점잖았던 그였기에 이런 반응이 더 놀라울 수밖에 없었다. 은성이 잘못하지 않았다는 것은 아니지만, 저런 표정을 지을 것까지야 없을 텐데.

"이 아이입니까?"

이장은 분노로 떨리는 목소리로 물었다.

"네가 토끼를 죽였니? 왜 그랬어. 이유를 말해봐."

"고, 고기가 없어서……."

은성은 아까 내게 했던 말을 똑같이 되풀이했다. 나는 고기가 없다는 것이 무슨 말인지 이해가 안 됐지만 이장과 은수는 단번에 이해한 것 같았다. 어쩌면 어제 토끼가 죽었을 때부터 그들은 알고 있었을지도 모른다.

"내가 그런 방법은 안 된다고 했잖아. 부모님한테 못 들었어? 밖에서 사오거나 평소에 먹는 걸로 들고 오라고 했지 누가 동물을 죽여서 들고 오라고 했어. 부모님이 시킨 거야?"

이장은 은성의 어깨를 잡고 흔들었다. 어찌나 세게 힘을 주었는지 은성의 머리는 목에서 빠질 듯이 앞뒤로 흔들렸다. 보고만 있을 수는 없어 말리려 다가갔다. 은수가 가만히 있으라며 팔을 잡아당겼지만 명색이 교사인데 이 광경을 보고만 있을 수는 없었다.

"이장님. 그만하세요. 아직 애잖아요."

이장은 들은 척도 하지 않았다.

"네 부모님이 시킨 거야? 맞지? 내가 그렇게 경고했는데도 이런 짓을 벌이다니. 네 부모님한테 전해. 앞으로 예배 나올 생각은 하지도 마라고. 교회 쪽으로는 발걸음도 하지 마."

은성은 교회에 오지 마라는 말을 듣자마자 눈물을 쏟으며 연신 죄송하다는 말을 반복했다.

"죄, 죄, 죄송합니다. 부, 부모, 모님이 시키신 게 아니라 제가 한, 한 거예요. 제발 교, 교회는 다닐 수 있게 해주세요. 부모님은 아무것도 모, 모르세요."

은성은 무릎까지 꿇었지만 이장은 꿈쩍도 하지 않았다. 나는 초등학생한테 너무한 처사가 아닌가 싶어 나대로 화가 났다. 물론 동물을 죽인 게 잘했다는 건 아니지만 이렇게까지 할 필요가 있을까.

"이장님. 이쯤하면 됐습니다. 오늘은 여기까지 하시죠. 은성이 너도 일어나고."

이장은 씩씩거렸지만 그제야 나와 은수가 있다는 것을 자각했는지 은성의 어깨에서 손을 뗐다. 은성은 콧물을 소매로 닦으며 일어섰다. 아직 머리가 멍해 보였다.

"죄송합니다. 흉한 꼴을 보였군요."

"아무리 은성이가 잘못했다고 하지만 이건 너무하신 것 아닙니까. 아직 초등학생이기도 하고 은성이도 많이 반성한 것 같은데요."

내 말을 제대로 들었는지 모르겠지만 이장은 곰곰이 생각하더니 말했다.

"최이준 선생님. 이번 주에 한번 와보시겠습니까? 교회 말이에요. 마침 이번 주에 영접이 있는데 그때 오시면 될 것 같습니다. 영훈 씨한테 이미 들었습니다. 교회에 와보고 싶어 하신다고요. 기억하실는지 모르겠는데 제가 저번에 말씀드린 좋은 기회가 이제 생긴 것 같습니다."

"지금 교회가 문제가 아니지 않습니까?"

나는 어이가 없었지만 이장은 계속 말을 이어나갔다.

"저희가 9시부터 일정을 시작하니 그 전에는 교회에 오셔야 합니다. 대부분 8시에 오니까 최이준 선생님도 그때 오시면 되겠죠. 원한다면 더 일찍 오셔도 되고요. 제가 6시쯤 도착하니 그 전에는 안 열려 있을 겁니다. 성격상 이런 건 남한테 맡길 수가 없어서 교회 열쇠는 저밖에 안 가지고 있거든요. 오실 거라면 마을 사람들한테도 미리 얘기해 두겠습니다. 물론 영훈 씨한테도요. 영훈 씨가 이번에는 들여보내 줄 겁니다."

나는 대뜸 이런 말을 꺼내는 이장에 어이가 없었다. 아이가 자빠져 울고 있는데.

한편으로는 지금이 아니면 교회에 들어갈 기회가 언제 또 올지 알 수 없겠다는 생각도 들었다. 열렬한 신자가 될 생각은 없었지만 앞으로 얼마나 지내게 될지 모르는 이곳에서 마을 전체가 공유하는데 나만이 모르는 비밀이 있는 건 이상하지 않은가. 피가 떨어지는 비닐봉지도 궁금했고 이장이 왜 이렇게까지 토끼 문제에 대해 열을 내는지도 궁금했다.

"알겠습니다. 저도 교회에 나가겠습니다."

"잘 생각하셨습니다."

이장은 내 어깨를 쓰다듬으며 말했다. 앞으로 잘해보자는 의미일까 앞으로 잘하라는 의미일까. 그는 평소의 이장으로 돌아와 있었다.

그러자 새삼스레 평소의 이장이 어떤 사람인지는 아무것도 모른다는 생각이 들었다.

3. 홍수

3. 홍수

"교회 오신다면서요?"

커피를 건네주자 고맙다는 말과 함께 미정이 물었다.

"네, 근데 원래 이렇게 초대받고 가는 건가요? 교회는 가는 사람은 막아도 오는 사람은 안 막는 걸로 알고 있거든요."

"저희는 옛날부터 그래서요. 그러니까 너무 신경 쓰지 마세요. 다들 그랬으니까."

고작 교회 예배 따위에 왜들 그렇게 열을 내냐고 하고 싶었지만 미정도 엄연히 한사람 마을에 살고 있었고 직접 본 적은 없지만 당연히 교회에도 다닐 것 같아서 그만두었다.

미정 말고도 다른 사람들 역시 마주칠 때마다 이번 주부터 교회에 오냐고 물었다. 어느새 마을 사람들 모두에게 알려진 모양이었다. 단순히 불편한 것 없이 잘 지내냐는 물음이 교회에 오냐는 말로 바뀐 것뿐이지만 어조가 달라져 있었다. 마을 사람들은 내가 교회에 오는 것을 분명히 경계하고 있었다.

이쯤 되니 교회에 가는 것이 그리 달갑지만은 않았다. 애초에 신앙심 따위는 있지도 않았고 호기심에 가보고 싶었던 것이니 그럴 만했다. 일요일 아침부터 갔다가 괜히 몰매만 맞는 건 아닐까. 지금이라도 마음이 바뀌었다고 할까 싶다가도 이미 온 마을에 소문이 퍼져서 그럴 수도 없었다.

살면서 딱 한 번이지만 동생이랑 손잡고 교회에 가본 적이 있었다. 같은 반 아이의 생일파티였다. 그는 일주일 전부터 동네방네 자랑을 하고 다녔는데 듣기로는 최고급 뷔페가 온다는 소문이 있었다. 거기에 이동용 트램펄린까지 있어 온종일 뛰어놀 수 있다고 했다.

용돈을 동생과 나눠 쓰는 바람에 트램펄린을 탈 돈이 별로 없었던 나는 친한 사이는 아니었지만 그의 생일파티에 가기로 했다. 그 애의 목적은 한 명이라도 더 초대해 생일파티를 시끌벅적하게 만드는 것이었고 나는 트램펄린이 목적이었으니 서로 손해 볼 것은 없었다.

의외의 복병은 동생이었다. 나는 동생과 함께 트램펄린을 타고 싶지도 않았고 짓궂은 반 아이들 앞에서 동생과 손을 잡고 싶지도 않았다. 하지만 엄마는 집에 혼자 있는 것보다는 트램펄린이 아이에게 더 좋은 경험이라며 강요 아닌 강요를 했다. 구원의 손길을 바라며 아빠에게 어떻게 생각하냐고 물었지만 아내를 상대하는 것보다는 아들을 상대하는 편이 더 쉬웠는지 단호히 동생을 데려가라고 말했다.

동생은 생일파티 전날 신이 나 밤새 침대 위에서 발을 구르며 뛰었다. 어찌나 발을 세게 굴렀는지 주택이 아닌 아파트였다면 진작에 아랫집에서 올라왔을 정도로 침대가 삐걱거렸다. 그 소리를 들은 엄마는 한걸음에 방으로 달려와 당장 자지 않으면 생일파티고 뭐고 집이나 지키게 할 것이라고 소리쳤다. 엄마나 동생이 내일 누가 생일인지는 알고 있을지 궁금했다. 나도 그리 친한 것은 아니었지만 적어도 나는 얼굴은 알고 있었다. 물론 단둘이 대화해 본 적은 없지만.

생일파티 당일이 되어서야 선물을 안 샀다는 것을 깨달았다. 대화해 본 적도 없으니 뭘 좋아하는지도 당연히 몰랐다. 급한 대로 집 근처 가게에서 가장 싼 문구세트를 샀다. 포장해 달라고 하니 주인아저씨가 흐뭇한 표정으로 말했다.

"친구 생일이니?"

친구는 아니었지만 그냥 고개를 끄덕였다. 아저씨는 제 자식에게 주듯 정성스레 포장해 주었다.

친구들은 내가 동생 손을 잡고 함께 온 것을 보고 조롱 섞인 웃음을 터뜨렸다. 동생은 주변에서 뭐라고 하던 맛있는 음식을 먹고 하루 종일 뛰어놀 생각에 푹 빠져 아무것도 들리지 않는 것 같았다.

선물을 건네주며 행여나 트램펄린을 타기 전에 그가 선물을 열어볼까 봐 조마조마했다. 다행히 내 선물은 구석에 쌓인 선물더미 속으로 무사히 침투했다. 이름은 써두지 않았으니 누가 싸구려 문구세트를 줬는지는 모르리라.

"안녕, 얘들아. 우리 아들 생일파티에 와줘서 고맙다."

나는 그제야 그 아이의 아빠가 교회 목사라는 것을 알았다. 왜 하필 다른데 나두고 교회에서 생일파티를 하는 것에 대한 의문이 풀렸다.

"신나게 먹고 놀기 전에 기도부터 할까?"

나와 동생은 뷔페에서 많이 먹기 위해 아침을 굶었다. 기도는 나중에 하고 일단 밥부터 먹고 싶었지만 분위기를 보니 기도를 안 하겠다고 했다가는 뷔페는 넘보지도 못할 것 같았다.

나는 태어나서 기독교인들이 하는 기도를 본 적이 없었던 터라 교회에서는 어떻게 기도를 하는지 몰랐다. 동생을 슬쩍 봤지만 나도 모르는 것을 동생이라고 알 리가 없었다. 몇몇 아이들도 고개를 슬쩍 들고 남들이 어떻게 하는지 지켜보았다.

"눈 감아라."

목사가 아이들에게 말했다. 신에게 말하고 싶은 것이 딱히 없어 다음 시험이나 잘 보게 해달라고 빌었다. 덧붙이자면, 그 시험은 공부한 만큼 정직하게 성적이 나왔다.

"하나님. 오늘도 우리에게 일용할 양식을 주신 점 감사드립니다. 우리 모두가 하나님께서 주신 음식을 먹고 마심으로써 육신이 강건해지고 그 삶이 윤택해지는 은혜를 내려주시옵소서. 아멘."

음식은 하나님이 아니라 요리사가 만들어 준 것 같았지만 굳이 따지지 않았다. 밥을 굶을 만큼 기대한 뷔페는 얻어먹는 입장에서 말할 건 아니지만 맛이 그럭저럭했다. 그래도 평소에 먹지 못하는 것들을 먹는 것이 좋아서 최대한 배에 집어넣었다. 우리는 그야말로 '욱여넣었다'라는 말이 정확할 정도로 뷔페에 있는 모든 음식을 하나씩은 먹어보려 애썼다.

배가 터질 정도로 먹은 결과 정작 기대하던 트램펄린은 제대로 타지도 못했다. 아이들이 신나게 놀 동안 나는 동생과 한쪽 구석에서 탱탱볼처럼 굴러다녔다. 짓궂은 반 친구들은 우리가 있는 쪽으로 와서 트램펄린을 흔들어댔다. 그들은 토하기 직전의 내 표정이 재밌었는지 깔깔 웃으며 계속 흔들었다. 내가 가지고 놀았던 지렁이도 이런 기분이었겠지. 그들의 장난은 결국 참다 못한 동생이 기어코 토를 하고서야 끝났다.

"여기 교회에는 트램펄린 있어요?"

"트램펄린이요? 방방 말하는 거면 없는데요. 교회에 그런 게 왜 있어요."

미정은 재밌다는 듯 웃었다.

"처음 가면 사람들이 말도 많이 걸고 그럴 텐데, 그것도 크게 신경 안 써도 돼요. 다들 그랬으니까. 나도 어릴 때 그랬어요."

"그때도 교회가 있었어요? 새 건물 같던데."

"몇 년 전에 리모델링했거든요. 천장 쪽이 낡았다 했나? 아무튼 낡은 데가 있어서요. 교회 자체는 오래전부터 있었어요. 부모님한테 듣기로는 저 태어나기 전에도 있었다니까 진짜 오래되긴 오래됐죠. 저희 부모님도 어릴 적에 다녔었다고 하니까."

그녀는 교회에 대한 이야기를 더 들려주었다. 대부분은 교회가 중점이 아닌 교회에 나온 사람들에 대한 얘기였다. 어차피 모르는 사람들 얘기이니 귀담아 듣지는 않았다. 얘기가 거의 뜸해질 때쯤 정말로 궁금했던 것을 물어봤다.

"일요일마다 교회에 들고 가는 거 있잖아요. 저번에 보니까 비닐봉지를 하나씩 들고 가던데 그건 뭐예요?"

"원래는 이상하게 볼까 봐 말씀 안 드리는데. 어차피 교회 오시면 알게 될 테니까 알려드리자면 그건 제물이에요."

표정 하나 바뀌지 않고 말하는 미정을 보니 온몸에 소름이 돋았다. 당연한 소리지만 우리는 여전히 교무실에 있었다. 언제부터 교무실에 있었는지도 모르는 낡은 책상과 항상 청소를 한다고는 하지만 깨끗해질 기미가 보이지 않는 바닥. 상훈의 책상 위에는 커피를 마시고 두고 간 종이컵이 있었다. 미정은 수업에 쓸 여러 자료들로 책상 위에 벽을 쳐두었다. 평소처럼 오늘도 똑같은 교무실 풍경이었지만 제물이라는 말이 나오자 공기가 달라진 것 같았다.

"제물이라뇨?"

잔뜩 긴장한 내 표정이 어지간히도 꼴사나운지 미정은 웃음을 참지 못하며 말했다.

"그렇게 긴장하지 않으셔도 돼요. 우리가 이준 씨를 잡아먹는
것도 아니고. 대체 뭘 생각하시는 거예요? 우린 그런 사이비가 아
니에요."

그녀는 언제부턴가 나를 이준 씨라고 불렀다.

"아침 일찍부터 그렇게 몰려가는데 안 무섭겠어요."

"그걸 보고 계셨어요? 뭔가 오해하신 것 같은데 우리 진짜 사이
비 같은 사람들 아니에요. 당연히 교회도 그런 교회 아니고요. 사
이비들 보면 천국 갈 돈 내라면서 헌금도 강요하던데 그런 것도
안 해요."

필사적으로 교회를 변호하는 미정을 보니 왠지 모르게 놀려주
고 싶었다.

"제물을 바친다면서요."

"그래야 좋아하시니까요."

"좋아하시다니. 누가요?"

나는 이장을 떠올렸으나 그녀는 단호하게 위를 가리켰다. 손가
락을 따라 고개를 올려봤지만 천장밖에 보이지 않았다.

"당연히, 신께서죠."

"신이라뇨?"

미정은 대답하지 않았다. 대신 천장을 가리키던 손가락을 내려
이번에는 나를 가리켰다.

"믿으셔야 할 거예요. 여기서 계속 살고 싶으면."

그게 무슨 뜻인지 물어보려 했을 때 수업 종이 울렸다. 복도에 나와 있던 아이들이 우르르 교실로 들어갔다. 저렇게 뛰어다니는 것을 볼 때마다 아무도 넘어지지 않는 것이 신기했다.

미정은 장벽처럼 쌓여 있는 수업 자료 중 하나를 꺼냈다.

"그리고 교회에 가보면 이준 씨도 알게 되겠지만 저희가 믿는 신께서는 실존하시니까요."

그녀는 농담인지 아닌지 모를 의미심장한 말을 던지고는 떠났다. 자신들은 사이비가 아니라는 그녀의 말과는 다르게 내게는 점점 교회가 꺼림직한 곳으로 느껴졌다.

나중에 미정에게 신이 실존한다는 것이 무슨 의미인지 물어보려 했지만 기회가 나지 않았다. 다른 사람들이 있을 때 교회에 대한 얘기를 꺼내는 것은 꺼려졌다. 얘기를 하려면 단둘이 있을 때 해야 했는데 단둘이 있는 시간은 학교에 있을 때밖에 없었다.

수업 시간에는 체육 선생인 상훈을 제외하면 나와 미정이 오전과 오후를 나눠서 들어가는 식이어서 우리 둘 다 교무실에 있는 시간은 많지 않았다. 그 많지 않은 시간마저 교장이 번번이 찾아왔다. 업무가 많지 않은 시골이라 그런지 그는 할 일이 없을 때마다 교직원들끼리 친목을 다지겠다는 명목으로 과자를 들고 수다를 떨러 왔다. 가끔은 밭일이 끝난 은수도 함께였다. 덩치가 큰 교장과 팔다리가 비쩍 마른 은수가 같이 들어오니 통통이와 비실이 같은 조합이었다.

대화는 대부분 상훈과 은수, 붙임성이 좋은 미정이 이끌었고 교장은 가끔 한두 마디만 던졌다. 나는 가만히 듣고 있을 때가 많았다. 대부분은 예전에는 어땠니, 그때는 이랬니 하는 추억팔이여서 끼어들 수가 없었다.

이대로면 아무것도 모른 채 교회에 갈 것 같았다. 머릿속이 백지인 상태로 가면 구렁이 같은 꼬임에 넘어가 몸에 좋다는 정체불명의 보약이나 부적 같은 것들을 사게 될지도 모른다.

"이미정 선생님. 혹시 오늘 끝나고 시간 있으세요?"

미정이 집으로 가려 할 때 먼저 말을 걸었다. 그녀는 내가 먼저 이런 제안을 할 것이라고는 생각도 못 했는지 놀라서 되물었다.

"시간이요? 남는 게 시간이죠."

"잠시만 얘기 좀 할 수 있을까요?"

"저랑요? 되게 의외인데요. 카페라도 갈까요? 제가 아는 곳이 있는데."

그녀는 자기가 단골이라는 카페로 안내했다.

막상 도착해 보니 카페보다는 다방에 가까웠다. 간판에는 '영자네 카페'라고 페인트로 칠해져 있었다. '카페' 뒤에 가려진 '다방'이라는 글자는 미처 전부 지우지 못한 것 같았다.

"어서 와라."

카운터에는 세상 지루하다는 표정으로 하품을 하는 여자가 턱을 괴고 있었다.

"언니. 이쪽은 최이준 선생님. 이준 씨. 이쪽은 저랑 친한 지은 언니예요. 뭐 드실래요? 여기는 아메리카노가 맛있어요. 지은 언니가 제일 잘하는 게 그거거든요."

"그러면 아메리카노로 하겠습니다."

의자는 전부 낡은 가죽 소파였다. 군데군데 찢어진 곳이 보이는 소파도 있었다. 창가에는 노인 몇 명이 담소를 나누고 있었다. 나는 최대한 노인들과 떨어진 곳에 자리 잡았다. 미정은 햇빛이 전혀 들어오지 않는다며 불평했지만 대화 내용을 남들에게 들려주고 싶지 않았다. 그리고 애초에 곧 저녁 시간대였다.

"그래서. 단둘이 하고 싶은 얘기가 뭔가요?"

"저번에 얘기하다 말았잖아요. 신은 실존한다고."

나는 단도직입적으로 말했다. 빙빙 돌아가 봤자 시간 낭비일 것이다. 그리고 빨리 답을 알고 싶은 마음도 있었다. 신이 실존한다는 수수께끼 같은 말이 무슨 뜻일지 밤새 고민했지만 생각할수록 사이비가 아닐까 하는 의심만 커졌다.

"아, 그 얘기예요? 그거라면 더 할 얘기가 없는데. 어떤 걸 듣고 싶으신 거예요?"

"신이 실존하다고 생각하는 이유가 있는지 궁금해서요. 제물이니 뭐니 하는 것도 궁금하고요."

"그걸 다 얘기하려면 긴데요."

때마침 지은이 아메리카노 두 잔을 들고 왔다. 커피를 올린 쟁반을 능숙히 내려놓자, 미정은 목소리를 낮추고 물었다.

"언니. 저분들 오늘은 얼마나 있었어요?"

"말도 마. 아침부터 저러고 있었어. 네가 학교로 출근하는 것처럼 여기로 출근한다니까. 그냥 저 사람들한테 카페 맡길까 봐. 어차피 손님도 없는데."

"지은 양. 여기 리필 좀."

노인 중 한 명이 지은에게 손짓했다. 그녀는 한숨을 쉬고는 그가 들고 있던 커피 잔을 낚아채듯 가져가며 소리쳤다.

"할아버지. 이제는 제가 진짜 리필값을 받아야겠어요."

"리필값? 그게 무슨 소리야?"

"아니 시키신 것보다 리필해서 먹는 게 더 많으면 어떡해요. 커피콩이 땅 파서 나오는 것도 아니고. 이런 식이면 저도 거덜 나서 장사 못 해요. 안 해요."

"지은 양이 해주는 게 맛있어서 그렇지……."

노인은 아쉽다는 듯 말했다. 같이 앉아 있던 누군가가 자네가 많이 마시긴 한다면서 면박을 주었다. 노인은 쩔쩔매며 사과했다.

"미안해, 지은 양. 다음부턴 조금만 리필할게."

"아니, 하시긴 하신다는 거예요?"

노인들과 지은은 잠깐 동안 서로 노려보더니 한참을 웃었다. 이런 적이 한두 번이 아닌 모양이었다.

"그래서 무슨 얘기 하던 중이었죠?"

"신이 실존한다고 생각하는 이유가 뭔지부터요."

미정은 테이블에 있던 각설탕 통을 열어 하나를 아메리카노에 집어넣었다. 각설탕 통 옆에는 왜인지 중국집에서 쓸 법한 소금 통과 고춧가루 통이 있었다. 다방 이전에는 중국집이었나. 소금과 고춧가루 통을 보니 커피를 먹기도 전에 짜장면 맛이 나는 것 같았다.

"여기 각설탕은 그리 달지 않아서 넣어 먹으면 맛있어요. 하나 드릴까요?"

각설탕이 안 달다고 해도 각설탕이지. 보통은 쌉쌀한 맛 때문에 아메리카노를 먹지 않나?

미정은 아무 말 없이 커피를 홀짝였다. 그녀의 시선은 화기애애하게 떠드는 노인들에게 머물러 있었다. 오후와 저녁의 사이쯤 사라지기 직전의 해가 그들의 머리 위에 오렌지빛을 비추었다. 분명 노인들이었지만 그 순간만큼은 고등학생들이 학교가 끝나고 헤어지기 아쉬워 뒤풀이 겸으로 놀러 온 것 같았다.

대답을 재촉할 수도 없는 노릇이니 미정이 말할 때까지 기다릴 수밖에 없었다.

정작 미정이 입을 열었을 때 나온 말은 기대하던 내용이 아니었다.

"저분들. 40년쯤 되셨을 거예요. 여기 다닌 지가."

나는 그녀가 무슨 말을 하려는지 조용히 들어보았다.

"이 카페도 들어오면서 간판을 보셨겠지만 이전에는 다방이었어요. 예전에는 지은 언니 어머니께서 운영하셨고요. 지금은 어머니께서 몸이 안 좋으셔서 언니가 운영하지만. 40년이면 제가 태어나기도 전이죠. 물론 이준 씨가 태어나기도 전이고요. 그만큼 이 카페는 오래됐어요."

미정은 맛을 보더니 각설탕을 하나 더 아메리카노에 넣었다.

"우리 마을은 전부 이런 식이에요. 일 같은 건 대대로 물려받죠. 좋게 말하면 전통이고 나쁘게 말하면 낡았다고 할 수 있겠네요. 지금 이장님도 투표로 된 게 아니라 대를 물려받은 거예요. 일은 잘해서 아무도 불만은 없지만요.

그래도 저는 좋게 보고 싶어요. 저는 태어날 때부터 여기서 살다가 중학생 때부터 학교 때문에 동생이랑 친척 집에서 살았어요. 도시는 여기랑 다르더라고요. 편하기도 하고 시설도 많지만, 사람들이 서로 누군지 몰라요. 길에서 보는 사람들은 전부 처음 보는 얼굴이고 저번에 본 적이 있다고 해도 서로 기억도 못 하겠죠.

그런 점에서 이 마을은 불편하고 낡긴 했어도 모두가 한 사람처럼 같은 마음이에요. 언제부터 그랬냐고 하면 저도 몰라요. 제가 태어날 때부터 그랬고, 그전에도 그랬겠죠."

노인들이 단체로 일어섰다. 그들은 의자에 걸어두었던 외투를 걸치고 카운터로 향했다. 지은이 리필값까지 계산하라고 하자 그들은 사색이 되어 손사래를 쳤다. 이것밖에 안 들고 왔다며 빌다시피 하는 사람도 있었다. 지은은 다음부터는 적당히 시키라고 으름장을 놓았다.

"자네 어머니는 이런 건 후하게 주셨는데."

"그럼 그때 오시지 그랬어요."

노인 중 한 명이 투덜거리자 지은은 굴하지 않고 맞받아쳤다. 그들은 낄낄거리며 밖으로 나갔다.

"신이 실존한다고 생각하는 이유라는 질문에 제가 할 말은 없어요. 실존한다고 생각하는 게 아니라 정말로 있으니까요. 다람쥐가 존재하는 이유를 말하라고 하면 할 말이 없잖아요. 있으니까 있는 거지. 그거랑 같은 거예요. 이미 존재하는데 거기에 이유를 댈 수는 없죠. 제가 봤을 때 이준 씨는 무슨 말을 해도 안 믿을 것 같은데요."

미정은 입꼬리를 살짝 올리며 웃었다. 속을 간파당한 것 같아 뜨끔했다. 그녀의 말대로 믿으려는 생각은 해보지도 않았다. 하지만 신이 실존한다는 말을 어느 누가 믿을 수 있겠는가.

어쩌면 미정이 열렬한 신도고 다른 이들의 생각은 다를 수도 있다. 아니면 단체로 순진한 도시 토박이를 놀리는 것일지도 모른다. 나는 미정을 뚫어져라 쳐다봤지만 그녀는 미동도 없이 자연스러운 표정이었다.

"어차피 오시면 알게 될 거예요. 더 하실 말씀 없죠?"

"아, 그리고 제물이라는 건 뭔가요?"

나는 머리 한구석에 계속 자리 잡고 있던 불길한 단어를 꺼냈다. 입 밖으로 내뱉는 것만으로도 오싹했다.

"제물이요? 아……. 제물……."

그녀는 무언가 생각하는 듯싶더니 말을 이었다.

"그거야말로 진짜 별거 아니에요. 말이 제물이지 그냥 신한테 고기를 바치는 거거든요. 이준 씨는 처음이라 이번에는 안 가져가도 돼요. 아무도 강제로 들고 오라고 안 할 거예요. 다들 한 번이라도 더 영접해 보려고 가져가는 거라 이준 씨가 안 가져가면 오히려 좋아할걸요. 아무 걱정 하지 말고 일단 가보세요."

"신경 쓰지 말라니까 더 신경 쓰여요."

농담처럼 말했지만 진심이었다. 애초에 평범한 시골 교회라면 포교를 권할지언정 제물 같은 얘기는 꺼내지도 않는다.

선생님한테 매달리는 아이처럼 그녀를 붙잡고 물어보고 싶은 것이 한가득했지만 그만두었다. 이만하면 미정은 충분히 많이 알려주었다. 그리고 슬슬 그녀의 말투에 짜증이 섞이기 시작했다.

"맞다. 이준 씨가 잡았다면서요, 토끼 죽인 범인. 은성이가 그랬다면서요? 확실한가요?"

"잡았다고 하기는 그렇지만…… 확실하긴 확실하죠. 본인도 인정했고요."

은성이 토끼를 죽였다는 것은 교직원들과 은성의 부모 말고는 아무한테도 얘기하지 않았다. 사람이 죽은 것도 아니고 일을 키워서 좋을 것 없다는 게 교장의 주장이었다. 내 생각에도 굳이 소문낼 일은 아니었다.

"은성이가 그런 줄은 꿈에도 몰랐어요. 은성이도 반성 많이 한 것 같고 부모님도 애하고 잘 얘기해 보겠다니까. 경찰에 넘길 게 아닌 이상 저희가 더 이상 뭐라고 할 수는 없죠."

은성이 잡힌 바로 다음 날 그의 부모님이 학교에 찾아왔다. 그들은 자신들이 자식을 잘못 키웠다, 앞으로 다시는 이런 일 없도록 하겠다며 머리 숙여 사과했다. 그 자리에는 이장도 있었는데 그는 은성의 아버지에게 다가가 보란 듯이 십자가를 흔들며 아들에게 그랬듯이 어깨를 꽉 쥐었다.

"아닙니다. 신께 도움이 되고픈 마음을 어찌 나무라겠습니까. 다만 그 마음이 너무 과해 혹여나 해가 되어 돌아오지나 않을지 걱정될 따름입니다. 부모님께서도 잘 교육해 주십시오."

이장이 어찌나 온화로워 보였는지 은성의 어깨를 붙잡고 흔들던 모습을 말해주면 남들이 믿을까 싶었다.

은성은 부모님 옆에서 훌쩍였다. 나중에 그가 따로 와서 말하기로는 그날 집에서 종아리에 멍이 들 정도로 회초리로 맞았다고 한다. 평소 같으면 더듬거리면서 투덜댔겠지만 이번에는 자기도 그럴 만하다고 생각했는지 군말 없이 맞았다. 물론 군말 없이 혼났다는 말은 은성 본인이 한 것이니 실제로 어땠을지는 모른다.

"은성이일 줄은 몰랐어요. 아니, 우리 학교 아이라고는 미처 생각을 못 했네요. 저는 분명 밖에서 미친 놈 하나 들어온 줄 알았는데. 이준 씨는 우리 학교 아이라는 것 알고 있었어요?"

"생각은 해봤지만 진짜 그럴 거라곤 예상 못 했죠. 누가 예상하겠어요. 자기가 가르치는 제자가 그럴 거라고."

"저만 몰랐던 게 아니네요."

미정은 커피를 마시고 씁쓸히 웃었다.

"그게 그렇게까지 해야 할 일이었을까요?"

나는 누구에게랄 것도 없이 중얼거렸다.

은성을 잡았을 때를 떠올렸다. 그는 손발을 벌벌 떨며 울기 직전이었다. 어른들의 추궁이 두려웠던 것도 있겠지만 자신이 했던 행동을 후회하는 마음도 있었을 것이다.

평소에 봐온 은성은 그럴 아이가 아니었다. 사육 당번이 걸리면 누구보다 열심히 동물들에게 먹이를 줬던 학생이 은성이다. 비가 오면 동물들이 젖는다고 우산을 갖다 두고 자신은 비를 맞으며 서둘러 뛰어가는 그런 아이였다. 그래서 더욱 은성이 토끼를 죽인 이유를 모르겠다.

"그러게요. 부모님이 오시길 기다리지. 마음이 이해가 안 되는 건 아니지만……."

"이해가 된다고요?"

"아마 제물로 갖고 가려고 했겠죠. 첫날밤에는 은수 아저씨가 소리쳐 부르는 바람에 놀래서 그만 토끼 시체를 두고 간 거고. 그래서 어쩔 수 없이 다음 날도 와야 했겠죠. 은성이는 토끼 시체가 어디 갔는지도 모르니까요. 알았다 해도 그 많은 쓰레기들을 다 뒤져보는 것보다는 차라리 토끼를 하나 더 잡는 게 낫죠. 길거리를 떠돌아다니는 고양이나 다른 우리에 있는 닭을 잡을 수도 있겠지만 고양이는 재빠르고 닭은 시끄럽게 울 수도 있으니까 토끼를 고른 거겠죠."

"아까는 제물 같은 건 신경 쓸 필요 없다면서요."

미정은 똑같은 말을 계속 하는 것이 짜증났는지 인상을 쓰며 말했다.

"그건 이준 씨가 처음인데다 우리 교회에 와본 적이 없으니까 그렇게 말한 거죠. 그리고 아무리 말해도 이준 씨는 계속 머릿속에서 답을 정하고 제 말을 듣는 것 같은데요."

나는 부정했지만 내가 들어도 그리 설득력이 있지는 않았다.

"교회 얘기는 그만하죠. 쳇바퀴도 아니고. 우리 그 얘기나 해요. 내가 그 얘기 했었나?"

곧 미정은 자신이 교생 생활을 할 때 겪었던 일화를 얘기했다. 예쁘고 귀여운 아이들을 많이 만날 수 있어 행복한 시간이었다고 하는 그녀의 얼굴에는 생각만 해도 행복하다는 듯 웃음꽃이 피어났다.

숙제를 안 해온 아이를 다그쳤다가 팔을 물렸던 나는 공감할 수 없는 얘기였다. 어찌나 세게 물었는지 아직도 자국이 남아 있었다. 이빨 자국은 자신을 잊지 말라는 듯 가끔 아팠다. 미정이 나와 같은 학교에서 교생을 했다면 어땠을까. 그래도 지금처럼 아이들을 좋아할 수 있었을까.

초등학생들은 상대가 여자라고 해서 봐주는 법이 없었다. 나와 같이 배정받은 동기는 화병으로 죽기 직전에 그만두었다. 지금 생각해 보면 어떻게 버텼는가 싶은 날들이었다.

"이미정 선생님은 왜 교사가 되셨어요?"

그녀는 일체의 고민도 하지 않고 말했다.

"그야 애들이 좋으니까요."

교회 얘기를 할 때와는 확연히 다른 반응이었다. 수업 시간에나 아이들과 얘기할 때 밝아지는 미정을 보면 그녀가 얼마나 아이들을 좋아하는지 알 수 있었다. 동생과 비슷한 나이대의 아이들을 본다는 이유로 교사가 된 나와 비교하자면 교사의 귀감이라 할 수 있다. 나는 아이들을 그리 좋아하는 편이 아니었지만 그녀와 아이들이 함께 있는 것을 보면 절로 흐뭇해졌다.

"이준 씨는 안 그래요?"

"저도 그렇습니다. 애들만 보면 좋아 죽겠어요."

"그런 것 치고는 그렇게 안 기뻐 보이는데요."

그녀는 이제 할 말이 없는지 말을 멈췄다. 시계를 보니 카페에 온 지 2시간째였다. 원래 하려고 했던 교회 얘기는 30분도 채 안

했으니 배보다 배꼽이 더 큰 격이었다.

"다 마셨으면 슬슬 갈까요?"

내가 묻자 그녀는 기다렸다는 듯 일어섰다. 혹시 기분이 상했나 싶어 눈치를 봤다. 다행히 평소 그대로의 미정이었다. 오히려 하루 종일 수다를 떨 수 있어서 즐거웠던 것 같았다.

"언니. 커피 잘 마셨어요."

"어땠어? 이번에는 평소랑 다른 원두인데. 맛이 더 깊게 느껴지진 않았어?"

"그래요? 그런 것 같기도 하고……. 이준 씨는 어땠어요?"

미정과 지은은 동시에 나를 쳐다보았다. 편의점 커피와 비슷한 맛이었지만 그대로 말할 수도 없는 노릇이다.

"좋은 원두 사셨나 봐요. 맛이 기가 막히던데요."

지은의 표정이 대번에 밝아졌다.

"콜롬비아산이에요. 들여오느라 고생 좀 했죠. 현지인이 직접 재배했다더라고요. 물론 공정거래예요. 말로는 공정거래라고 하는데 비싸게만 받고 실상이 어떤지는 모르죠. 거기까지는 제가 장담 못 해요. 중간에 거치는 과정이 많아서 그런지 확실히 비싸긴 하더라고요. 카페 사장한테는 그런 거 없나. 리필 못 받게 하는 공정 카페 같은 거. 어때요. 괜찮을 거 같죠?"

"네. 좋을 것 같네요. 이왕 하는 김에 공정 교사도 하죠."

나는 흉터가 있는 팔을 문지르며 말했다. 지은은 깔깔 웃으며 방금 지갑에서 꺼낸 카드를 가져갔다.

"저랑 잘 맞으시네. 오늘은 특별히 싸게 해드릴게요. 혹시 모르니까 다른 사람들한테는 싸게 해줬다는 얘기 하지 마세요. 자기도 싸게 해달라고 하니까. 오늘 처음 본 사람한테 할 말은 아니지만 지금도 충분히 거덜 나기 직전이에요."

"굳이 싸게 안 해주셔도 됩니다."

"아뇨. 제가 싸게 해드리고 싶네요. 미정이 얼굴도 봐서 이번만 해드리는 거니까 불편하게 생각하지 않으셔도 돼요. 대신 자주 와요."

카페를 나오니 이미 밖은 어두워진 지 오래였다.

"계좌 보내주세요. 아메리카노값 보내드릴게요."

"괜찮습니다. 제가 얘기하자고 해서 시간 내신 건데."

"그럼 나중에 제가 자주 가는 맛집 알려드릴게요. 보니까 점심도 제대로 안 드시는 것 같던데. 나중에 점심이나 같이 먹어요."

미정과 헤어진 후 집으로 오는 길에 교회 앞에 서 있는 이장을 만났다. 문을 잠그고 있는 것으로 보아 이제야 집에 가는 것 같았다. 먼저 인사를 건네자 이장은 무뚝뚝하지만 고개를 숙여 답해주었다.

"이번 주죠? 교회 오시기로 한 날."

"네. 불러주셔서 감사합니다. 덕분에 오랜만에 기도해 보겠네요."

"이번 기회에 같이 기도도 하고 사람들과 친목도 다져보세요. 좋은 시간이 될 겁니다."

"그랬으면 좋겠네요."

나는 진심으로 말했다. 꽤나 마음에 드는 마을인데, 웬 사이비 종교가 이 평화를 깨뜨리는 건 마음에 들지 않았다.

"8시까지니 늦지 않게 오세요. 알아서 잘 하시겠지만."

한창 잠에 취해 있을 때 알람이 울렸다. 평소보다 늦게 일어나는 셈이었지만 잠에 취해서 왜 지금 알람이 울릴까 생각했다. 핸드폰으로 날짜를 확인해 보니 일요일이었다. 교회에 가는 날이라는 것을 까먹어 하마터면 다시 잠들 뻔했다.

8시까지 오라고 했지만 나한테는 시계보다 더 좋은 길잡이들이 있었다. 간단하게 외출 준비를 하고 잠시 기다리니 비닐봉지를 든 사람들이 지나갔다. 나는 자연스럽게 일행 맨 뒤에 합류했다.

"선생도 오늘부터 교회 가는 건가?"

근처에 살아 자주 만나는 노인이 말을 걸었다. 주변에 있던 사람들도 안 그런 척하지만 은근히 내 대답을 기다리는 눈치였다.

"네. 그렇게 됐습니다."

"잘 생각했어. 신님 믿으면 좋은 일만 생기는데 안 믿는 게 바보지. 내 자식들도 선생 같았어야 했는데 말이야. 내가 저번에 자식들 얘기 해줬나?"

"안 해주셨습니다."

"아들놈이랑 딸이 있었는데 둘 다 교회에 가는 것을 그리 안 좋아하더라고. 주말에는 마을 밖에 있는 친구들을 만난다고 매번 버스를 타고 나가서 놀았어. 예전에는 버스가 마을 앞까지 왔었거든. 지금은 타는 사람도 없다고 노선을 바꾼 모양이지만.

어린애들이라 그런지 고집이 세서 아무리 어르고 달래고 혼내봐도 교회에 안 오려 하더라고. 기도가 싫은 게 아니라 친구들하고 놀 시간이 없어지는 게 싫다던데. 그래서 내가 친구들하고 노는 것도 좋지만 너희도 한 번은 신을 영접해야 한다고 그렇게 말을 해도 하나도 안 들어먹더라고. 누가 나 좋으라고 그러나. 저들 좋으라고 그런 건데.

지금도 가끔씩 얘기를 꺼내면 노망난 늙은이 취급이나 하고. 선생은 어떻게 생각해? 내가 노망난 늙은이 같은가?"

"글쎄요. 종교는 아무래도 개인의 자유니까요……."

"그거는 사이비들이니까 그런 거고. 실제로 신님이 우리를 보고 있는데 그걸 안 믿으면 누굴 믿겠다는 거야. 내 답답해서, 원. 노망난 늙은이라니, 노망난 늙은이. 어떻게 자기 부모한테 그런 말을 할 수 있을까. 이런 거 보면 애지중지해서 길러봐야 아무 소용 없다니까."

"자식분들도 진심은 아닐 겁니다."

노인은 생각만 해도 화가 나는지 손을 떨었다. 무거워진 분위기속에서 사람들은 순례자들처럼 묵묵히 교회로 걸어갔다.

교회 앞에서는 영훈이 팔짱을 끼고 벽에 기대 있었다. 지난번의 나처럼 초대받지 못한 사람이 오는지 감시하는 중이었다. 이 마을에 초대받지 않은 사람이 있는지는 모르겠지만.

그는 나를 보더니 눈살을 찌푸릴 뿐 아무 말도 하지 않았다. 조금 의기양양해진 기분으로 어깨를 펴고 당당히 들어갔다.

"이준 씨. 여기예요."

앞쪽에 앉아 있던 미정이 내게 손짓했다. 어디 앉아야 할지 고민 중이던 나는 반가운 마음에 얼른 다가갔다. 그녀의 옆에 앉아 있던 상훈은 학교에서와 마찬가지로 트레이닝복 차림으로 반갑다며 인사했다. 트레이닝복을 빤히 보자 그가 변명하듯 말했다.

"지금 내가 같은 옷만 입는 줄 아는 것 같은데. 맞지?"

"아뇨. 체육복이 어때서요."

"그렇지? 봐봐, 미정아. 이준 선생도 나랑 똑같잖아. 트레이닝복이 이상한 게 아니라니까. 잡아당기면 쭉쭉 늘어나고 얼마나 좋아. 안 그래도 이거랑 같은 디자인 여러 벌 샀거든. 이준 선생 눈에는 어때? 괜찮지? 미정이가 자꾸 안 어울린다는 거야."

미정의 말은 아마 상훈과 안 어울린다기보다는 교회와 안 어울린다는 말이었을 것이다.

"잘 어울리십니다."

상훈은 일어서서 호탕하게 웃으며 내 어깨를 두드렸다. 뒤에서 누군가 목소리 좀 낮추라고 면박을 주고 나서야 그는 자리에 앉았다. 나도 따라서 자리에 앉자 미정이 무언가를 건넸다.

"이거 안 받으셨죠? 입구에 있는 건데."

'신께서 우리를 인도해 주시는 길'이라고 써 있는 소책자였다. 목차를 넘겨보니 기도하는 법에서부터 시작해 신의 뜻, 신의 역사에 관해 쓴 글이었다.

"이장님이 만드신 거예요?"

"옛날부터 목사님이 하는 말들을 이전 이장님이 모아서 책으로 만든 거지. 그걸 지금 이장님이 간략하게 줄인 게 이 소책자이고. 나 어릴 때는 어른들이 이거 전부 외우라고 했는데, 요즘은 안 그러나?"

"그때도 그랬어요? 저도 그랬는데. 안 외워 가면 영훈 아저씨가 엄청 뭐라 했어요. 근데 영훈 아저씨는 잘 외웠었어요?"

"잘 외우긴. 뒤에서 1등이었지. 맨날 걔가 제일 먼저 혼났어."

그들이 추억을 나누는 동안 나는 소책자를 한번 읽어보는 척 대충 넘기고는 주머니에 쑤셔넣었다. 나중에 정 할 일이 없거나 화장실에 있을 때 읽어보면 시간 때우기 용도는 될 것이다.

"이제 어떤 걸 하나요?"

"제가 준 소책자에 나와 있어요. 맨 앞에 있을 텐데 못 보셨어요?"

"아. 한번 찾아볼게요."

말은 그렇게 했지만 진짜 찾아볼 생각은 없었다.

30분이 지나자 이장이 단상 옆 대기실에서 단상으로 걸어 나왔다. 그는 평소와 달리 목사들이 흔히 입는 검은 가운을 입고 있었다. 검은 가운을 입은 모습은 처음 봤지만 원래 십자가를 목에 걸고 다녀서인지 평상시에도 가운을 입었던 것 같은 착각이 문득 들었다.

이장이 고개를 숙이자 사람들은 공연장에 온 관객들처럼 열렬히 박수를 쳤다. 나는 영문도 모른 채 미정을 따라 박수쳤다.

"다들 바쁘실 텐데 귀중한 시간 내주셔서 감사합니다. 최근에 마을 안에서 불미스러운 일이 조금 생겼습니다. 제가 저번에 말한 것처럼 신께서는 부정한 방법으로 얻은 제물은 받아봤자 기뻐하시지 않을 겁니다. 신께서는 여러분들을 항상 지켜보시고 있는데, 여러분들이 부정한 방법을 쓴다면 신께서 기분이 어떻겠습니까."

나는 은성이 생각나 주변을 둘러보았다. 그러자 미정이 내 팔을 툭툭 쳐서 앞을 보게 만들었다.

"여러분, 노아의 방주를 기억하십시오. 그와 같은 일이 한 번 더 일어나지 않으리라고 어떻게 확신하십니까. 홍수에 잠긴 이들이 자신들이 천벌을 받으리라고 예상했겠습니까. 저희도 똑같습니다. 신 앞에서는 우리 모두 평등하며 하찮은 존재입니다. 인간처럼 하찮은 존재가 저지르는 부정을 신께서 못 알아차릴 것이라고 생각하지 마십시오."

이장은 주민들을 한 명 한 명 바라보았다. 호소력 짙은 눈이 나를 향하자 사람들 앞에서 잘못이 까발려진 아이처럼 어깨가 움츠러들었다.

그 뒤로 그는 설교를 계속해서 이어나갔다. 오늘의 주제는 신께서 한사람 마을에 내려주신 은혜로운 축복이었다.

"이전에 홍수가 났던 때 기억나십니까. 그때 계셨던 분도 있고 없으셨던 분도 있겠지만 정말 난리도 아니었습니다. 마을 안팎이 전부 물에 잠겨 집 밖에 나오지도 못하지 않았습니까. 저만 해도 주말에 쉬겠거니 했는데 하루 종일 방으로 들어오는 물만 퍼 날랐습니다. 종수 할아버지도 그때 마을에 계시지 않았나요?"

종수는 아까 교회에 올 때 대화했던 노인이었다. 그는 자신의 이름이 불린 것이 기쁜지 나이에 걸맞지 않은 우렁찬 목소리로 말했다.

"그랬었지. 말 그대로 난리도 아니었어. 그때 자네가 10대 아니었나? 돌이켜 보니 세월 참 많이 지났구먼. 그때는 지금처럼 핸드폰도 제대로 안 되던 시절이라 어디 도움을 청할 데도 없어서 곤란했지. 우리 집에도 물이 어찌나 많이 들어왔던지 거실에서 수영을 할 수 있을 정도였어."

"그 정도는 아니었잖아요."

옆에서 잠자코 듣고 있던 종수의 부인이 그의 팔을 치며 끼어들었다. 분명 교회에 올 때는 못 봤었는데 아마 따로 온 모양이었다.

"그 정도였어. 왜, 당신이 빨래를 바닥에 놔뒀다가 흙탕물에 엉망이 되어서 아깝게 그거 다 버렸었잖아. 기억 안 나?"

"거기서 수영은 못하죠. 그리고 오래된 거라 어차피 버려야 하기도 했어요. 따지고 들면 버린 건 당신 때문에 버린 옷이 더 많죠. 등산 간다고 해놓고 어디서 굴러가지고 바지란 바지는 다 찢어서 와놓고."

"그런 얘기를 지금 왜 해?"

종수와 부인이 서로에게 삿대질을 하며 목소리를 슬슬 높이자 이장은 단상 위 마이크를 툭툭 쳤다. 곳곳에 설치된 스피커가 듣기 싫은 기계음으로 목이 찢어져라 소리를 지른 다음에야 그들은 무안한 얼굴로 이장에게 사과했다.

"맞습니다. 당시에는 마을이 전부 물에 잠겨서 큰일이었습니다. 아무도 마을 밖으로 나갈 수 없고 밖에서도 들어올 수 없는 상황이어서 큰 사고라도 났다가는 돌이킬 수 없을 상황이었습니다. 실제로 다친 사람들도 여럿 있었고요. 안타깝지만 실종된 아이도 한 명 있었죠. 잠시 그 아이를 위해 묵념합시다."

우리는 목사를 따라 잠시 묵념했다. 얼굴은 본 적 없고 이름도 모르지만 천재지변에 안타깝게 생을 달리한 아이를 위해 기도했다.

"그때 신의 손길이 우리를 도와주셨습니다. 신께서는 손수 다친 주민들을 치료해주고 마을에 들어찬 물도 직접 손으로 빼주셨습니다. 그 도움이 없었다면 한사람 마을은 아직도 생활에 어려움을 겪고 있었을 것입니다."

그러고 보니 이전에 한사람 마을에 홍수가 났다는 기사를 본 것 같기도 했다. 그래도 신이 주민들을 치료하고 물을 **빼줬다**는 얘기는 믿을 수 없었다. 나는 조용히 이장의 말을 경청하는 미정에게 속삭였다.

"진짜예요?"

"제가 태어나기 전이에요. 몇십 년 전이니까. 상훈 아저씨한테 물어볼까요?"

"부탁드릴게요."

미정은 옆에 있던 상훈에게 조용히 속삭였다. 상훈은 굳이 번거롭게 미정을 통해 대화하는 대신 목소리를 키워서 직접적으로 내게 말했다.

"어. 진짜 그랬어. 나 어릴 때였거든. 실제로 신께서 우릴 도와주셨지. 그러니까 다들 믿는 거야. 괜히 믿는 게 아니라니까."

우리 쪽을 슬쩍 보는 것을 봐서, 이장은 우리가 얘기하는 것을 들은 것 같았지만 종수와 부인이 떠들었을 때와는 다르게 마이크를 치는 등의 횡포는 부리지 않았다. 신께서 내려주신 축복에 대해 열렬히 토의하는 신자들처럼 보였을까.

상훈이 믿을 만한 사람인지는 둘째 치고 신이 도와주었다는 그의 말을 곧이곧대로 믿을 순 없었다. 그러나 덮어놓고 부정하는 것은 열심히 교회에 대해 알려준 미정의 얼굴을 봐서라도 못할 짓 같았다. 나는 나름대로 대체 왜 사람들이 신이 있다고 맹신하는지 생각해 봤다.

신이 직접 부상자들을 치료해 주고 물을 빼줬다는 것은 마음에 와닿지 않았다. 홍수를 얕보는 것은 아니지만 아마 지금도 홍수나 지진 때문에 죽는 사람들이 많을 것이다. 만약 신이 있다면 한사람 마을은 도와주고 그 사람들은 내버려 둘 이유가 없지 않은가.

물을 빼줬다는 것도 마찬가지이다. 신이 배관공도 아니고 물을 빼주는 게 말이나 되는가. 이웃 나라에서 전쟁으로 죽어가는 사람들은 놔두고 시골 마을에 물은 손수 빼주다니. 나는 벽과 단상 뒤에 그려진 벽화에서 천사들을 보았다. 저 천사들이 뚫어뻥을 들고 내려와 맨홀을 뚫어줬다는 건가.

내가 속으로 불평을 늘어놓거나 말거나 이장은 계속해서 신에 대한 찬양을 설파했다. 내가 듣기에는 너무도 뜬구름 잡는 소리여서 몰입이 되지 않았다. 다른 이들은 어떤지 돌아보니 다들 한 자한 자 놓치지 않겠다는 듯 열심히 듣고 있었다.

한 번 집중력을 잃으니 듣고 싶어도 귀에 들어오질 않았다. 다음 일정은 몇 시에 시작하는지 알고 싶었지만 소책자는 바지 주머니 안에 구겨져 있었다. 다른 사람에게 일정을 물어보려 해도 물어볼 사람이 없었다. 졸음이 쏟아져 저절로 고개가 숙여졌다.

이러면 안 되는데. 다른 사람들이 보면……

"······그리고 한사람 마을에 새로 들어오신 선생님을 소개하겠습니다. 최이준 선생님, 단상 위로 올라와 주시겠습니까?"

완전히 머리가 꺾이기 전에 내 이름이 들린 것이 행운이었다. 나는 정신이 번쩍 들어 일어섰다. 미정이 부러운 눈으로 쳐다봤다. 나도 할 수만 있다면 대신 나가달라고 하고 싶었다. 주변인들의 기대에 찬 눈빛을 받으며 천천히 걸어 나가자, 이장은 자신의 옆에 서라며 손짓했다.

단상 위에 서니 사람들이 얼마나 많이 모여 있는지 알 수 있었다. 시골 마을에 어울리지 않는 큰 교회였지만 그래도 자리가 모자라 다들 서로의 팔이 맞닿을 만큼 가깝게 앉아 있었다. 내가 앉아 있던 맨 앞자리는 그나마 사람이 적어 팔이 맞닿는 것은 피할 수 있었던 모양이다.

"최이준 선생님. 한 말씀 부탁드리겠습니다."

이장이 마이크를 끄고 속삭였다. 나는 바보처럼 되물었다.

"뭘요?"

마이크에서 입을 떼고 있던 것이 다행이었다.

"교회에 처음 오셨는데 그거에 대한 소감이라던가, 앞으로 잘해보겠다는 다짐 같은 거요. 편하신 대로 말씀하셔도 됩니다."

아이들 앞에서 설명하는 건 어렵지 않았지만 나보다 나이가 배로 많은 어른들 앞이라면 말이 달라졌다. 긴장해서인지 혀가 바짝바짝 마르는 느낌이었다. 미정과 상훈은 남의 속도 모르고 나와 눈이 마주치자 손을 흔들었다. 상훈의 오른쪽에 앉아 있던 교장은 왜 내가 빨리 시작하지 않는지 의아해하는 표정이었다. 다른 노인들도 어린 선생이 얼어붙은 모양이라며 수군거리기 시작했다.

"안녕하세요. 최이준입니다. 한사람 초등학교에서 아이들을 가르치고 있습니다. 이번에 기회가 돼서 이런 자리에 참석할 수 있어 무척 영광입니다. 좋은 기회를 주신 이장님께 감사 인사라도 따로 드리고 싶습니다."

"마음만 받겠습니다."

이장이 농담을 하자 경직되어 있던 분위기가 웃어도 된다는 허락을 받은 것처럼 한순간에 가벼워졌다. 위에서 보니 마을 사람들이 얼마나 이장을 신뢰하고 존경하는지 한눈에 알 수 있었다. 그야말로 아버지를 보는 눈빛이었다.

이장직은 대대로 물려받는다고 들었는데 천성인 것인지 어릴 때부터 이장직을 물려받기 위한 교육을 받은 것인지. 한사람 마을은 어찌 보면 이장의 국가가 아닐까 하는 생각마저 들었다.

"……앞으로 잘 부탁드립니다."

나는 마무리 인사를 하고 내려왔다. 우려했던 것처럼 말실수는 하지 않았는지 모두들 박수로 맞이해 줬다.

"고생했어요."

"고생했다."

미정과 상훈이 나를 반겼다.

이장도 오늘 준비한 말은 거의 다 마쳤는지 슬슬 설교를 끝내려 했다. 절로 안도의 한숨이 나왔다.

"그러고 보니 이준 씨. 노래는 잘하세요?"

"아뇨. 전혀요."

"그래요? 괜찮아요. 저희는 예배할 때 노래를 꼭 하는데, 잘 부르든 못 부르든 신경 안 쓰니까요. 애초에 못 부르는 것으로 따지면 노인분들도 계시니까. 교장 선생님도 있고."

"교장 선생님이 노래를 못하세요?"

내가 묻자 미정이 속삭였다.

"말도 마세요. 그렇게까지 못 부르는 사람은 난생처음 봤어요. 그건 그렇고 가사는 아세요? 가사도 소책자에 써 있는데. 오늘이 셋째 주니까 3절을 부르시면 돼요. 신께서 우리를 창조하시고부터요. 노인분들 쉽게 보시라고 가사를 화면에 크게 띄워주기는 하는데 혹시 모르니까 미리 봐두세요."

미정은 단상 옆에 있는 대형 텔레비전을 가리켰다. 일반 가정집에서 쓰는 것보다 훨씬 커서 맨 뒷자리에 앉은 사람들에게도 충분히 보일 것 같았다.

완전히 구겨진 소책자를 꺼낼 수는 없었으므로 남는 시간 동안 핸드폰을 꺼내 아까 들었던 홍수에 대해 검색했다. '한사람 마을 홍수'로 검색하니 사고를 짧게 기록한 사이트가 하나 나왔다. 사진은 전부 흑백이었다.

사진에 찍힌 마을은 성인 남성도 허리까지 잠길 정도의 수위로 길거리가 전부 잠겨 있었다. 머리만 물 밖으로 나와 있는 소는 필사적으로 헤엄치고 있었고 녹슨 자동차 위에 강아지 한 마리가 허망한 표정으로 앉아 있었다. 짐승에게도 삼시세끼를 챙겨먹을 수 있던 집이 무너진 건 절망할 일인가.

소와 개 말고도 물에서 둥둥 떠다니는 사람들은 꽤 있었다. 몇몇 집을 빼고는 대부분의 집 안에 물이 범람했는데, 실내를 찍은 사진도 바깥과 구분되지 않을 정도였다. 사진 아래에는 부상자 수가 쓰여 있었다. 이 정도로 큰 홍수가 났는데 놀랍게도 사망자는 없었다. 실종자는 한 명 있었는데 이장이 말했던 실종되었다는 아이 같았다. 실종자를 찾았다는 말은 없으니 죽었다고 생각하는 편이 맞을 것이다.

그때 피해를 입었던 사람들이 신을 믿게 되는 것도 무리는 아니겠구나 생각이 들었다. 홍수를 직접 겪어본 적은 없었지만 사진으로만 봐도 심각하다는 것은 알 수 있었다. 실종자 한 명으로 끝났다는 것은 그야말로 기적에 가까웠다.

실종된 아이는 이름이나 다른 정보 같은 건 없이 사진만 덩그러니 올라와 있었다. 얼굴을 보니 초등학교 고학년 정도 되어 보이는 아이였다. 턱에는 자그마한 흉터가 있었고 피부는 시골 아이답게 까무잡잡했다. 해맑게 웃고 있는 모습을 보니 더욱 안타까웠다. 어딘가 익숙한 구석이 느껴지는 얼굴에 기억을 더듬어봤지만 떠오르는 건 없었다.

강단 위로 양복을 입은 아이들이 차례차례 올라왔다. 하나같이 부모님 옷을 억지로 입은 것처럼 안 어울렸다. 그들의 뒤에서 떨떠름한 표정의 지은이 정장을 입은 채 등장했다. 손에는 지휘봉을 들고 있었다.

"지은 언니가 학창시절에 합창부였거든요."

"합창부에서 지휘하는 것도 배워요?"

"그런 건 아닌데 음악 관련해서 뭐라도 해본 사람은 언니밖에 없어서요. 이장님이 교회에 합창반은 꼭 있어야 한다고 그러고. 그래서 그냥 지은 언니가 하기로 했어요."

"아이들이 노래는 잘하나요?"

나는 걱정스레 물었다.

"실력은 보증되어 있죠. 매주 하니까요. 이준 씨보다 잘할 수도 있어요."

"그럴 수도 있겠네요. 제가 워낙 못 불러서."

아이들은 멀리서 봐도 긴장한 티가 역력했다. 여러 번 해봤겠지만 그래도 여러 어른들 앞에서 노래를 한다는 것은 긴장되는 모양이었다.

이장과 지은이 대화를 잠시 나누더니 교회에 켜져 있던 불이 꺼졌다. 동시에 강단의 조명만이 켜졌다. 벽화에 그려진 천사들의 얼굴이 환하게 빛나 마치 살아 있는 사람처럼 느껴졌다.

텔레비전 화면을 꽉 채울 정도로 커다랗게 가사가 나타났다. 지은이 어딘가에 신호를 보내자 음악이 잔잔하게 흘러나왔다. 피아노 담당인 채윤은 열심히 발을 파닥거리며 피아노를 쳤다. 아이들도 저마다 각기 다른 음으로 노래를 불렀다. 하나도 모아지지 않는다는 점에서 그야말로 초등학생들의 노래 같았다.

"아이들이 먼저 부르고 그다음 저희도 같이 부르는 거예요."

미정이 속삭였다.

아이들의 노랫소리는 능숙함과는 거리가 멀었지만 아이들만이 낼 수 있는 미숙함에서 오는 끌림이 있었다. 나는 한 명 한 명 바라보았다. 당연하지만 다들 아는 얼굴이었다. 열심히 노래를 부르는 아이들의 얼굴을 보고 있자니 문득 홍수 기사 사진에서 본 얼굴이 누구인지 떠올랐다.

마을 근처의 슈퍼에 있던 사진이었다.

4. 천벌

4. 천벌

"이준 씨?"

미정이 부르는 소리에 퍼뜩 정신이 들었다.

"괜찮아요? 멍하니 계시던데. 어디 아픈 건 아니죠?"

"괜찮습니다. 잠시 생각 좀 하느라……."

"애들 참 잘하지 않아요? 저 나이대만의 무언가가 있나 봐요. 다들 얼마나 예쁜지."

그녀는 친자식을 보듯이 노래하는 아이들을 바라봤다.

나는 마을 앞 슈퍼에 살던 할머니를 떠올렸다. 한사람 마을을 말하자 예민하게 반응했던 것이 이런 이유 때문이었나. 자식이 마을에서 죽었다면 그곳에서 살기 싫은 것도 이해되었다. 익숙한 광경을 볼 때마다 죽은 자식이 떠오를 테니.

내가 굳이 같이 살자는 박씨 아주머니의 제안을 거절하고 보육원으로 들어간 것도 같은 이유였다. 옆집을 볼 때마다 죽은 가족들이 떠오를 텐데.

화재의 잔해를 볼 때마다 누군가 내게 못된 거짓말을 하는 것 같았다. '누군가'는 화재의 잔해를 볼 때만이 아니라 시도 때도 없이 말을 걸었다.

"너희 부모는 죽었어. 그것도 닭처럼 꼬끼오 울어대면서. 넌 그 울음소리가 부모님인 줄도 몰랐지? 아, 뭐라 그러는 건 아냐. 나였어도 몰랐을 테니. 제 부모가 꼬꼬댁 울어댈 것이라고 누가 생각하겠어.

말 나온 김에 동생 얘기도 해보자. 좀 불쌍하긴 하지. 초등학교도 들어가기 전에 죽었으니까. 그런데 까놓고 말해서 사실상 네가 죽인 거 아냐? 네가 빨리 뛰어내렸으면 동생도 살 수 있었을 텐데.

설마 아직도 가족들이 네가 보지 못하는 곳에서 행복하게 살아갈 거라고 생각하는 건 아니지? 이미 그런 망상은 졸업했을 줄 알았는데. 집이 그렇게 크게 터졌는데 살아 있겠냐. 말도 안 되는 소리지. 너도 알잖아? 이제 성인이니까."

시간이 갈수록 환청이 들리는 빈도가 줄었지만 우울할 때면 어김없이 들렸다. 이 환청이 혼자 살아남았다는 죄책감에서 나왔는지 자기혐오에서 나왔는지는 모르겠다. 중요한 건 직설적으로 상처를 찔러대는 환청을 들으면서도 아직 내가 꿈을 버리지 못했다는 것이다. 내 마음속에는 어디에선가 살아서 화목하게 웃고 있는 부모님과 동생이 있다. 그곳에 나는 언제쯤 갈 수 있을까.

"진짜 괜찮은 거 맞아요?"

미정이 어깨를 살짝 붙잡고 흔들었다. 덕분에 부정적인 생각에서 벗어날 수 있었다.

"이제 곧 2절이에요. 이준 씨 노래 실력 한번 보죠."

의외의 실력을 보여주기를 기대하는 것인지, 꽥꽥대는 소리를 비웃을 준비를 하고 있는 것인지 모르겠지만 아쉽게도 기대한 것처럼 되진 않을 것이다. 내 노래 실력은 말 그대로 딱 중간 정도였다. 미정은 내 노래를 듣고 실망했는지 투덜거렸다.

"그냥 평범한데요."

"기대하지 말라고 했잖아요. 콘서트도 아니고 교회 찬송가에서 뭘 바라요. 그리고 이미정 선생님이야말로 의외로 잘 부르시던데요."

"지은 언니 따라서 연습했거든요. 언니에 비할 바는 안 되지만."

교장이 상훈의 머리 옆에서 고개를 내밀고 내게 말을 걸었다.

"최이준 선생님. 거기 좀 접어주시겠습니까?"

나는 어디를 접으라는 것인지 이해하지 못했다. 도움의 손길을 바라며 멍청한 눈길로 미정을 쳐다보니 그녀는 의자를 가리켰다.

"의자요. 이거 접을 수 있거든요."

"접을 수 있다고요?"

나름대로 의자를 접어보려 했지만 어떻게 하는 것인지 감이 오질 않았다. 접이식 의자도 아니고 벤치처럼 긴 의자인데 이걸 접을 수가 있나 싶었다.

지켜보던 교장이 답답했는지 성마르게 말했다.

"거기 말고 왼쪽 아래에 보시면 버튼이 있을 겁니다. 그걸 누른 채로 접으면 돼요."

교장이 말한 대로 500원 동전만 한 버튼이 하나 있었다. 그걸 누르고 의자를 이리저리 만져보자 좌석 부분이 위로 들렸다. 반대쪽에서 지켜보던 성훈이 기다렸다는 듯 자신 쪽에 있는 좌석을 내렸다.

"이게 접힐 거라고는 생각도 못했네요."

변명하듯 말하자 미정이 웃으며 달래줬다.

"괜찮아요. 저도 처음엔 몰랐으니까. 최근에 새로 들여온 거거든요. 이걸 들여오기 전에는 의자를 다 밖으로 빼고 바닥에 둘러앉아서 단합회를 했는데, 굳이 의자를 다 빼느라 죽는 줄 알았어요. 저 많은 의자를 둘 데도 없으니 교회 앞에 놔뒀더 밖으로 나가지도 못하고. 이장님도 이건 안 되겠다 싶었는지 단합회 활동은 나가서 하는 걸로 정했어요.

근데 밖에서 하는 것도 문제예요. 주변에 꽃이 많아서 그런지 벌도 가끔 날아다니고. 꽃가루 알레르기가 심한 사람은 제대로 말도 못하고. 노인분들을 땡볕에 계속 앉혀두는 것도 그렇고. 파라솔을 설치해 봤는데 그래도 안 되겠더라고요. 애들만 좋아하고 다들 안 좋아했어요. 결국 누군가 제안해서 의자를 접을 수 있는 것으로 싹 다 바꿨죠."

"단합회가 뭔데요?"

운동회를 떠올리며 물었다. 노인들밖에 없는데 운동회를 어떻게 한다는 말일까. 종수 할아버지가 부인과 함께 2인3각을 하며 투덕거리는 장면을 상상하니 웃음이 새어 나왔다.

"단합회는 그러니까, 일종의 친목회 같은 거예요. 과자 없는 다과회 같은 거죠."

"이미 다들 친하잖아요."

"친하긴 한데 가족처럼 친한 거랑은 다르니까요. 이런 작은 마을일수록 서로서로 챙기고 남의 일처럼 생각하지 말고 내 일처럼 생각하라는 것이 이장님 방침이에요."

"정확히는 한사람 마을의 방침이지. 전 이장님도 그랬으니까. 그래서 마을 이름도 한사람 마을일걸? 정확한 건 아니지만."

옆에서 듣고 있던 상훈이 끼어들었다.

아까와는 반대 방향으로 앉으니 뒤에 있던 사람들과 마주보게 되었다. 정면으로 쳐다보는 것이 뻘쭘해 시선을 돌렸다. 반대쪽 사람은 계속 나를 뚫어져라 쳐다보았다.

"시선을 떼면 안 돼."

오른쪽에 앉은 상훈이 말했다.

"왜요?"

"왜냐니. 그게 예의니까."

그는 당연한 걸 묻는다는 듯 말했다.

"서로 대화하는 시간이니까 얼굴 보고 해야지. 굳이 얼굴 맞대고 하는 데에는 이유가 있는 법이야. 사람 눈을 보고 얘기해야지."

드물게 상훈이 열을 내기에 나는 순순히 수긍하며 고개를 끄덕였다.

말은 알겠다고 했지만 처음 보는 사람과 마주 보고 있자니 어색해서 눈을 돌리고 싶어졌다. 이게 종교 활동과 무슨 상관이 있는가 싶었다. 곁눈질만으로 생각을 읽었는지 상훈이 말했다.

"단합회가 종교 활동까지는 아니긴 한데, 우리는 종교 활동이랑 마을 활동이랑 구분을 안 하는 편이야. 어차피 우리 교회에 오는 사람들이라고는 우리 마을 사람들밖에 없고. 그럴 거면 마을을 위해 시간을 쓰는 것도 나쁘지 않겠다는 의견이 여러 번 나와서 따로 단합하는 시간을 만들었어. 너도 이런 시간이 아니면 다른 사람들하고 따로 얘기할 기회가 없을 거 아냐. 그렇지?"

"그러면 단합회 시간에는 보통 무슨 얘기를 하나요?"

"아무 얘기나 하면 돼. 개인적인 얘기를 해도 되고 마을에서 있었던 일을 말해도 되고. 주제는 자유야. 부모님이나 친구한테 말하는 것처럼 편하게 말하면 돼."

상훈은 이제 앞사람에게 시선을 고정시킨 채 내게 말하고 있었다. 이렇게까지 해야 할 필요가 있는 걸까.

하는 수 없이 앞사람을 보았다. 평범한 40대 주부처럼 보이는 그녀는 간단히 인사를 나누고 나서 먼저 말을 꺼냈다.

"오명희입니다. 저희 채윤이 잘 돌봐주셔서 감사드려요."

그제야 그녀가 반장인 채윤의 어머니라는 것을 알았다. 학부모 면담도 아직이니 아이들의 부모님 얼굴과 이름까지는 알지 못했다. 얼굴을 아는 학부모라고는 학교에 왔었던 은성의 부모님뿐이었다.

"저희 채윤이, 반에서는 어떤가요?"

"야무지고 어린 나이답지 않게 리더십도 있습니다. 수업에 의욕도 넘치고요. 제가 뽑은 건 아니지만 채윤이가 반장이라 다행입니다. 가끔은 저도 신세 좀 지고있어요."

"다행이네요. 애가 학교에서 엄마를 찾는다거나 하지는 않죠?"

그녀의 뜬금없는 질문에 깜짝 놀라 물었다.

"네. 한 번도 그런 적 없습니다. 왜 그러시죠?"

"이런 말 하기는 그렇지만 채윤이가 집에서는 하도 엄마를 찾아서요. 요리하고 청소할 때도 계속 뒤를 졸졸 쫓아와요. 어쩔 때 보면 애기 같다니까요. 얘가 나가서 저 없이 살 수 있을까 생각하면 걱정이었는데 학교에서는 안 그런다니 다행이네요. 집에서는 방 정리도 안 하는데 그런 주제에 자존심은 있어서 뭐라고 하려고 하면 바락바락 대들어서 큰일이에요. 가끔은 제 자식이지만 한 대 쥐어박고 싶다니까요."

너무하다 싶을 정도의 독설이었지만 딸을 향한 애정이 느껴졌다. 명희는 말을 하면서 한 번도 내 얼굴에서 눈을 떼지 않았다. 되로 부담스러웠던 내가 다른 곳을 보려 하면 눈빛으로 꾸짖었다.

"선생님은 하실 말씀 없으신가요?"

명희가 나는 할 말 끝났으니 너도 아무 말이나 해보라는 듯이 재촉했지만 오늘 처음 본 아주머니에게 털어놓고 싶은 속마음이나 고민은 없었다.

"그, 그 일은 이미 끝난 일 아닌가. 갑자기 그렇게 말한다고 한들……."

누군가 멀리서 큰 소리를 냈다. 현우였다. 교장에게 사과하던 때의 그는 점잖고 말수가 적었지만 지금은 웬일인지 언성을 높이고 있었다.

"끝났다고? 당신 아들이 제물로 바치려고 학교에서 토끼를 죽였다며. 그것도 두 마리나. 이게 그런 식으로 얼렁뚱땅 넘어가도 될 일인가?"

"두 마리는 무슨 두 마리. 어쨌든…… 아직 어린애가 아닌가. 아직 아무것도 모를 나이인데 그럴 수도 있지. 자네는 어릴 때 실수한 적 없나?"

현우와 맞은편에 앉아 있는 남자가 서로 눈을 부라리며 고함을 질렀다. 분노에 가득 찬 두 얼굴을 보고 있자니 당장이라도 서로에게 달려들 것 같은데 용케도 제자리에 앉아 있었다.

내가 그들을 말리려 일어서자 명희가 기겁을 하며 나를 다시 앉혔다.

"미쳤어, 미쳤어. 아니 선생님. 갑자기 왜 일어나시는 거예요."

"아니. 저기서 소리 지르는 것 보니 당장이라도 싸울 것 같은데 지금 가서 말려야 되지 않겠습니까."

"됐으니까 앉아 있어요. 지금 선생님이 일어나시면 단합회를 못하잖아요."

"맞아요, 이준 씨. 앉아 있어요. 어차피 이준 씨가 안 가도 괜찮을 거예요."

옆에 있던 미정이 입만 벙긋대며 말했다. 고개를 돌리지 않는 선에서 내게 해줄 수 있는 최선의 행동이었다.

"아니 그래도……."

이 순간에도 그들은 서로에게 소리를 지르고 있었다.

"은성 아범. 애를 그렇게 가르치면 어떡해? 이장님이 절대 살아 있는 생물을 죽여서 시체로 갖고 오지 말라고 했잖아. 정육점이나 다른 데서 파는 고기로 들고 오라고 하셨지. 몰랐던 거야?"

"그걸 내가 모르겠나. 자네보다 더 교회에 많이 오고 기도도 많이 한 사람이 나인데."

"그러면 왜 당신 아들이 그런 짓을 벌였냐는 말이야. 이장님께서 하신 말씀처럼 신께서 천벌이라도 내리면 당신 아들이 책임질 거야? 아니면 당신이 책임질 수 있냐고."

그 말이 역린을 건드렸는지 현우는 욕설을 강하게 내뱉었다. 그에 맞서 상대방도 자신이 아는 모든 욕설을 차례대로 소리쳤다.

철천지원수처럼 싸워대는 그들은 아직도 의자에 엉덩이를 붙이고 있었다. 의자를 꽉 잡은 현우의 손에 핏줄이 올라왔다. 금방이라도 일어서서 상대방을 후려갈길 기세였다.

"진짜 괜찮은 거 맞아요?"

내가 반신반의하며 묻자 명희는 손사래를 쳤다.

"어휴. 원래 다들 한 번씩은 저래요. 오늘은 안 저러나 했다. 싸움 없는 단합회는 본 적이 없어. 그래도 저러고 나면 속에 있는 말을 다 뱉어내고 나니까 시원해요. 나도 얼마 전에 은성이 엄마랑 저런 적 있었는데."

"은성이 어머님이요?"

"글쎄 우리 딸이 학교에서 자기 아들한테 뭐라고 했다는 거예요. 그것 때문에 자기 아들이 집에 와서 속상해 했다느니 뭐니. 그런데 들어보니까 애초에 걔가 학교에 들고 오면 안 되는 걸 들고 왔더만. 그게 뭐였더라."

"딱지 말씀이세요?"

명희는 고개를 격하게 끄덕였다.

"그래요, 그거. 뭐 이상한 고무로 만든 거. 우리 딸도 그거 방에 박스째로 있거든요. 돈 아깝게 그런 걸 왜 사냐니까 만지면 기분이 좋다나?

어쨌든 그래서 제가 은성 엄마한테 그쪽 아들이 들고 온 게 잘못 아니냐 했더니 그래도 그거 가지고 다른 애들 앞에서 소리 치는 게 맞냐 그러더라고요. 듣다 보니까 저도 화나잖아요. 잘못을 우리 애가 했나, 그쪽 애가 했지. 그리고 내가 이런 말까지는 안 하려고 했지만 애가 이상하잖아요. 말도 제대로 못하는 앤데."

"말더듬이라고 이상한 건 아니죠. 채윤이 어머님."

은성의 해맑은 웃음을 생각하니 명희의 말에 화가 났다. 본인이 그러고 싶어서 말을 더듬는 게 아니라는 것쯤은 알 텐데. 은성이나 그의 어머니가 이 말을 들었으면 어떤 기분일까.

명희는 그러거나 말거나 자신의 할 말을 계속했다.

"어쨌든, 단합회만 아니었어도 너 죽고 나 죽자 하는 건데. 은성 엄마 입장에서는 완전 로또 탄 거죠. 안 그래요? 우리 채윤이가 무슨 잘못이 있다고."

또다시 고함 소리와 욕설 소리가 대포처럼 울려 퍼졌다. 이번에는 현우가 아니었다. 다른 곳에서도 그들처럼 싸우기 시작했다. 그런 곳이 한두 군데가 아니었다.

그들은 서로 잡아먹지 못해 안달이 난 늑대들처럼 서로를 물어뜯었다. 손가락질을 하며, 얼굴을 붉히곤 상대방의 인성과 지난날의 과오, 가족들을 욕해댔다. 그러면서도 자리에 엉덩이를 붙이고 앉아서 상대방과 마주 보는 자세 그대로였다.

나는 상황을 이해하지 못하고 멍하니 앉아 있었다. 이것이 정녕 단합회가 맞을까. 남보다 못한 사이처럼 싸워대는 사람들을 보니 화목했던 마을 분위기가 거짓말처럼 느껴졌다.

"매번 이런다고요?"

내가 중얼거리자 미정이 고개를 끄덕였다.

"그렇죠. 그래도 여기서 싸우면 서로 뒤끝 없이 헤어져요. 그래서 이장님께서도 안 보이는 곳에서 싸울 바에 차라리 단합회에서 싸우라고 하시죠. 그래야 마을을 관리하는 것도 편하니까."

속으로 묵혀두는 일이 있더라도 싸우지 않는 편이 낫지 않을까 싶었다. 말은 뒤끝 없이 헤어진다고 해도 실제로 뒤끝이 없을 것이라고는, 이 꼴을 본 사람이라면 아무도 믿지 않을 것이다. 작은 불만도 눈덩이처럼 불어날 게 뻔했다. 저렇게 서로 욕을 해대는데 깔끔하게 잊어버린다는 것이 말이나 되는가.

"마을을 관리하기 편하다고요?"

"뒤에서 싸우고 손절하는 것보다 앞에서 싸우면 이장님께서 조율하기도 쉽잖아요. 전 이장님도 이렇게 마을을 관리하셨으니까 지금 이장님도 따라하시는 거예요."

"하지만 이런 걸 싫어하는 사람도 있을 거 아니에요. 그런 사람들은 어떡하죠? 교회에 안 오나요?"

"다들 좋아하지는 않겠죠. 그래도 그런 것보다 더 중요한 게 교회에 있으니까 싫어도 오긴 오죠."

"중요한 거요?"

"네. 영접이요."

미정이 언젠가 했던 말이었다. 나는 이때다 싶어 물었다.

"영접이 대체 뭡니까?"

"말 그대로 신을 만나는 거예요."

신을 만난다니. 신이 마을의 물을 빼주었다는 것보다 더 허무맹랑한 소리였다. 하지만 무턱대고 신은 없다고 반박해도 이미 주민들에게 신은 존재한다는 것이 상식으로 뿌리박혔으니 소용없을 것이다. 아까 이장이 설교할 때도 그랬다. 신의 얘기만 나오면 사람들은 열광하고 눈물을 흘렸다.

"신을 만난다니. 어떻게 만나요?"

"저는 아직 만나본 적 없어요. 뽑히질 않았거든요."

"뽑히다니요?"

"제물을 바치면 돼요. 이건 말씀드렸었죠?"

"지난번에 듣기는 했었죠. 중간에 끊겼지만. 말이 나와서 얘기인데 제물이 정확히 뭔가요?"

미정과 배턴 터치하듯 명희가 입을 열었다. 영 내키지 않는다는 듯한 표정이었다.

"오늘은 첫날이라 안 들고 오셨나 본데, 제물은 그냥 단순히 말해서 고기예요, 고기."

내가 아는 제물은 잉카인이 자신들이 잡아온 포로를 산 채로 배를 갈라 심장을 꺼내는 것이었다. 여기서 사람 배를 가르지는 않겠지만 혹시 모르는 일이다.

근처에 농장도 있으니 배를 가를 가축을 구하는 것은 어렵지 않을 것이다. 그렇지만 매주 가축의 배를 가른다면 정작 기를 가축이 없을 텐데. 신께서 물만 빼주시는 것이 아니라 가축도 내려주려나.

"그러면 어떤 걸 바치는 겁니까? 배는 누가 가르고요?"

"배를 갈라요?"

명희는 어리둥절해 하며 내가 한 말을 곱씹었다. 그러고는 얼굴이 새빨개져서 소리쳤다.

"지금 오해하신 것 같은데, 우리가 그런 야만인들처럼 보여요? 최이준 선생님. 그렇게 함부로 넘겨짚는 거 아니에요."

"그렇지만 제물을 바치신다고⋯⋯."

"그야 당연히 정육점에서 사 온 고기죠. 시대가 어느 때인데 배를 갈라요. 나 원, 정말 어이가 없어서 말이 안 나오네."

"정육점에서요?"

"네. 선생님은 우리가 어디 오지 식인종으로 보이세요? 다 정육점에서 사 오는 거예요."

정육점에서 사 온 고기를 제물로 바친다는 얘기는 듣도 보도 못했다.

"그러면 그 제물인지 고기인지는 어디다 바치나요? 따로 제사장이 있는 것 같지는 않던데."

"강단 옆에 문 보이세요? 영광의 방이라는 곳인데 저 방에서 바쳐요."

명희가 강단 쪽을 가리켰다. 강단으로 올라가는 계단 옆에 문이 하나 있었다. 창고인 줄 알았는데 생각보다 흉흉한 곳인 모양이다. 겉보기에는 다른 방들과 똑같이 생겼는데 음침한 의식이 일어나는 곳이라고 생각하고 보니 문틈으로 지네처럼 발이 많은 그림자들이 스멀스멀 기어 나오는 느낌이었다.

"제물은 어떤 식으로 바치는 건가요? 제물은 이장님이 바치나요?"

"나도 잘 몰라요, 선생님. 내가 어디 전문가도 아니고. 그냥 평범한 주부라고요."

명희는 정말로 모르는 눈치였다.

"그러면 아까 영접이라고 하셨는데 다른 사람들은 실제로 신을 만난다는 건가요?"

"네. 채윤이랑 친한 애 이름이 뭐였더라? 갑자기 기억이 안 나네."

명희는 눈살을 찌푸리며 기억을 더듬었다. 그녀가 계속 얘기를 이어나갈 수 있도록 한마디 거들어주었다.

"지윤이 말씀이십니까?"

"맞아요, 지윤이. 그 공부 못하는 애. 걔네 엄마도 영접했다고 온 동네방네 자랑을 하던데. 내가 듣기 싫어가지고."

내가 기억하기로는 지윤과 채윤의 성적은 엇비슷했다. 지윤의 부모님은 본 적 없지만 아버지가 시내에서 자동차 수리점을 한다고 들었다.

"아무튼 그 영접 때문에라도 교회에 나와야 해요. 종교 활동이
든 단합회든 하기 싫어도 해야죠. 선생님도 지옥에 가기는 싫을
거 아니에요?"

"교회에 안 나오면 지옥에 가나요?"

"아뇨. 이건 농담이었어요."

명희는 우습다는 듯이 입을 가리고 쿡쿡 웃었지만 나는 입꼬리
에 미동조차 오지 않았다.

명희의 입에서 나온 지옥이라는 단어는 왜인지 무겁게 느껴졌
다. 영접이니 제물이니 하며 대화하는 사이에 나도 모르게 이 웃
기지도 않는 종교 놀이에 몰입이라도 한 걸까.

그러나 이들에게 종교는 웃기지도 않은 놀이가 아니다. 상식이
자 삶의 방식, 마을에 뿌리박은 영목이자 마을을 지켜주는 수호신
이었다.

다행인 점은 이들이 포교 활동에는 열을 올리지 않는다는 것이
다. 미정도 카페에서 종교 얘기를 하니 안색이 달라졌고 명희도
화제가 종교가 되니 점점 귀찮은 기색을 내비쳤다. 수많은 종교에
서 공통적으로 중요시하는 것들 중 하나가 포교일 텐데 한사람 마
을은 이상하리만치 포교에 신경을 쓰지 않았다.

"그런데 원래 선생님 없으면 반장이 선생님 노릇 할 수도 있는
거 아니에요? 나 때는 다 그랬구만. 제가 학창시절에 매번 반장을

했거든요. 애들이 하도 말을 안 들어서 강하게 나가니까 그제야 말을 좀 듣더라고요. 그때부터 안 건데 애들은 원래 강하게 나가줘야 말을 잘 들어요. 선생님도 잘 알겠지마는. 안 그래요, 선생님?"

명희는 내 반응은 보이지도 않는 것처럼 자신의 말만 쏟아냈다.

명희의 말을 듣는 척했지만 내 신경의 절반은 주변 사람들이 곧 피떡이 될 때까지 싸우지 않을지에 쏠려 있었다. 미정과 명희가 괜찮다고 하긴 했지만 지금 상황이 괜찮을 리 없었다. 주민들 절반이 싸우고 있는 상황이 정상일 리도 없었다.

명희의 입에서 나오는 말은 대부분 다른 학부모들의 욕이었다. 마음 같아서는 조용히 하라고 쏘아붙이고 싶었다. 당신은 주변에서 저렇게 싸워대는데 아무렇지도 않아? 욕설이 폭죽처럼 터져 나오는데 남의 뒷담화나 하고 있다니 이해할 수 없었다.

나는 당장이라도 교회 밖으로 나가 비눗물에 귀를 씻고 싶었다. 한 가족처럼 굴던 이들이 서로를 찔러대는 모습은 보기에도 듣기에도 안 좋았다. 심지어 아이들이 보고 있는데도. 아이들을 저들끼리 한쪽 구석에 몰아넣은 것은 나름 신경을 쓴 것일까.

단상으로 이장이 올라오기에 싸움을 말리려나 싶었는데 그는 이렇게만 말했다.

"점심시간입니다."

사람들은 즉시 대화를 멈추고 앞사람과 수고했다며 악수했다. 명희는 내 손을 붙잡고 억지로 흔들었다.

놀랍게도 방금까지만 해도 할 말 못할 말 다 해가며 싸워대던 현우가 곧장 상대방과 악수를 하더니 웃으며 같이 담배를 피우러 갔다. 다른 이들도 마찬가지였다. 방금까지 고함치던 사람들이 화기애애하게 웃고 있었다.

"그러게 괜찮을 거라 했잖아요, 선생님."

명희가 이거 보라는 듯이 말했다. 그들의 사이가 얼마나 좋아 보이는지 실제로 싸운 것은 맞는지 의심이 들었다.

"아까도 들으셨겠지만 단합회가 끝나면 서로 나눴던 얘기는 없던 거로 하는 게 규칙이에요. 같이 밥이나 먹으러 가죠."

자신의 상대에게 손 흔들며 배웅하던 미정이 말했다. 악감정이 풀고 싶다고 풀 수 있는 감정은 아닐 텐데 이들은 쉽게도 싸우고 쉽게도 화해했다. 분명 저들 중에는 속으로 이를 가는 사람들이 있을 것이다.

"여기서 주나요? 요리는 누가 하고요?"

"그거야 뭐 운영팀이 하죠. 있어요, 이장님 수족 같은 친구들. 영훈 아저씨도 운영팀이에요. 마을 울타리랑 교회 입구 감시하는 아저씨요. 요리를 못하시는지 고정적으로 감시 담당이에요. 요리는 다른 운영팀원이 하죠."

공짜로 밥을 얻어먹긴 그래서 헌금이라도 낼까 하다가 지갑을 안 들고 왔다는 것을 깨달았다. 다음에 올 때 두 배로 내면 되겠지. 명색이 신이라는 작자가 그 정도는 충분히 기다릴 수 있겠지.

밥을 받으러 줄을 서는데 앞에서 앞치마를 입은 남자가 외쳤다.

"오늘은 고기가 부족한 관계로 고기 반찬이 안 나옵니다. 죄송합니다."

고기가 없다 해도 매일같이 편의점 도시락이나 라면만 먹다가 제대로 된 정식을 먹으니 맛이 더 달게 느껴졌다.

"평소에는 고기가 나와요?"

"응. 어떨 땐 삼겹살도 구워 먹어. 그러면 기왕 먹는 김에 술도 한잔하는 거지."

뒤에서 지루하다는 듯 하품을 하던 상훈이 말했다.

"맛있게 드세요."

앞치마를 두른 남자 중 한 명이 내 식판에 반찬을 덜어주며 말했다. 영훈처럼 덩치가 꽤 있어 앞치마를 두르고 있는 모습이 전혀 어울리지 않았다. 운영팀 사람들은 대부분 덩치들로만 이루어진 것 같았다.

한사람 초등학교의 교사들은 모여 앉아 식사를 시작했다. 이렇게 다 같이 밥을 먹으니 마치 출근이라도 한 것 같았다. 이걸 매주 해야 한다니. 주말까지 직장 동료들과 함께하고 싶지는 않았다. 만나는 건 평일이면 충분했다.

"고기가 없다고 해서 걱정했는데 맛있기만 하네. 광덕아. 이 콩나물 어디서 난 거냐?"

상훈이 조리실에서 설거지를 하는 남자에게 말했다. 그는 손님들이 다 먹고 두고 간 접시들을 닦고 있었다.

"그거 저희 밭에서 나온 거요. 아직 집에 좀 남았는데 드릴까요?"

"어 그래. 그래주면 고맙지. 나중에 찾으러 갈게. 어머니 몸은 좀 괜찮으시고?"

"저번에 영접해서 다 나으셨어요. 아시는 줄 알았는데."

"맞다, 그랬지. 미안하다."

식사를 마치고 시계를 보자 곧 정오를 앞두고 있었다.

"이제 슬슬 집에 가나요?"

"아뇨. 제일 중요한 게 남았어요."

미정이 식곤증 때문에 하품을 하며 말했다.

"중요한 거요?"

"추첨이요."

정오가 되자 이장이 단상 위로 올라왔다. 이번에는 옆에 투명한 상자를 안은 영훈이 서 있었다. 상자 안에는 종이쪽지들이 가득 들어 있었다. 아마도 저 쪽지가 미정이 말한 '추첨'의 정체인 것 같았다.

"식사는 맛있게 하셨습니까. 아시다시피 곧 추첨 시간입니다. 혹시 옆자리가 비어 있는 분 계십니까?"

이장이 추첨을 한다고 하니 분위기가 무겁게 가라앉았다. 방금까지만 해도 웃고 떠들던 사람들은 서로 경계하며 눈치를 보기 시작했다. 교회 안에 안개가 낀 것처럼 분위기가 적막해졌다.

미정에게 추첨으로 무엇을 뽑기에 사람들이 이러는지 물어보려 했지만 그녀는 두 손을 맞잡고 기도하는 중이었다. 신앙심에서 나오는 경건한 기도와는 달랐다. 그녀의 손은 필사적으로 떨리고 있었다.

"시간이 되었으니 자리에 안 계신 분은 없는 것으로 알고 추첨 시작하겠습니다. 영훈 씨, 준비해 주세요."

영훈은 들고 있던 상자를 단상에 내려놓았다. 이장의 손이 상자 위에 뚫린 구멍 안으로 들어갔다. 사람들의 눈은 전부 이장의 손을 좇고 있었다. 그가 왼쪽으로 한 번 손을 저을 때마다 사람들의 시선은 왼쪽으로 몰렸고 오른쪽으로 저을 때마다 오른쪽으로 몰렸다. 온 마을 사람들이 미어캣처럼 이장의 손을 따라 고개를 이리저리 돌려댔다.

이장은 한참을 뒤적거리더니 결정을 했는지 멈췄다. 사람들이 침을 삼키는 소리가 들리는 듯했다. 미정은 작게 중얼거리며 자신이 뽑히기를 간절히 빌고 있었다. 상훈이나 교장도 마찬가지였다. 눈빛과 표정만으로 알 수 있었다. 모든 사람들이 자신이 뽑히기를 빌었다. 어찌나 주변 사람들이 긴장했는지 쪽지를 넣지도 않은 나조차 괜히 긴장되었다. 대체 이게 뭐라고. 그러나 그들의 간절한 모습을 보면 그런 말을 내뱉을 수가 없었다.

이장은 산타가 보따리에서 선물을 꺼내듯 상자에서 쪽지를 꺼냈다. 손가락에 같이 들린 쪽지 몇 개가 우수수 떨어졌다. 저 쪽지에 적힌 이들은 당첨 직전에 떨어진 꼴이었다.

"이번 달 영접은……."

이장은 일부러인지 말을 늘리며 천천히 쪽지를 사람들에게 보이게 바깥쪽으로 폈다. 쪽지에는 큰 글씨로 내가 모르는 사람의 이름이 써 있었다.

"박금숙 할머니입니다. 축하드립니다."

한쪽에서 금방이라도 기절할 것처럼 좋아하는 환호성 소리가 났다. 사람들은 다들 축하의 박수를 쳤지만 표정에는 자신이 걸리지 못한 것을 아쉬워하는 것이 뻔히 드러났다.

"세상에. 살면서 이런 날이 오다니. 고마워서 어째 이걸."

"박 할멈 소원 이뤘네 이뤘어."

"축하드려요 할머니."

할머니의 근처에 있던 사람들은 영혼 없이 축하해 주었다.

그녀는 어쩔 줄 몰라 하면서 단상 앞으로 나갔다. 전교생 앞에서 상을 받게 된 10대 소녀처럼 수줍어하면서도 기뻐하는 내색을 굳이 숨기려 하지 않았다.

"이번에도 글렀구만. 이쯤 되면 나를 싫어하시는 것 같은데."

상훈이 옆에서 조용히 투덜거렸다.

"그러면 저도 싫어하시나 보네요."

아까보다 표정이 확연히 어두워진 미정이 중얼거렸다.

이장이 단상 위로 올라온 금숙에게 말했다.

"늘 그랬듯이 제가 먼저 가서 준비를 해놓을 테니 제가 들어오라고 할 때 들어오시면 됩니다. 알겠습니까?"

금숙은 고개를 마구 끄덕였다.

"부러워 죽겠네, 진짜."

누군가 중얼거렸다.

이장은 명희가 말했던 제물을 바친다는 방에 들어갔다. 아까처럼 지네가 나올 것 같지는 않았지만 그래도 저 방에서 뭔지 모를 의식이 일어난다는 것을 생각하면 그리 안락해 보이지는 않았다.

잠시 후 이장이 문을 열었다. 그것이 신호였는지 금숙은 누가 먼저 들어가기라도 할까 봐 서둘러 들어가려 했다.

앉아 있었을 때는 미처 몰랐는데 그녀의 목은 일부러 쭉 빼놓은 것처럼 굽어져 있었다. 허리도 목과 마찬가지로 90도에 가깝게 꺾여 있었다. 다리 역시 시원치 않은지 비틀거리며 겨우겨우 걸음을 옮겼다.

방 안에서는 어떤 소리도 들리지 않았다. 무언가 하고 있기는 한 것인지 의심이 들었다. 다른 사람들은 추첨을 하기 전처럼 시시덕거리며 잡담을 나눴다. 추첨에 걸리지 않아도 이미 익숙하다는 반응이었다. 잠깐 아쉬워하고 다시 일상으로 돌아가는 것이 마치 로또 당첨에 실패한 사람들 같았다.

얼마나 지났을까. 문이 열리고 금숙이 걸어 나왔다.

금숙은 방에 들어가기 전보다 훨씬 젊어진 것처럼 느껴졌다. 외모는 달라지지 않았다. 피부는 그동안 그녀가 살아온 세월들을 박아놓은 나이테처럼 금이 가 있었다. 얼굴과 헤어스타일도 그대로였다. 좀 더 지켜보고 나서야 어디가 달라졌는지 알 수 있었다. 진작에 눈치채지 못한 것이 바보 같을 정도로 큰 변화였다.

금숙의 허리는 일자로 곧게 펴져 있었다. 어깨까지 수그러진 목도 지금은 꼿꼿이 세워졌다. 그녀는 마치 런웨이를 하듯 느리고 당당하게 강단을 가로질렀다. 나는 넋이 나간 채로 그녀를 계속 쳐다보았다.

"박 할멈. 인제 좀 보기가 좋네."

"그럼 전에는 보기 싫었어?"

"그런 뜻이 아니라. 어쨌든 신께서 기도를 들어주신 모양이지?"

"그렇지. 얼마나 자비로우신지 몰라."

내가 소스라치게 놀란 것에 비해 금숙의 주변인들은 대수롭지 않게 반응했다. 이것도 늘상 있던 일이라는 것일까.

방 안에는 무엇이 있던 것일까. 전문 마사지사라도 있었나 싶었지만 꼽추의 허리를 단시간에 일자로 펴주는 마사지사는 없다. 전문 마사지사는커녕 전문 의사한테도 어려운 일이다. 수술을 하려 해도 고난도의 수술일 텐데 하물며 30분도 안 돼서 고친다는 것은 말도 안 되는 일이었다.

"할머니 허리가 폈네요."

떨리는 목소리를 최대한 감추며 미정에게 물었다. 상훈과 얘기하던 그녀는 대수롭지 않다는 듯 말했다.

"그렇네요. 평소에 다니시는 거 보면 제가 다 마음이 아팠는데. 이렇게 낫게 돼서 다행이죠."

"다행이긴 한데 이게 어떻게 된 겁니까?"

"뭐가요?"

그녀는 정말로 모르겠다는 듯 물었다. 옆에서 잠자코 듣고 있던 상훈도 그게 무슨 소리냐며 의아해했다.

"아니. 지금 들어가신 지 얼마 되지도 않았는데 허리가 완전히 피셨잖아요. 이게 가능한 겁니까?"

"그야 영접을 했으니까 되는 거지. 영접 못 했으면 불가능하지."

"아무리 영접이라고 해도 사람 허리를 저렇게……."

"아니. 영접을 했으니까 되는 거라니까."

상훈은 자꾸 쳇바퀴를 도는 대화가 답답했던지 가슴을 치며 말했다. 가슴을 치고 싶은 것은 나도 마찬가지였다.

미정과 상훈의 진지한 태도만 아니었으면 이미 다들 짜고 나를 속이는 것이라고 생각했을 것이다. 미정은 몰라도 상훈은 거짓말을 하면 표정에 다 드러나는 성격이었다. 거짓말만 하면 땀이 비 오듯 흐르는 그가 합심해서 나를 속일 수 있을 것 같지는 않다. 애초에 그럴 이유도 없었다.

마치 마술쇼를 본 것 같은 상황에 나는 어떻게든 이해해 보려 애썼다. 어쩌면 금숙의 허리가 그렇게까지 심각한 상태는 아니었을 수도 있다. 플라세보 효과라는 것도 있지 않은가. 어쩌면 심리적인 효과만으로도 자세가 교정될 수 있는 것 아닐까. 조금 억지스러운 주장이었지만 이것이 아니라면 금숙의 굽은 허리가 어떻게 폈는지 설명할 수 없었다.

가장 빠른 방법은 장본인에게 물어보는 것이었지만 그것도 쉬운 것은 아니었다. 초면인 사람에게 어떻게 꼽추처럼 굽어 있던 허리를 폈냐고 물어볼 수도 없고, 안에서 어떤 일이 있었냐고 물어보는 것도 대놓고 수상해하는 것 같아 이상했다.

다음 방법으로는 그녀 말고도 영접을 경험한 다른 이들을 찾아가 보는 것이 있었다. 미정이 말해주기를 한 달마다 추첨을 한다고 하니 영접을 경험해 본 이들은 쌓여 있을 것이다. 하지만 누가 영접을 경험했는지 알아낸다고 해서 뭐라고 물을 것인가. 신이 있다는 것을 증명해 보라고 해도 미정처럼 둘러대기만 할 것이 뻔했다.

교회고 뭐고 신경 끄자는 마음도 있었다. 하지만 이대로 포기해서는 안 된다는 망설임이 더 컸다. 무엇인지는 모르겠지만 나를 강하게 이끄는 것이 있었다. 영광의 방에 있는 것이 무엇이든 간에 그 정체를 모르고 넘어간다면 평생 후회할 것 같았다.

"일단 조용히 해요. 마무리하려나 보니까."

미정이 나를 진정시키려 애쓰며 말했다. 이장이 다시 단상 위로 올라왔다. 오늘만 해도 그의 설교를 몇 분이나 들었는지 모르겠다. 그래도 이제 거의 끝났다고 하니 들을 만했다.

"여러분. 오늘 하루도 고생 많으셨습니다. 여러 악조건이 겹쳤지만 무사히 제물을 바쳤으므로 신께서도 만족하셨을 겁니다. 실제로 오늘 영접하신 박금숙 할머니도 아프셨던 허리가 나으셨습니다. 할머니. 어디 불편하신 곳은 없으십니까?"

이장이 묻자 금숙은 손사래를 치며 말했다.

"당연히 없지. 있어도 없다고 할 거야. 신께서 이미 허리를 고쳐주셨는데 거기서 더 바라면 그게 사람이야, 짐승이지. 뭐든 욕심을 부리면 안 돼. 만족하며 살아야지."

"마치기 전에 감사 기도 한 번씩 하고 마치겠습니다."

이장의 선언에 다들 고개를 숙였다. 나는 믿지도 않는 신에게 기도했다. 실제로 존재한다면 당장 눈앞에 모습을 드러내 보이라고 생각하며 눈을 질끈 감았다 떴다.

물론 하늘이 갈라지며 천사들을 뒤에 거느리고 신께서 친히 지상으로 강림하시는 일 따위는 벌어지지 않았다. 당연히 그럴 리가 없다는 걸 알면서도 실망감을 느낀 내가 우스웠다. 조금이나마 그런 광경을 기대했던 걸까.

마지막 기도가 끝나자 사람들은 각자 집으로 향했다. 나도 집으로 가려는 찰나 누군가 뒤에서 나를 불렀다. 이장이었다.

"최이준 선생님. 처음이셨는데 오늘은 어떠셨습니까?"

"좋은 시간이었습니다. 덕분에 사람들도 만나고."

이장이 관심 있어 하는 것은 친목이 아니었는지 고개를 저으며 말했다.

"그것도 있으시겠지요. 그래서 다음 주부터는 어떻게 하실 겁니까?"

"어떻게 하다니요?"

"저희 교회에 계속 나오실 겁니까?"

나는 섣불리 입이 떨어지지 않았다. 신앙심도 없는 내가 매주 꼬박꼬박 교회에 나온다고 해서 좋을 건 없었다. 하지만 이들이 그렇게도 찬양해대는 신이라는 존재가 궁금하기도 했다. 금숙의 허리가 어떻게 일자로 펴졌는지도 알고 싶었다. 당연히 속임수겠지만. 속임수겠지만…….

"오늘 영접하셨던 박금숙 할머니 보셨습니까?"

나는 고개를 끄덕였다.

"그렇다면 할머니가 기적을 경험하셨다는 것도 아시겠군요."

"기적이라고요?"

"당연히 기적이라고 할 수 있죠. 신께서 행하신 것이니까요."

아무 말 않고 가려 하자 뒤에서 이장이 말했다.

"다음 주 부터는 제물을 들고 오세요. 정육점에 물어보면 알아서 해줄 겁니다."

"안 들고 오면 어떻게 됩니까?"

이장을 쳐다보며 나도 모르게 시험하는 투로 말했다.

"어떻게 되지는 않습니다. 최이준 선생님만 손해 보시는 거죠. 그저 새로 오시기도 했으니 걱정되어서 충고드렸을 뿐입니다. 영접에 추첨으로 뽑히려면 제물을 바쳐야 하니까요. 저희가 그런 사람들만 뽑기도 하고요."

"이장님은 영접해 보신 적 있습니까?"

"그렇습니다. 저희 마을에서는 대대로 이장직을 맡는다는 건 아시나요?"

내가 고개를 끄덕이자 이장은 계속 말을 이어나갔다.

"저는 어릴 때 영접을 경험했습니다. 기준이 정확하게 있는 것은 아니고 다음 후계자가 되기에 적절하다고 여겨질 때입니다. 이야기가 길어질 텐데 괜찮으신가요?"

교회 안에는 나와 이장, 그리고 영훈만이 남아 있었다. 영훈은 눈썹을 찌푸린 채 나를 노려보고 있었다. 빨리 먹잇감을 물어뜯도록 허가해 달라는 사냥개를 보는 기분이었다. 하지만 사냥꾼은 사냥개에게 아직은 때가 아니라며 손짓했다. 영훈은 조용히 교회 밖으로 나갔다.

사람이 없는 교회 내부는 적막이 흐르자 그야말로 신성한 구역이 되었다. 이장 뒤에 그려진 벽화를 보고 있으니 벽화 속 천사가 공포 영화에서처럼 그림을 뚫고 나오지는 않을지 걱정이었다. 만일 영접이 그런 공포스러운 것이라면 딱히 경험해 보고 싶지는 않앉다.

"제 입으로 이런 말을 하기는 그렇지만, 저는 꽤나 이장직이 천직이었나 봅니다. 이전의 다른 이장 후보분들보다 빠르게 영접을 경험할 수 있었거든요.

할머니께서 저를 새벽에 깨웠습니다. 그 길로 목욕을 하고 하얀 가운을 입었습니다. 그때까지는 아직 정신이 제대로 돌아오지 않아 영접을 할 것이라고는 생각도 못했습니다. 무슨 일이 있겠구나 어렴풋이 짐작했을 뿐이죠.

할머니를 따라 도착한 곳은 이 교회였습니다. 강단 위에는 어른들이 모여 있었죠. 무슨 일인지 묻고 싶었지만 분위기가 사뭇 심각해 보여 아무 말도 할 수 없었습니다. 아버지께서는 저에게 고기를 한 덩이 건넸습니다. 피가 뚝뚝 떨어지더군요.

'맨 손으로 잡거라.'

아버지가 말씀하셨습니다. 저는 그대로 할 수밖에 없었죠. 물컹한 감촉이 아직도 손에 남아 있습니다. 어쨌든 저는 아버지께서 들어가라고 한 방으로 들어갔습니다. 그곳이 바로 저 방입니다."

이장은 손가락으로 명희가 영광의 방이라고 했던 방을 가리켰다.

"저는 고기를 들고 방으로 들어갔습니다. 아버지께서 제단에 고기를 올려놓으라 하시길래 그대로 따랐습니다. 그리고 잠시 뒤 신께서 강림하셨습니다.

저는 아무 말도 할 수 없었습니다. 이런 말을 해서는 안 되겠지만 두려움이 컸었죠. 저는 어릴 적 어머니께서 워낙 엄격하신 분이었던지라 매를 맞고 울거나 사소한 잘못으로 크게 혼나 어머니를 무서워했습니다. 최이준 선생님은 그런 적 없으십니까?"

나는 엄마와의 기억이 떠오르기 전에 고개를 저었다.

"그렇군요. 어머니 앞에서 느끼는 무서움은 끽해봐야 같은 인간끼리 느끼는 감정입니다. 신 앞에서 느끼는 두려움은 그런 감정과는 비할 바가 안 되죠.

제가 감히 신 앞에 서다니. 신께서는 저의 목소리나 사지를 가져가실 수도 있고 혹은 저에게 상상도 못 할 정도의 행운을 주실 수도 있습니다. 감히 정면으로 보지도 못할 존재이십니다.

반대로 신께서 보시는 저는 어떻겠습니까. 존재 자체도 모를, 존재해 봤자 80억 미물 중 하나인 것. 그야말로 어떻게 되든 상관없는 존재일 것입니다. 인간 앞에 선 개미가 이런 심정일겁니다. 아무도 개미 한 마리 한 마리에 관심을 가지지는 않으니 말입니다.

하지만 신께서는 제게 다가와 저를 친히 쓰다듬어 주시고, 격려해 주셨습니다. 신께서 저에게 내리신 명령은 계몽이었습니다. 저희 아버지, 할아버지, 그 위로도 계속 이렇게 격려를 받아왔던 것이겠죠. 지켜보던 아버지께서 놀라지 않으신 것도 이런 이유에서일 겁니다.

어릴 적부터 이장을 물려받기 위해 공부를 했었지만 진정으로 이장직을 물려받는 것이 어떤 의미인지 알게 된 날은 바로 이날입니다. 마을을 잘 이끌어가고 마을 사람들을 계몽시킬 것. 그것이 바로 저, 그리고 윗세대들이 했었던 의무인 것입니다.

제가 항상 십자가를 차고 다니는 것도 그런 이유에서입니다. 저 스스로를 각인시키기 위해섭니다. 그리고 신께서 항상 저를 지켜보시고 계신다는 마음에서도 있고요."

"어릴 적부터 그랬으니 힘드셨겠네요."

"그렇지 않다고 하면 거짓말이겠지만, 저밖에 할 수 없는 일이니까요. 제가 남들보다 잘났다는 말은 아니지만 제가 선택받았으니 그 의무를 다해야 하지 않겠습니까."

"그러면 이장님께서는 저도 계몽시키고 싶으십니까?"

이장은 잠시 고민하고는 말했다.

"마음 같아서는 같이 교회에 나오시면 좋을 것 같지만 최이준 선생님이 생각하시는 바가 따로 있다면 강요하지는 않겠습니다. 그러고 싶지도 않을뿐더러 그럴 수도 없고요."

교회에 오는 것은 귀찮았지만 영접은 한 번쯤 경험해 보고 싶었다. 영광의 방에서 영접이라는 이름으로 어떤 일이 일어나는지 궁금했다. 하지만 거의 모든 마을 사람들이 오는 교회에서 추첨을 통해 뽑히기 위해서는 운이 나쁘면 몇 년은 족히 걸릴 것이다.

이장은 내가 고민하고 있다는 것을 눈치챘는지 슬며시 말을 꺼냈다.

"영접을 경험해 보고 싶으신가요?"

"그러시지요. 사실 박금숙 할머니께서 허리가 펴는 것을 보니 저도 궁금해서요. 이 많은 사람들 중에서 추첨으로 뽑히는 건 어렵겠지만요."

영훈이 이장의 말을 어겨가며 교회에 들어올 것 같지는 않아 내친김에 물어보았다.

"이장님. 질문 하나만 드려도 되겠습니까?"

"그러시지요. 부담 갖지 않으셔도 됩니다."

"영접이라 하면 신과 만나는 것일 텐데 저희가 영접을 시도할 때마다 신은 항상 만나주는 겁니까?"

"신께서는 감사하게도 저희의 부름을 거절하신 적이 없습니다."

"제가 알기로는 원래 신이 인간을 부르지 않습니까? 인간이 신을 불러서 신이 강림한다니. 주종관계가 바뀐 것 아닙니까?"

이장이 화를 내리라는 것은 반쯤 각오하고 한 말이었지만 그는 무슨 생각을 하는지 알 수 없는 얼굴이었다. 말투는 친절했지만, 그의 표정은 항상 그렇듯 무뚝뚝했다.

"무언가 오해를 하신 것 같은데 주종관계는 바뀌지 않습니다. 오히려 신께서 자비로우시기에 저희의 부름에 답하시는 겁니다."

하고 싶은 말은 많았다. 그렇게 자비로우신 신이 왜 불타버린 우리 가족은 도와주지 않았냐고 따지고 싶었다. 종교인들을 보면 항상 그랬다. 지금도 멱살을 잡고 당신네들의 신은 대체 무얼 하고 있냐고 항의하고 싶은 심정이다. 하지만 그것이 어린아이의 생떼에 불과하다는 것을 잘 알고 있다.

항의를 할 것도 아니니 단순히 알겠다고 하는 수밖에 없었다. 이장이 확신에 찬 어투로 말했다.

"제가 이장직을 계속 맡아오다 보니 사람을 볼 줄 알게 되었습니다. 제 개인적이 생각이지만 최이준 선생님께서는 곧 신을 영접하실 수 있을 겁니다."

"저도 그랬으면 좋겠네요."

그 영접이 15년만 빨랐더라면 얼마나 좋았을까.

그날 이후로 계속 교회에 나갔다. 물론 없던 신앙심이 생긴 것은 아니었다. 기도에 흥미가 생긴 것은 더더욱 아니었다. 마을 사람들이 대체 무엇 때문에 여우에 홀리기라도 한 듯이 신을 찬양하는지 궁금했다. 이 사기 행각을 반드시 밝혀내겠다는 오지랖도 아예 없다고는 하지 못하겠다. 그래도 누구처럼 사람들을 계몽시키겠다는 건방진 생각은 하지 않았다.

"이미정 선생님. 정육점이 어디 있는지 아세요?"

미정에게 묻자 그녀는 의외라는 듯 눈을 크게 떴다.

"정육점은 왜요? 제물 사러요?"

"네. 뭐, 그런 거죠."

"살 거면 금요일에 사세요. 그래야 신선하거든요. 토요일 아침에 사는 사람들도 있는데 그런 사람들은 다 정육점 주인아저씨랑 친한 사람들이니까 따라할 생각은 마세요."

미정의 조언대로 금요일 퇴근길에 정육점에 들렀다. 주인을 제외한 세 명 정도가 더 있었다. 안으로 들어가자 노인 한 명이 친한 척 말을 걸었다. 누군가 했더니 이웃집에 사는 종수 할아버지였다.

"선생. 여기는 어쩐 일이야?"

"아. 살 게 있어서요."

"살 거? 제물 사려고? 선생, 교회 안 오는 거 아니었어? 지금까지 온 적 없었잖아."

"저희 지난주에도 만났잖아요. 기억 안 나세요?"

내가 웃으며 말하자 그의 옆에 있던 부인이 남편의 팔을 치며 부끄럽다는 듯 말했다.

"그러게. 지난주에도 봤는데 왜 기억을 못 해? 미안해요. 남편이 노망이 났는지 어제 먹은 것도 기억을 못 하니 원."

"내가 뭘 기억을 못 해. 농담 한번 해본 거지. 나는 뭐 농담도 못 하나? 그리고 어제 먹은 게, 그러니까, 고등어 아냐 고등어? 아직도 현역처럼 쌩쌩한데 뭘 늙었다고 그러는 거야, 늙었다고. 당신이 그러니까 내가 다른 영감들 앞에서 기를 못 펴잖아. 무슨 말을 못 하겠어."

"고등어라고 하니까 노망이 나긴 단단히 났나 보네. 갈치였어요, 갈치."

"아니 고등어나 갈치나 다 바다에서 사는 한 식구잖아. 내 말이 틀려?"

종수와 아내는 고등어와 갈치가 하나로 뭉뚱그려질 수 있는지 아닌지로 싸우기 시작했다. 저번에는 이장이 있어 괜찮았지만 지금은 말릴 사람도 없었다. 정육점 주인은 이 상황이 익숙한지 태연하게 고기를 봉투에 담았다.

"할아버지. 다 됐습니다."

"그래. 늘 고맙네. 장사 잘 하라고."

그들이 나가자 주인은 고기를 썰던 칼을 잠시 내려놓고 물었다.

"새로 오신 선생님이시죠? 교회에서 봤습니다. 말씀 잘 하시더라고요. 제가 말주변이 없어서 그런지 부럽습니다."

나는 부끄러운 마음에 아니라며 말끝을 흐렸다. 주인은 말주변이 없다는 것과는 다르게 꽤나 수다쟁이였다. 그는 특이하게도 한 번 웃으면 얼굴에 미소가 몇 분간 떠나지 않았다. 이미 상황은 지나갔음에도 희미하게 웃고 있는 주인을 보니 체셔고양이가 앨리스 앞에서 어떻게 사라졌는지 알 것 같았다.

"그래서 뭘 사러 오셨다고요?"

나는 제물이라는 단어를 입에 담기 부끄러웠다. 이미 익숙해진 마을 사람들은 어떨지 모르겠지만 이런 단어를 입에 담는 것이 내가 가르치는 초등학생이 된 것 같아 유치해 보였다.

"제물이요. 제물을 사러 왔어요."

"오늘처럼 금요일에 사시는 편이 좋아요. 신선도가 유지되기 좋으니까. 당일에 사서 바치는 게 좋기는 한데 예배가 토요일 아침에 있잖아요? 토요일 새벽부터 일어나서 장사하기에는 너무 힘들더라고요. 안 그래도 몇 번 해봤는데 저는 아침잠이 많아서. 가끔씩 토요일에 와서 한 번만 팔아달라는 분들도 계신데 그럴 때는 아는 분들이고 하니 어쩔 수 없이 해드려요. 그래도 이제 주말에 파는 건 그만둘까 생각중이예요. 저도 잘 시간은 있어야 되지 않겠어요?"

주인은 팔을 걷어붙이고 말했다.

"제물은 어떻게, 어떤 사이즈로 드릴까요?"

사이즈를 묻는 제물이 있다는 것은 난생 처음이었다. 아즈텍에서도 사람들 심장을 빼낼 때 사이즈를 따졌을까. 제사장이 죽어가는 제물을 앞에 두고 줄자로 심장 사이즈를 재는 걸 상상하니 꽤 웃긴 장면이었다. 제물 입장에서는 웃어넘기지 못하겠지만.

"어떤 사이즈가 있는데요?"

태연하게 묻자 주인은 친절히 설명했다.

"사이즈는 보통, 대형 사이즈가 있습니다. 쉽게 설명해 드리자면 보통 사이즈가 돼지 몸통 하나라고 치면 대형 사이즈는 거기에 머리를 추가로 얹어준다고 생각하시면 돼요. 물론 비유고 실제 크기는 훨씬 작으니 걱정 마시고요."

"대형으로 사면 추첨에서 더 잘 걸리나요?"

주인은 지금까지 그 질문을 안 하는 손님이 없었다며 껄껄 웃었다.

"아쉽지만 그런 건 없습니다. 그랬으면 남한테 안 팔고 저만 대형으로 바쳤죠. 굳이 따지자면 성의 표현이라고 할 수 있겠네요. 신께서 보살펴 주시고 지켜봐 주시는 것에 대한 감사를 전하는 거죠."

주인은 사람 좋아 보이는 겉모습과 달리 장사에 상당한 요령이 있었다. 신이 자신을 돌아보게 만드는 것이 인생의 목표라도 되는 것처럼 구는 마을 사람들, 특히 노인들이라면 주인의 말에 혹해 두말 않고 대형으로 살 것이다.

"아까 가셨던 할아버지도 대형으로 사셨습니다. 어떡하시겠어요?"

"그냥 보통으로 주세요."

주인은 식칼로 고기를 듬성듬성 잘랐다. 자연스럽게 식칼을 탕탕 내리치는데 고기가 아니라 두부를 자르는 것처럼 쉽게 잘랐다. 힘줄이 울근불근한 그의 팔뚝을 보면 그럴 만했다.

"여기 있습니다. 계산은 카드로 하셔도 돼요."

가격은 일반 정육점보다 조금 비쌌다. 어차피 마을에 정육점이라고는 여기 하나뿐이니 가격을 올려 받아도 불평할 수 있는 사람이 없었다.

내가 먹을 것도 아닌 고기를 사는 것이 조금 아까웠다. 이걸 매주 산다니. 있지도 않은 신을 위해 이렇게까지 해야 하는가 싶었다. 그야말로 돈을 땅에 버리는 격이다.

그렇게 산 제물을 일요일에 교회로 들고 갔다. 봉투에 고기를 담고 다른 이들과 걸으니 기분이 오묘했다. 저번에만 해도 이상하게 쳐다봤던 무리였는데 이제는 내가 그 무리 중 하나였다.

제물은 입구에서 영훈이 한 명씩 걷어 갔다. 누가 신을 위해 제물을 가져오고 누가 가져오지 못했는지 한 명씩 주머니에 넣어둔 수첩에 이름을 적었다. 제물을 들고 온 사람이 수두룩한 것을 보면 들고 오지 않은 사람의 이름을 적는 편이 더 빠를 것 같았다.

"오늘은 제물 사 오셨네요?"

"신을 위해서라면 뭐든 해야죠."

빈정거리는 투로 말했지만 미정은 눈치채지 못한 것 같았다.

"제물을 바치셨으니 신께서도 좋아하실 거예요. 본인을 믿는 사람이 한 명이라도 더 늘어나니까 기분 나쁘실 이유가 없죠."

하는 말과는 다르게 미정의 표정은 어두웠다.

짐작컨대 제물들은 아마 영광의 방 안에 있는 불판 위에서 구워지고 있을 것이다. 교회에서 주는 밥은 업체에서 재료를 산다고 하긴 했지만 진상은 모르는 법이다. 만약 그렇다면 제 돈 주고 사먹는 셈이니 그렇게 손해는 아니다.

소책자에 나와 있던 이름으로 말하자면, '목사님 말씀'과 '노래와 함께하는 예배'는 다른 교회에서도 하는 것이니 그나마 나았다. 그 소책자는 집에서 대충 목차만 읽고 버렸다.

단합회의 어색한 분위기는 여전히 적응이 되지 않았다. 마을 사람들이야 몇십 년을 같이 살았으니 익숙하겠지만 초면인 사람과 1시간 동안 눈을 마주치고 있어야 한다고 생각해 봐라. 주변 사람들이 저들끼리 화기애애하게 대화하는 것을 보면 무언의 압박감이 느껴졌다.

한 달이 지나 추첨할 때마다 약간 기대했다. 쪽지를 펼칠 때 '최이준' 석 자가 써 있으면 어떻게 반응해야 할까. 그런 고민이 무색하게도 내 이름이 불리는 일은 없었다. 당첨자가 기뻐하며 영광의 방으로 들어갈 때 나는 또다시 이 모든 것이 조작된 것은 아닐까 의심했다.

"미정 씨. 혹시나 하는 말인데 쪽지함에 제 이름이 없다거나 하는 일은 없겠죠?"

"그렇죠, 신께서 보고 계신데. 아무리 겁이 없어도 그럴 사람은 없죠. 그리고 이장님은 신을 모시는 청렴결백하신 분이니까 그런 생각 하시면 실례예요. 다른 사람들한테는 이 얘기 안 했죠?"

미정이 정색을 하며 말했다. 하지만 쪽지에서 다른 사람의 이름이 나올 때마다 혀를 차는 것으로 봐서는 그녀도 쪽지를 펼칠 때마다 나와 같은 생각을 하지 않을까 싶었다. 그런 자신한테 하는 다짐이기도 할 것이다.

한두 달이 지나자 금요일이면 편의점에서 로또를 사듯 퇴근길에 정육점에 들러 제물을 사는 것이 익숙해졌다. 당첨되면 좋은 거고 안 돼도 나쁠 것 없는. 조금 비싼 로또였지만 여러 장을 샀다고 생각하면 괜찮았다.

문제는 학교였다. 다들 은성이 토끼를 죽였다는 것을 알게 되었다. 그의 아버지가 교회에서 크게 소리치며 싸웠으니 당연한 결과였다.

그 사건이 있고 처음으로 학교에 간 날 아이들은 은성을 둘러싸고 어떻게 토순이를 죽일 수 있냐며 따졌다. 정작 죽은 토끼는 수컷이었다.

"사료를 엄청 귀엽게 먹었었는데. 지금은 흙이나 먹는 신세라니. 너무 불쌍해."

"그래. 다 너 때문이야. 저번에 닭을 죽인 것도 너지?"

"그, 그건 살, 살쾡이가 그런 거였잖아……."

은성은 우물쭈물하며 반론했다. 그의 태도는 자신이 잘못했다는 것을 충분히 인정하는 듯 보였다. 그리고 그런 태도는 아이들에게 그를 압박해도 된다는 명분이 되었다.

채윤은 말리려 애썼지만 아이들은 들은 체도 안 했다. 그녀는 자신이 할 수 있는 최대한의 위협으로 선생님께 일러바치겠다고 엄포를 놨지만 지금 아이들의 눈앞에 있는 것은 선생님이 아니라 꼬마 여자아이였다.

"너 말은 왜 자꾸 더듬는 거야. 일부러 그러는 거야? 우리랑 대화하기 싫어서?"

"내가 어디서 들었는데 동물의 피를 먹어서 그렇대. 흡혈귀처럼. 흡혈귀는 동물의 피가 없으면 살 수 없대. 얘도 흡혈귀일 거야. 그래서 말을 더듬는 거잖아."

은성은 세차게 고개를 저었다. 아이들은 적의 사기가 꺾이는 것을 보고 의기양양해져 계속 창으로 찔러댔다.

"토끼는 어떻게 할 거야! 무릎 꿇고 사과라도 하든지 뭐든 해서 책임져."

"그래. 책임을 져라. 책임을."

아이들은 책임을 지라며 연호했고 은성의 얼굴은 더욱더 창백해져서 종잇장 옆에 놔두면 구분하지 못할 것 같았다.

이제 막 교실에 들어왔던 나는 일이 걷잡을 수 없이 커지기 전에 서둘러 은성과 성난 아이들을 떼어놓았다.

"애들아. 지금 뭐 하는 거야?"

은성은 구세주를 보듯 내 뒤통수를 바라보았다.

아이들은 선생님이 자신들의 편을 안 들고 은성의 편을 들어줘서인지 기분이 안 좋아 보였다.

"선생님. 은성이가 토순이를 죽였어요. 그래서 저희가 혼내주고 있었어요."

나는 엄하게 말했다.

"너희, 언제부터 은성이한테 그런 거야."

아이들은 우물쭈물하며 대답했다.

"지금 막이요."

"아니에요. 얘네 30분 전부터 이랬어요."

채윤이 기다렸다는 듯이 말했다. 누군가 거의 안 들릴 정도로 작게 배신자라며 중얼거렸다. 채윤이 질세라 째려보자 곧바로 입을 닫았다.

"너희들. 뭘 잘했다고 그래? 다 같이 한 사람 따돌리는 게 얼마나 나쁜 일인지 몰라?"

"그렇지만 토순이를 죽였잖아요."

아이들 중 한 명이 띄엄띄엄 말했다.

"토끼 죽인 건 그렇다 쳐. 그런데 흡혈귀니 뭐니 하는 건 뭐야. 너 얘가 피 빨아먹는 모습이라도 봤어? 친구가 말 좀 더듬을 수도 있지 그거 가지고 놀리고 하면 안 되는 거야."

평소엔 친절했던 선생님이 화를 내며 소리치자 아이들은 무서웠는지 울먹거렸다. 은성은 아무 말 없이 훌쩍거렸다.

그 뒤로도 나는 한참 동안 아이들을 혼냈다. 아이들은 결국 큰 소리로 울음을 터뜨렸다. 은성도 개구리떼처럼 같이 울었다. 이런 상태에서 더 뭐라고 한들 귀에 들리지도 않을 것 같았다.

"자. 빨리 은성이한테 사과해."

아이들은 머뭇거렸다. 방금까지 욕해대고 손가락질한 아이한테 사과하기란 쉽지 않은 일이다. 빨리 하라고 으름장을 놓자 그제야 아이들은 쭈뼛대며 사과했다.

"미안해 은성아. 다시는 안 그럴게."

"나, 나도 토순이를 죽여서 미안해."

아이들은 서로 어색하게 사과했다.

학교가 끝난 뒤 은성을 불러 상담해야 하나 고민했다. 그는 겉으로 보기에도 축 처져 있었다. 채윤은 그런 그를 배려했는지 웬일로 은성의 옆에서 말을 걸어주고 있었다. 둘이서 얘기하는 모습은 본 적 없었는데. 반장으로서의 책임감 때문인지는 모르겠지만 무엇이 되었든 대견했다.

"오늘 반에서 무슨 일 있었어? 시끄럽던데."

교무실에 들어오자마자 상훈이 물었다. 나는 그에게 조언을 구하기 위해 반 아이들이 은성을 괴롭힌 것을 털어놓았다.

"우리 애들이 그럴 애들이 아닌데. 진짜로 그런 거 맞아?"

상훈은 생각도 못 한 일이라며 놀랐다. 나도 내가 가르치는 학생들이 그런 짓을 벌일 거라고는 생각도 하기 싫었다. 하지만 눈앞에서 마녀사냥 하는 것을 보았으므로 부정할 수도 없었다.

"아무래도 교회에서 있었던 언쟁 때문에 그런가 봐요. 워낙 크게 싸워가지고 못 들은 사람이 없을 텐데……. 분위기도 심각했었으니까요. 이장님이 안 나오셨으면 아마 치고받고 싸웠어도 이상하지 않은 분위기였잖아요."

"원래 그런 분이 아닌데. 은성이 아버님 말야. 그래도 사안이 사안이니까 다른 사람들 입장도 이해는 되지. 은성이는 그 뒤로 별일 없고?"

"네. 채윤이랑 같이 하교하더라고요. 그래도 한동안 지켜봐야 할 것 같습니다."

"그래. 최 선생이 좀 지켜봐. 나도 등교할 때랑 체육 시간에 지켜볼 테니까."

"알겠습니다."

다행히 그때 이후로는 아이들이 괴롭히지 않는 것 같았다. 그에게 말을 거는 아이는 채윤을 제외하면 없었지만 아이들에게 이전처럼 지내라고 강요할 일은 아니어서 어쩔 수 없었다.

은성의 아빠인 현우도 마을에서 화제가 되었다. 그는 주로 아주머니들이 길거리에서 만나서 하는 얘기에서 등장했다. 사실에 근거한 얘기부터 출처를 알 수 없는 허무맹랑한 이야기까지 오갔지만 본질은 그를 비난하는 것이었다. 그들은 이를 숨기려 들지도 않았다. 신의 뜻이라는 명분이 있었으니 호랑이에게 날개를 달아준 격이었다.

"아니 글쎄. 집에서 애한테 세뇌를 시킨다지 뭐예요. 사실 그 토끼가 죽은 것도 아빠가 애한테 그러라고 시켰나 봐요. 저희 집 애한테 들어보니까 그 집 애는 무슨 사육담당? 그것도 열심히 했다고 하던데."

"어머. 그래요? 어쩐지 애는 참 착해 보이던데. 제가 봤을 때는 엄마가 문제예요. 모임 나오라고 해도 집 밖에 한 발짝도 안 나오잖아요. 그 집 엄마가 나오는 거 봤어요?"

"그러고 보니 저도 못 봤어요. 집에서 무슨 일을 한다고 참."

그런 대화가 어딜 가나 들렸다. 분명 은성의 부모에게도 들렸겠지만 내가 도울 수 있는 것이라고는 적어도 내 앞에서만이라도 그런 대화를 막는 것이었다. 그러면 그들은 부끄러워하면서도 다른 곳에서는 열심히 소문을 퍼뜨렸다.

이장이 교회에서 그만하라고 말이라도 해주면 사정이 나아졌겠지만 그는 아무 얘기도 하지 않았다. 나도 아는 것이니 그가 이 일에 대해 모를 리 없었다. 이유는 모르겠지만 방관하고 있는 것이 틀림없었다.

그가 입에 담는 것이라고는 언제나처럼 신에 대한 얘기와 오늘의 영접 당첨자였다. 이번 달의 영접 당첨자가 신난 발걸음으로 영광의 방으로 들어가는 동안 나는 이장이 속으로는 현우가 당해서 꼴좋다고 생각하는 건 아닐지 의심스러웠다. 혹시 토끼를 죽여 제물로 바치려고 한 것에 대한 보복은 아닐까. 저 추첨 쪽지를 아무리 뽑아도 은성의 부모의 이름은 없을 것이다. 그러니 그들이 영접을 하는 영광을 누릴 기회는 사실상 없다.

내 과대망상일 수도 있었지만 이장은 그러고도 남을 사람 같았다. 산에서 은성을 죽일 듯이 노려보던 이장의 표정만 봐도 알 수 있었다. 자신의 '신'과 마을, 그리고 나름의 질서를 위협하는 자에게는 천벌이 있을 것이라고 떠들어대는 이장의 모습이 쉽게 그려졌다.

교회 활동인 단합회 시간에도 현우는 앞사람과 제대로 얘기도 하지 못했다. 단합회가 시작하자마자 상대는 입을 닫은 채 앞에 있는 그의 존재를 무시하고 옆 사람과 대화했다. 그러면서도 눈은 현우를 주시하고 있었다. 규칙에 따르기 위해 주시한다기보다는, 현우가 이에 어떻게 반응할지 기대하는 눈빛이었다.

현우는 겉으로 봐도 티가 날 만큼 괴로워하고 있었다. 눈 밑에는 다크서클이 볼까지 닿을 정도로 내려와 있었고 평소에도 멍하니 서 있는 광경이 자주 목격됐다. 그가 그럴수록 사람들은 더 많은 돌을 던졌다. 그의 아내도 마찬가지로 힘들어 보였지만 남편만큼은 아니었다.

며칠 전 우연히 현우를 마주친 적 있었다. 내가 먼저 인사를 건네자 마을 사람과 대화는 오랜만인지 그는 어깨를 떨면서 물었다.

"혹시 이장님께서 저에 대해서 무언가 얘기한 것 없습니까?"

"제가 알기론 없습니다."

"정말 없습니까? 천벌을 받을 것 같다는 얘기 안 했어요?"

"그런 얘기는 못 들었습니다. 이장님을 따로 만난 적도 없어요."

"겨우 토끼 새끼 하나 때문에 천벌이라니. 말도 안 되잖아. 그렇지 않아요? 토끼 새끼 하나 죽은 게 그렇게 대수예요?"

그는 금방이라도 돌아버릴 것 같은 눈으로 내게 한 발짝 다가와 말을 쏟아냈다. 멱살이라도 잡을 듯한 기세였다.

"일단 진정하세요. 은성이 아버님."

"진정이요? 선생님도 제 입장이 되어보시면 알 겁니다. 천벌을 기다리며 사는 것이 얼마나 두려운지 아십니까."

현우는 지금까지 있었던 일을 내게 털어놓았다.

단합회 시간에 이웃집 남자와 싸운 뒤부터 사람들이 자신을 피하기 시작했다. 거기까지는 괜찮았다. 아무리 화가 나도 교회 안에서, 그것도 단합회 시간에 싸우다니 잘못했다는 자각은 있었다.

며칠이 지나자 주변 이들의 시선이 달라졌다. 피하는 것은 비슷했지만 이전에는 '귀찮은 문제를 떠맡고 싶지 않다'는 느낌이었다면 지금은 '연관되고 싶지 않다', '나는 모르는 사람이다'라고 호소하는 느낌이었다. 한두 명이 아닌 대부분이 그런 태도였다.

답답해진 현우는 평소에 친하게 지냈던 남자를 억지로 붙잡고 물었다.

"혹시 무슨 일 있습니까?"

남자는 어색한 웃음을 지으며 자신은 아무것도 모르겠다며 둘러댔다. 현우가 끈질기게 캐묻자 그는 한숨을 쉬며 말했다.

"아드님이 토끼를 죽였다면서요?"

현우는 고개를 끄덕이며 이장님께서도 전부터 알고 계셨고 따로 사과도 드렸다고 해명했다. 남자는 고개를 저었다.

"아무래도 생각하시는 것보다 더 큰일인 것 같은데요. 여기저기서 얘기가 계속 나오고 있어요."

"얘기라니. 어떤 얘기죠?"

"정확한 건 아닙니다. 나도 어디서 들은 얘기예요. 듣기로는 천벌이라나."

"천벌이요?"

현우는 천벌이라는 말을 듣자마자 등에 소름이 끼쳤다. 어릴 때부터 가난했던 탓에 일만 하며 살았던 그는 자신의 힘으로 일구어낸 가족과 삶을 자랑스레 여기고 있었다. 은성에게 왜 토끼를 죽였냐며 회초리로 벌을 줄 때도 사실 마음속으로는 소심하기만 한 줄 알았던 아들을 다시 봤다며 남몰래 흡족해했다. 그리고 그런 자신이 이상하다는 생각은 한 번도 해본 적 없었다. 그것은 지금까지 살아온 인생에 대한 부정이었다.

그런 자신에게 천벌이라니. 다른 이들이 자신을 탓하는 것은 상관없었다. 타인의 평가가 자신한테 직접적으로 해를 끼치지는 않으니까. 시골 마을이라 모두가 건너건너 아는 사람들이긴 했지만 그는 마을 밖에서 일을 하고 있었다.

그러나 자신을 탓하는 것이 인간이 아니라 신이라면 말이 달라졌다. 그는 지금까지 신의 전지전능함을 눈앞에서 봐왔다. 만일 번개를 내리쳐 한순간에 통닭구이로 만들어버린다면 어쩌지. 웃기지도 않는 말이었지만 불가능한 일이 아니었다. 지금까지 쌓아온 모든 것을 잃을지도 모른다는 막연한 두려움이 그를 덮쳐왔다.

"천벌이라니. 누가 그럽니까?"

"방금 말했다시피 나도 모른다니까요. 우연히 들은 겁니다."

애먼 사람 붙잡고 있어봐야 아무 소용 없었다. 현우는 천벌의 출처가 어디인지 수소문했다. 아내는 괜한 짓 하지 말라며 시간이 해결해 줄 것이라고 위로했다.

현우는 아내의 위로를 받으면서도 그녀는 어떻게 이 정도로 태평할 수가 있는지 놀라웠다. 천벌이라는 것을 알기나 할지 의심스러울 정도였다. 현우도 정확히 알고 있지는 않았지만 친구들끼리 하는 벌칙 정도가 아니라는 것만은 확신했다.

며칠 동안 눈에 보이는 사람은 전부 붙잡고 물어봤지만 천벌의 출처는 알 수 없었다. 그들은 하나같이 자신도 어디선가 들은 얘기라며 똑같은 대답을 내놓았다. 모두 의심스러웠지만 그렇다 해서 현우가 할 수 있는 것은 없었다. 돌멩이를 걷어차며 불만을 표현할 뿐이었다.

수소문을 시작하고 며칠이 지나자 이장이 현우의 집으로 찾아왔다. 이장은 아직 아무 말도 하지 않았지만 천벌 생각으로 가득한 현우는 머릿속에서 이미 이장이 찾아온 이유도 천벌 때문이라고 단정 지었다.

아내는 눈치 빠르게 차를 갖다주고는 자리를 떴다. 현우는 이장이 먼저 말을 꺼내기를 기다렸다. 이장은 그의 속을 아는지 모르는지 천천히 차를 마셨다. 차가 한 모금 한 모금 이장의 목으로 들어갈 때마다 현우는 답답해 눈이 돌아갈 지경이었다. 빨리 마시고 얘기나 해. 천벌 때문에 온 거잖아. 네 할 일을 해야지. 아니면 자신은 천벌받을 짓도 안 했으니 상관없다는 건가.

"그간 마을이 시끄러웠습니다."

이장이 운을 띄웠다. 현우는 방 밖을 살펴보았다. 아내는 그새 집 밖으로 나간 것 같았다.

"죄송합니다. 자제했어야 했는데 교회에서 그렇게 싸워대서 면목이 없습니다."

현우가 고개를 숙이자 이장은 희미하게 웃었다.

"어쩔 수 없죠. 이미 일어난 일이니까. 은성이는 잘 지냅니까?"

"네. 잘 지냅니다."

입이 근질근질하던 현우는 참지 못하고 이장에게 물었다.

"이장님. 대체 천벌이 뭡니까?"

"천벌이요?"

이장의 표정만 봐서는 무슨 생각을 하는지 알 수 없었다.

"네. 이전에 천벌을 받은 사람이 있었습니까?"

"제가 아는 바로는 없었지만 혹시 모르죠. 왜 그러십니까?"

"알고 계시겠지만 제가 천벌을 받을 것이라고 하는 사람들이 있습니다. 그런 말을 들으니 괜히 불안해져서요. 그럴 일은 없겠지만요."

현우는 이장이 그렇다며 호응해 주기를 바라며 뒷말을 덧붙였다. 그러나 이장의 입에서 나온 말은 현우가 바라는 것과는 달랐다.

"저도 잘 모르겠습니다."

"잘 모르겠다니요?"

"이전에 몇 번 말씀드려서 아시겠지만 제물로 바치기 위해 동물을 도축하는 것은 신께서 가장 노하시는 것들 중 하나입니다. 거기에 교회에서 크게 싸웠으니, 신께서 이미 천벌을 내리려 마음먹었다 하더라도 이상할 건 없습니다."

현우는 아연실색해서 말을 더듬었다.

"그, 그러면 천벌을 받을 거라는 얘기이십니까? 혹시 신께서 이장님께 따로 말씀드린 건 없으신가요?"

"제가 들은 건 없습니다. 저한테 물어보셔도 모른다는 말밖에 드릴 말이 없군요."

그 후로도 이장은 신앙심과 교회 활동에 대한 얘기를 늘어놓았지만 현우에게는 전혀 들리지 않았다.

이장이 돌아가고 난 뒤 현우는 자신이 지금까지 일궈냈던 것들을 돌아보았다. 아내랑 결혼할 때 있는 돈 없는 돈 전부 끌어모아 샀던 집은 날이 갈수록 낡아 보수할 곳이 많아졌지만, 아내와의 풋풋했던 청춘과 못 미덥지만 사랑스러운 아들을 낳아 기르면서 느꼈던 추억이 고스란히 집에 묻어 있었다. 그것들이 한순간에 사라지게 생겼다. 고작 토끼 새끼 한 마리 죽은 것 때문에.

그는 탁자에 놓인 가족사진을 쓰다듬었다. 구름 위의 존재가 참을 수 없이 원망스러우면서도 두려웠다. 신이 없을 것이라는 생각은 한 번도 하지 않았다. 영접을 경험한 이들이 어떻게 변했는지 한두 번 본 것이 아니니까.

나는 현우의 사연을 듣고 해줄 말이 없었다. 그도 별 기대는 하지 않는 것 같았다.

"천벌이라. 제가 어떻게 해야 할까요."

"천벌 같은 건 없을 겁니다. 말이 안 되잖아요."

위로하려는 것이 아닌 진심이었지만 그는 내 말을 대충 흘려 넘겼다.

"아뇨. 선생님은 모릅니다. 지금까지 영접한 사람들이 어떻게 되었는지 아세요? 박금숙 할머니 허리가 편 건 양반입니다. 그것보다 더한 일이 천지라고요. 사람을 낫게 할 수 있다면 당연히 그 반대도 가능하겠죠. 누구는 바보라서 믿는 줄 아십니까? 나도 믿기 싫어요. 어쩔 수 없이 믿는 것뿐이라고요."

현우는 눈에 핏발이 선 채로 소리쳤다. 주변을 지나던 이들이 무슨 일인가 싶어 슬쩍 쳐다보았다. 그러거나 말거나 현우는 씩씩거렸다.

"개 같기도 이런 개 같은 경우가 없지. 아, 천벌을 피하려면 어떻게 해야 할까요. 선생님은 좋은 생각 없으세요?"

나는 신 따윈 믿지 않는다고 말하고 싶었지만 이미 이성을 잃은 것 같은 현우에게 할 말은 아니었다. 그리고 슬슬 우리를 주목하기 시작한 주변 사람들의 시선도 신경 쓰였다. 빨리 자리를 뜨는 것이 상책이었다.

"용서를 비세요. 그러면 되겠죠."

아무 생각 없이 한 말이지만 현우는 솔깃했는지 눈에 선 핏발이 살짝 약해졌다.

"용서라니요? 어떻게 빕니까?"

"여기서 자주 하는 것들 있잖아요. 예를 들면 제물이라던가. 저는 다닌 지 얼마 안 돼서 거기까진 잘 모르겠습니다."

말을 뱉고 나서야 이 사태가 제물을 구하기 위해 은성이 멋대로 토끼를 죽였다가 벌어진 일이라는 것을 떠올렸다.

"제물을 다시 바치다니. 거기까지는 생각하지 못했습니다."

현우는 혼자서 중얼거리더니 다시 내게 물었다.

"하지만 선생님, 제물을 바치려면 영광의 방에 들어가야 하잖아요."

"전지전능하신 신이라면 누가 무엇을 하는지 어디서든 볼 수 있겠죠, 뭐."

현우는 아르키데메스가 욕조를 뛰쳐나왔을 때처럼 격하게 내 손을 맞잡고 흔들었다.

"선생님. 감사합니다. 선생님의 조언 덕분에 큰 도움 받았습니다. 좋은 방법이 떠올랐어요."

"아닙니다. 도움이 되었다니 다행입니다."

현우는 일분일초가 아까운 사람처럼 급하게 자리를 떴다. 우리가 대화하는 것을 멀리서 지켜보던 이들 중 하나가 내게 다가와 속삭였다.

"저런 거랑 너무 얘기하지 마. 선생만 안 좋아져. 신의 저주를 받을 거야."

"신의 저주라니. 그런 게 실제로 있나요?"

내가 묻자 그는 무책임하게 어깨를 으쓱거렸다.

"나야 모르지. 있을 법하잖아."

현우가 어떤 좋은 방법을 떠올렸다는 것인지 불안했다. 현우를 본 것은 이번이 겨우 두 번째지만 그도 신을 굳게 믿고 있으니 어떤 짓을 벌일지 모른다. 벼랑 끝에 몰린 생쥐는 고양이를 문다는 말도 있지 않은가.

현우의 좋은 방법이 무엇인지는 그날 온 동네 사람들이 알게 되었다.

시끄러운 소리에 잠에서 깼다. 핸드폰을 보니 날이 바뀌기 5분 전이였다. 이 시간에 밖에서 난 소음 때문에 깬 적은 보육원을 떠나 처음으로 자취했을 때 정도였다.

그때는 여자와 돈 얘기로 꽉꽉 채운 힙합 음악이 단지에 울려 퍼졌었다. 새벽에 갑작스럽게 열린 음악회에 성난 주민들이 한둘씩 튀어나왔지만 대부분 나처럼 사회 초년생들이었기 때문에 믿음직한 사람은 없었다. 나는 욕을 하며 바로 다시 누웠기에 그들이 어떻게 합의를 봤는지는 모르겠다. 일주일도 지나지 않아 폭주족들이 다시 방문한 것을 봐서는 원만히 해결되지는 않았을 것이다.

그때보다 훨씬 크게 무리 지은 마을 사람들이 어딘가로 향했다. 몰려다니는 건 일요일 오전과 같았지만, 그때와 달리 여유로운 모습은 어디 가고 창백한 얼굴로 한시가 바쁜 듯 달려갔다.

그들이 향하는 곳으로 시선을 돌렸다. 시선의 끝에서 연기가 피어오르고 있었다.

집 한 채가 불타오르고 있었다.

서둘러 옷을 대충 걸쳐 입고 연기가 피어오르는 곳으로 달려갔다. 양말도 신지 않고 대충 신발을 구겨 신으니 땅에 닿을 때마다 발이 아팠다. 신발 안에 돌이 들어갔지만 빼낼 시간도 아까워 그대로 밟으면서 달렸다. 어두워서 길이 제대로 보이지 않아 사람들의 뒤를 따라가는 수밖에 없었다.

집에 불이 난 것이 아니기를. 어떤 머저리가 야밤에 바비큐 파티라도 벌인 것이기를 간절히 바랐다.

도착한 곳에서는 신이 없다는 말을 증명이라도 하듯 화염이 집 한 채를 먹고 있었다. 우리 집을 먹었던 바로 그 녀석이었다. 15년 전에 나타났던 놈이 이 시골까지 마지막으로 먹지 못한 꼬마를 쫓아왔다. 꼬마는 성인이 되었고 어린 시절의 외모나 버릇은 어른이 되며 전부 바뀌거나 없어졌지만 두려움만큼은 버리지 못했다.

"119는 불렀어요?"

나는 도착하자마자 소리를 질렀다. 누군가 핸드폰을 흔들며 답해주었다.

"10분 정도 걸린답니다."

불타는 집 앞에서 한 여자가 집 안으로 들어가려 하고 있었다. 사람들은 그녀가 들어가지 못하게 양쪽에서 붙잡았다. 그녀는 울면서 놓으라고 외쳤다.

"아직 우리 애가 안에 있어요."

"지금 들어가도 어떻게 못 해요, 아주머니. 일단 진정하세요."

"지금 진정하게 생겼어? 네 자식이 저기 있다고 생각해 봐. 진정할 수 있겠냐고."

"마음은 알겠지만 저기 들어가면 안 된다니까요."

그녀의 옆에는 남편으로 보이는 남자가 쓰러져 있었다. 얼굴엔 검댕이 묻어 있고 눈을 감고 있었지만 가슴이 오르락내리락하는 것으로 봐서는 아직 살아 있는 것 같았다.

여자는 자신의 양팔을 붙잡은 남자들을 떼어놓으려 애쓰며 소리쳤다.

"아무나 도와주세요. 우리 애가 아직 저 안에 있어요. 남편을 데려오느라 바보같이 깜빡하고. 내 잘못이야. 애부터 챙겼어야 했는데. 아, 혜진아. 어린 것이 어떻게 저런 곳에서 혼자. 조금만 기다리고 있으면 엄마가 빨리 구해줄게. 아무도 안 갈 거면 이거 놔. 애는 살리고 봐야지. 이거 놓으라고. 안 놓으면 물어뜯어 버릴 거야. 나 한다면 하는 사람이야. 혜진아, 조금만 기다려, 알았지?"

혜진이라면 그림 그리는 것을 좋아해 매일 학교에 스케치북과 색연필 세트를 들고 오는 아이였다. 노력에 걸맞게 또래 아이들에 비하면 잘 그리는 편이었다. 언젠가 상훈은 혜진에게 자기 초상화도 그려달라고 부탁했지만 그녀가 그리는 그림은 유아용 애니메이션 캐릭터여서 상훈이란 걸 알아볼 수는 없었다. 그래도 어떻게든 그려준 것을 보면 심성은 착한 아이였다.

혜진의 엄마의 팔을 잡은 사람들은 꿈쩍도 하지 않았다. 그녀는 예고한 대로 그들의 팔을 물어뜯으려 했지만 그들은 잽싸게 팔을 놀려 피했다. 서로 얼굴을 들이밀고 피하는 모습이 슬랩스틱코미디 같았다.

그러는 동안 상황은 더 나빠지고 있었다. 나는 다 같이 조금이라도 물을 뿌려야 하지 않나 싶어 다른 사람들을 둘러보았다.

다른 이들은 하나같이 무릎을 꿇고 기도하고 있었다. 누군가 시키기라도 한 듯 일렬로 줄을 맞춰 무릎 꿇고, 예배 시간에 쓸 법한 기도문을 외우며 집 안에 갇힌 혜진이라는 아이의 안전을 기도하고 있었다. 그들 중 아무도 움직이려 하지 않았다.

어린아이가 타죽고 있는데 아무도 도와줄 생각은 안 하고 있다. 아니, 이들도 인간이니 도와주고 싶을 것이다. 그들에게는 앉아서 기도나 하는 것이 최대한 도와주는 것이라니. 진심으로 그들이 혐오스러웠다. 아이들이 이런 어른들한테서 뭘 보고 배울까.

당장이라도 두 손 모아 기도하는 이들의 손을 붙잡고 꺾어버리고 밟아버리고 싶었다. 이들은 전혀 세상에 도움되는 부류가 아니었다. 오히려 망치는 쪽에 가까웠다.

혼자 씩씩거리고 나니 자기혐오가 찾아왔다. 자위를 한 뒤에 찾아오는 것과 같은 종류였다. 신나게 사정을 한 뒤면 어김없이 나타나는 허탈함과 손에 들린 휴지를 보고 있노라면 모멸감이 들기도 했다. 기도를 하는 이들을 보니 손에 들린 휴지가 떠올랐다.

나는 사람들을 욕하며 자신을 욕하고 있었다. 아무것도 하지 않고 기도하는 이들은 곧 나의 과거였다. 내가 그때 창문에서 빨리 뛰어내리거나, 구조대원에게 방의 위치를 말하거나, 하다못해 물 한 바가지라도 떠 왔으면 상황은 달라졌을까 늘 생각했다.

물론 내 잘못은 없다며 어쩔 수 없었다고 하는 이들도 있다. 이름은 기억도 나지 않는 심리센터에서 온 상담가가 그랬고 보육원 선생님이 그랬다. 어디선가 사건을 듣고 온 사람들이 동정심에 한 말도 똑같았다. 그 모든 위로가 내게는 기만으로밖에 들리지 않았다. 기도나 처하느라고 손 놓고 있었던 것은 나이지 그들이 아니니까.

늦게 도착한 이들도 기도를 시작하더니 어느새 몇몇을 제외한 모두들 무릎을 꿇고 기도를 시작했다.

"신이시여. 저 불쌍한 어린 양을 구해주시기를 부탁드립니다."

사람들은 합창하듯 하나 되어 말했다.

"119는 아직이에요?"

"거리가 꽤 있어서 아무리 빨라도 좀 걸릴 겁니다."

손 놓고 119만 기다리기에는 안에 있는 아이가 위험했다. 10분이면 안에서 질식하기에 충분한 시간이다. 그것도 불에 타죽지 않아야 가능한 일이었다. 전문 지식은 전혀 없는 문외한이었지만 언제 집이 터져도 이상하지 않은 상황이라는 것은 경험으로 알고 있었다. 한시가 급박했다.

"누구 손수건이랑 물 가진 사람 없습니까?"

119를 불렀다던 남자가 기다렸다는 듯이 생수 한 병을 건네며 말했다.

"혹시 몰라서 들고 왔거든요. 들고 오긴 했지만 저 불에 뿌려봤자 간에 기별도 안 갈 것 같아서 가만히 있었는데. 그런데 어디다 쓰시게요?"

"저기 들어가려고 그럽니다."

"저기 들어간다고요?"

남자는 자신이 제대로 들은 것인지 헷갈려 했지만 내버려 뒀다.

물은 구했으니 손수건만 있으면 된다. 다행히 기도를 하던 이들 중 누군가가 주머니에서 손수건을 꺼내 빌려주었다. 한가운데에 라벤더가 큼지막하게 그려진 흰색 손수건이었다. 조금 더러워지겠다는 생각에 미안했지만 어쩔 수 없었다. 사람 목숨에 비하면 이런 손수건쯤은 얼마든지 버릴 수 있다. 손수건의 주인도 그렇게 생각할 것이다.

나는 아직도 사람들에게 붙잡혀 몸부림치는 혜진의 엄마에게 다가가 물었다.

"혜진이는 어느 쪽에 있습니까?"

그녀는 나를 흘깃 보고는 은근히 기대하는 투로 말했다.

"혜진이는 자기 방에 있을 거예요. 정문으로 들어가서 거실 쪽에 보시면 화장실이 있을 텐데 바로 맞은편이 혜진이 방이에요."

그녀는 내가 불타는 집에 들어가려 한다는 것을 눈치챈 것 같았다. 말리려는 기색은 보이지 않았다. 자신의 딸을 살리려면 119가 오는 것을 기다리는 것만으로는 부족하다는 것을 그녀도 아는 것이다. 나를 말리지 않은 이유도 딸이 살기 위해서는 몸이 자유로운 누군가 들어가서 딸을 꺼내와야 함을 알기 때문이다. 이기적이라고 할 수도 있지만 제 딸의 목숨이 걸려 있으니 당연한 처사였다.

손수건에 물을 얼마나 묻혀야 하는지 몰라 생수 한 병을 통째로 손수건에 들이부었다. 물이 부족해서 죽는 것보다는 푹 젖는 편이 훨씬 나았다.

"들어가면 안 돼요. 불 심해지는 거 안 보여요? 지금 들어가면 같이 죽는 겁니다."

혜진을 붙잡고 있던 남자 중 한 명이 말했다.

아무리 제자라고 해도 목숨을 바쳐가며 살리고 싶지는 않았다. 굳이 아무런 장비도 없이 불타는 집에 들어가려는 이유는 아이를 위해서라기보다는 15년 전의 나는 이렇게 하지 않아서였다. 일렬로 앉아서 기도하는 머저리들처럼 나 역시 아무것도 하지 않았었다. 이번에도 지켜보기만 할 수는 없었다. 머저리들이 믿는 아무것도 하지 않는 신에게 무언가 보여주고 싶기도 했다.

근처에 다가가기만 했을 뿐인데 몸 전체에 열기가 느껴졌다. 안에 들어가지도 않았는데 이 정도라니. 불이 언제부터 났는지는 모르겠지만 혜진은 이제 죽기 일보 직전일 것이다.

"들어가지 마세요."

뒤에서 누군가 말리는 것을 애써 무시하고, 손수건으로 입과 코를 누르며 집 안으로 들어갔다. 몸에 불이 옮겨붙지 않도록 조심하면서도 최대한 빨리 발걸음을 옮겼다. 실내는 연기로 자욱했다. 연기가 눈에 들어가 저절로 눈물이 흘러 눈을 뜨고 있는 것도 힘들었다. 한 손으로는 손수건을 세게 누르고 다른 손으로는 눈물을 닦으며 거실을 빠르게 살펴보았다.

사람 형체의 무언가가 바닥에 쓰러져 있었다. 식겁해서 다가가 보니 다행히 불에 탄 안락의자였다. 거실을 볼 때가 아니라 혜진의 방에 빨리 가봐야 하는데. 혜진의 방이 어디랬더라? 화장실 맞은 편이었던가 화장실 옆이었던가. 화장실은 또 어디 있지? 우리 집 이라면 알겠는데. 설명을 들었지만 자꾸 헤매게 됐다.

몸이 뜨거워지자 내가 괜한 짓을 했나 싶었다. 말만 번지르르하 게 하고 각오는 하나도 되어 있지 않았던 것은 아닐까. 아직 불은 붙지 않았지만 양 팔다리가 뜨거워서 떨어져 나갈 것 같았다. 사 우나에서 깜빡 자고 일어나면 이렇게 될 것 같았다.

마른오징어가 왜 그렇게 납작한지 이해됐다. 아무리 통통했던 오징어라고 해도 수분을 빼앗기면 그렇게 말라버리는 것이다. 화 상으로 죽기 전에 나도 오징어처럼 수분을 빼앗기고 납작해져서 죽을 것 같았다.

지금은 버틸 수 있었지만 수분을 빼앗기는 것은 손수건도 마찬 가지였다. 물을 적신 손수건은 벌써 빠르게 마르는 중이었다.

화장실. 화장실은 거실 옆에 있었다. 문이 열려 있어 그나마 알 수 있었다. 이게 중요한 게 아니지. 혜진의 방은 화장실 맞은편이 던가 옆이었다.

손수건에서 잠시 입을 떼니 숨만 쉬어도 연기가 코로 들어와 기 침이 나왔다. 하지만 손수건으로 입을 막고서야 소리를 지를 수 없었다.

"혜진아. 어딨니?"

최대한 크게 소리쳤지만 기침과 연기에 섞여 제대로 말이 나오지 않았다. 대답은 없었다. 차라리 못 들은 것이라면 좋으련만. 이미 대답할 수 없는 상황은 아닐까 걱정되었다.

화장실의 맞은편과 옆에는 문이 각각 하나씩 있었는데 맞은편 문에는 귀가 녹아내리고 있는 고양이 그림이 붙어 있었다. 아마 혜진이 제일 좋아하는 애니메이션에 나오는 고양이일 것이다. 그녀가 그린 그림에도 몇 번 나온 고양이였다. 꽤나 귀여운 캐릭터였는데 이렇게 귀가 녹아내린 모습을 보니 안쓰러웠다.

문을 열기 직전에 여동생이 했던 실수를 기억해내고 소매로 문고리를 잡았다. 다행히 아직 그렇게 뜨겁지는 않았다.

혜진은 침대 위에 누워 있었다. 겉으로 보기에는 피부가 붉었지만 심각할 정도로 화상을 입은 것 같지는 않았다. 숨소리는 마치 폐병 환자처럼 골골거렸다. 다행히 죽지는 않았다.

나는 그녀의 어깨를 붙잡고 흔들었다. 눈을 뜨기를 기다릴 시간이 없어 등 뒤에 업고 뛰쳐나갔다. 그녀는 기운 없는 목소리로 중얼거렸다.

"조금만 더 잘게요……."

혜진은 꿈을 꾸는 것 같았다. 지금쯤 학교에 가기 싫다고 이불을 뒤집어쓰고 투덜대는 중일까. 집이 불에 타는 것을 보는 것보다는 낫겠지. 혜진은 알아들을 수 없는 말을 더 중얼거렸다.

서둘러 거실로 향했다. 밖에서는 탄식 소리와 안 된다며 소리치는 비명 소리가 났다. 들어올 때는 열려 있었던 현관이 보이지 않았다. 현관이었던 출입구는 어딘가 무너져 내리며 쌓인 잔해들로 막혀 있었다. 불이 지금 당장 꺼진다 하더라도 잔해를 치우는 건 힘들어 보였다.

절망할 시간도 없었다. 화염이 점점 목을 조여오고 있었다. 손수건은 검댕이 묻어 말라 죽기 직전인 지렁이 같았다. 전처럼 새하얀 모습을 되찾지는 못할 것이다.

뒷문이 있는지는 확실하지 않았다. 있다고 해도 어디 있는지 찾는 도중에 죽을 것 같았다. 유일하게 아는 입구인 들어왔던 곳으로 나가고 싶다는 미련이 남았지만 포기해야 했다. 포클레인이 와도 저걸 금방 치우지는 못한다.

"창문. 창문으로 건네줘요."

아마도 혜진의 엄마인 듯한 이가 말하는 소리에 멀쩡한 창문이 있는지 찾아보았다. 가능하면 열려 있고 불이 근처에 없는 편이 좋았다.

집이 화염의 아가리에 들어간 지 한참이 지났으므로 불이 없는 곳은 없었다. 문단속을 잘해 놓았는지 운 좋게 열려 있는 창문도 없었다. 창문으로 나가기 위해서는 위험을 무릅쓰고 창문을 열거나 부숴야 했다. 가능하면 다른 길로 나가고 싶었지만 이제 와서 다른 창문을 찾기에는 시간이 없었다.

눈이 빠져라 창문들을 샅샅이 뒤진 끝에 그나마 불이 덜 옮겨붙은 곳을 찾았다. 발로 걷어차면 깰 수 있을까. 시도해 볼 가치는 있었다.

"혜진아. 일어나."

나는 혜진을 땅에 내려놓았다. 그녀는 흐리멍덩한 눈으로 주변을 둘러보았다. 그것도 잠시 열기와 연기 때문에 눈물을 흘리며 기침했다.

"선, 선생님이 왜 여기 있어요?"

혜진에게 집이 불이 났다는 사실을 알게 해주고 싶지 않았지만 어쩔 수 없었다.

"혜진아. 선생님 말 잘 들어."

그녀는 눈물과 검댕으로 엉망이 된 얼굴을 손으로 비비며 끄덕였다.

"지금 집에 불이 났어. 부모님은 밖에 계시니까 너만 나가면 돼. 선생님만 잘 따라와. 알겠지?"

"그런데 선생님은 왜 여기 계세요?"

"너 데리러 왔지."

사실은 우리 가족과 동생 때문이었지만.

"선생님. 여기 너무 뜨거워요."

혜진이 당연한 소리를 했다. 이제 몸에서 땀이 비 오듯 흐르고 있었다. 우리는 아이스크림처럼 녹고 있었다. 아이스크림의 콘 부분만 남기 전에 창문으로 나가야 했다.

창문은 주변에 붙은 불만 봐도 뜨거워 보였다. 여는 것보다 부수는 편이 쉬울 것 같아 체중을 실어 발로 찼지만 흠집도 나지 않았다.

"엄마가 저번에 방탄유리로 바꿨어요. 저번에 누가 야구하다가 깨먹어서."

차기 전에 말해줬으면 좋았을 텐데.

거실은 멀쩡한 곳을 찾기 힘들 정도로 불이 옮겨붙었다. 다른 창문을 찾기에는 시간이 없었다. 깨지지 않는다면 열면 그만이다. 손이 데는 것과 불타 죽는 것 중 하나를 고르라면 당연히 손이 데는 편이 나았다.

최대한 열을 줄여보려 소매로 손을 감싸고 창문을 잡았지만 아무 소용 없었다. 손은 누군가 인두로 지지는 것처럼 뜨거웠다. 손이 잘리는 것 같은 고통이 느껴졌다. 손이 뜨거워지자 머리가 멍해졌다. 하마터면 쓰러질 뻔했지만 겨우 정신을 다잡았다. 아직 절반도 채 열리지 않은 것을 보고 울고 싶어졌다.

다시 창문을 잡았다. 손가락이 떨어져 나갈 듯이 떨렸다. 손가락이 호빵처럼 부풀어 올랐다. 창문은 더럽게 천천히 열렸다. 피부가 벗겨지고, 근육이 끊어지고, 뼈가 녹는 중이었다. 그것도 아주아주 천천히. 원망스러울 정도로.

"선생님. 혜진이 좀 건너가게 도와주세요."

건너편에서 목소리가 들렸다. 창문에서 재빨리 손을 뗐다. 손이 어떻게 되었는지는 일부러 보지 않았다. 나중에 이 손을 제대로 쓸 수는 있을지 의문이었다.

"혜진아. 먼저 가. 선생님이 지금 손을 못 써서 건너편에서 엄마가 잡아주실 거야. 갈 수 있지? 창틀은 뜨거우니까 잡으면 안 돼."

혜진은 눈에 가득 눈물이 맺혀 있었지만 의젓하게 고개를 끄덕였다.

"어머니. 어머니가 반대쪽에서 손을 잡아주셔야 됩니다."

창가에 서 있던 그녀는 건물 안으로 손을 뻗었다.

혜진은 내가 한 조언대로 창틀에 손이 닿지 않도록 조심하며 엄마의 손을 지지대 삼아 창틀 위로 올라갔다.

엄마의 손이 미끄러워서였는지 창틀이 울퉁불퉁해 불편해서였는지는 모르겠지만 혜진이 옆으로 삐끗했다. 창틀에 얼굴이 닿았을 뿐이었다. 창틀은 프라이팬처럼 뜨거운 상태였고 금세 그녀의 얼굴에는 물집이 따개비처럼 가득 잡혔다.

혜진은 그 작은 몸에서 어떻게 나오는지 궁금할 정도로 크게 비명을 질렀다. 생으로 손톱이 뽑히는 듯한 비명이었다.

"어떡해. 미안해 혜진아. 엄마가 꼭 잡고 있었어야 했는데."

혜진은 눈을 뒤집어진 채로 사지를 떨었다. 아이의 엄마는 재빨리 그녀를 끌어안았다. 나는 서둘러 창틀에 올랐다. 손이 닿자마자 다시 고통이 시작되었지만 당장 집이 무너지지 않는 것만 해도 기적인 상황이었다. 이를 악물고 창문 밖으로 뛰어내렸다.

나는 혜진과 혜진의 어머니와 함께 불타는 집에서 멀어졌다. 멀리서 사이렌 소리가 들렸다. 이제 살았다는 생각이 들자 다리에 힘이 풀렸다.

소방대원들이 불을 끄는 동안 나와 혜진은 응급처치를 받기 위해 다른 대원에게 말을 걸려 할 때 누군가 먼저 우리에게 다가왔다.

"고생하셨습니다. 최이준 선생님."

이장이었다. 지금까지 그는 어디에 있었을까. 그도 일렬로 무릎을 꿇은 채 기도하고 있었을까. 이 마을에서 가장 열렬히 기도하는 사람이 그였으니 그렇겠다는 확신 아닌 확신이 들었다.

"죄송하지만 비켜주시겠습니까. 손을 조금 다쳐서요."

나는 이장을 그냥 지나치려 했지만 혜진의 어머니는 그에게 간절히 빌었다.

"이장님. 제발 영접할 수 있게 해주시면 안 될까요. 우리 애가, 우리 이쁜 애가 이렇게 되었어요. 화상은 잘 안 낫는 거 아시잖아요. 이거 평생 흉 진다고요."

"어머님."

이 상황에서도 영접이니 뭐니 하는 그녀가 이해되지 않았다. 한심한 것을 떠나 무서울 정도였다.

그녀는 내 말은 들은 척도 안 하고 이장에게 호소했다.

"이장님, 제발 부탁드려요. 저 매주 교회 가는 거 아시잖아요."

이장은 눈을 잠시 감고 생각에 빠졌다. 그 얼굴에 자신에게 엎드려 비는 이들에게 독재자들이 흔히 보이는 자만심 같은 것은 일절 보이지 않았다. 그저 한 마을의 지도자로서의 고뇌만이 보였다.

"알겠습니다. 최이준 선생님도 따라오세요."

고맙다고 해야 할지는 모르겠지만 나는 사이비들의 민간요법에 기대고 싶지 않았다. 목사가 해주는 어설픈 민간요법보다는 의사의 처방이 훨씬 믿음직했다.

"저는 따로 치료 받겠습니다."

"따라오시는 게 선생님한테도 좋을 겁니다. 심해지기 전에 빨리 가시죠."

"저는 괜찮습니다."

혜진의 어머니는 내가 고집을 부린다고 생각했는지 타박하는 말투로 말했다.

"선생님, 같이 가요. 선생님도 손 많이 다치셨는데 가서 나아야죠. 같이 영접 받아요."

이장은 빨리 가자고 재촉하고 혜진의 어머니는 나를 타박했다. 양쪽에서 그러니 당해낼 재간이 없었다. 이 사이비들이 이번에는 무슨 짓을 벌이려고 이럴까. 그래, 어디 한 번 끝까지 가보자는 심정으로 그들을 따라갔다. 아니다 싶으면 바로 돌아오면 되겠지.

교회에 도착하자 이장은 목에 건 십자가를 반으로 열었다. 알고 보니 그냥 십자가가 아닌 십자가 모양의 열쇠 케이스였다. 목숨처럼 여기는 교회이니 열쇠를 몸에 붙이고 다녀도 이상할 건 없었다.

"들어오세요."

이장은 누구에게랄 것도 없이 말하고는 성큼성큼 안으로 들어갔다. 혜진을 안아 든 그녀의 어머니와 내가 이장을 뒤따랐다.

한창 밝은 시간대인 오전과는 사뭇 다른 분위기였다. 햇빛이 비쳐 들 때는 아름다웠던 스테인드글라스도 지금은 고대 주술처럼 보여 소름 끼칠 뿐이었다. 벽에 그려진 천사가 비웃었다.

"선생님."

혜진의 어머니가 말을 걸었다.

"선생님은 영접해 보신 적 있으세요?"

"아뇨. 온 지 얼마 안 돼서 없습니다. 어머님은요?"

"저는 한 번 있어요. 너무 놀라지 마세요. 신께서 싫어하실 수 있으니까요."

혜진의 얼굴은 한층 더 심각해졌다. 물집이 잡혔던 오른쪽 얼굴은 말 그대로 피부가 뒤집어지고 있었다. 물집에서는 고름이 흐르고 얼굴은 한쪽으로 뒤틀렸다. 기절해서 자신의 얼굴을 보지 못하는 것이 다행일 정도였다.

"빨리 치료를 받아야 할 것 같은데요. 여기서 이러실 게 아니라."

그러는 나부터도 치료가 급한 상황이었다. 손가락을 움직이려

하면 덜덜 떨리기만 할 뿐 제대로 굽히지도 못했다. 주먹을 꽉 쥐고 이장을 때리는 상상으로 동기부여도 해보았지만 그나마 엄지만 살짝 접혔다.

'지금이라도 치료를 받아야 하는데.'

이성이 나를 열심히 설득했다.

'세상에 손이 없으면 할 수 없는 게 얼마나 많은데. 당장 내일부터는 어떻게 하려고. 손만 썩으면 다행이지 다른 데는 괜찮을 것 같아? 네가 마신 연기만 해도 얼마나 되는데. 고집부리지 말고 지금이라도 늦지 않았으니까 치료받자고. 아직 응급대원들은 그대로 있을 거야. 교회는 나중에라도 확인하면 되잖아. 손은 지금 아니면 치료도 제대로 못 해.'

"두 분 다 들어오세요."

이장이 영광의 방을 열고 말했다. 혜진의 어머니는 누가 지켜보기라도 하는 듯 서둘러 들어갔다. 그래, 기왕 왔으니 여기까지만 보고 치료받도록 하자. 지금 아니면 언제 와보겠어.

영광의 방은 밖에서 짐작한 것보다 훨씬 컸다. 층고는 예배당과 비슷했고 크기 자체도 널찍했다. 그 한가운데에는 돌로 만든 제단이 있었다. 돌이 울퉁불퉁해 길거리에서 주워 온 것 같았다. 제단에는 피가 스며들어 있었다. 당연히 고기에서 흐른 피겠지만 확신할 수는 없었다.

왼쪽 벽에 있는 책상과 공책, 책들이 몇 권 올려져 있는 꼴이 교무실에 있는 우리 책상과 같았다. 한 가지 다른 점은 책들 말고도 빨간색 액체가 담긴 작은 유리병들이 많이 놓여 있었다는 점이다. 아무래도 토마토 주스는 아닌 것 같았다. 밖에서 보지 못하도록 설계한 듯 창문은 달려 있지 않았다. 햇빛이 전혀 들어오지 않는 대신 전등이 달려 있었다.

이장이 냉동고에서 큼지막한 고기를 몇 덩이 꺼냈다.

"차가운 제물은 신께서 별로 안 좋아하시는데, 그래도 어쩔 수 없죠. 한시가 급한 상황인데 어디서 사 올 수도 없는 노릇이니. 그래도 이럴 때를 대비해서 피를 사 놓았으니 다행입니다."

그는 유리병들 중 하나를 가져와 고기 위에 뿌렸다. 피 냄새가 진동하는 것으로 봐서는 보관한 지 얼마 지나지 않은 것이 분명했다.

"잠시만 기다려주십시오. 곧 오실 겁니다."

이장은 무릎을 꿇고 기도문을 외웠다. 목소리가 작고 빨라 자세히는 들리지 않았지만 화상 입은 몸을 낫게 해달라고 기도하는 내용이었다.

이장이 주문을 외듯 기도를 하고 혜진을 안아 든 그녀의 어머니가 뒤에서 딸을 쓰다듬으며 이제 다 괜찮을 거라고 속삭이는 것을 보니 이것이 전부 하나의 예능 프로그램처럼 느껴졌다.

"그래서 그분은 대체 언제 오십니까?"

나는 시큰둥하게 물었다. 혜진의 어머니는 불경스러운 소리 하지 말라며 소스라치게 놀랐다. 불만스럽다는 표시로 팔짱을 끼려 했지만 손이 올라가지 않아 그만두었다.

이장은 내 말은 들은 체도 안 하고 계속해서 주문을 외웠다. 언제까지 여기 서 있어야 하나. 슬슬 볼 장 다 봤다는 생각이 들었다. 진작에 이성이 하는 말을 따랐어야 했는데. 이런 걸 보려고 지금까지 기다렸나 싶었다.

'그러게 좋게 말할 때 듣지. 손만 못 쓰게 됐네. 참 잘됐다. 그치? 이게 네가 원하던 거잖아.'

이장은 기도를 마쳤는지 일어서서 우리에게 말했다.

"신께서 오십니다."

어처구니가 없었다. 신이 어떻게 온다는 말인가. 노크를 하고 문을 여는 것도 이상했고 그렇다고 산타처럼 굴뚝을 타는 것도 상상이 안 됐다. 무엇보다 전지전능하다는 신이 냉동 고기에 피 좀 뿌렸다고 오는 것이 말이 되는가.

"제발 우리 딸 좀 낫게 해주세요……. 신이시여, 부탁드립니다."

혜진의 어머니는 딸을 바닥에 눕혀놓고 두 손 모아 빌었다.

존재할 리가 없는 신을 믿는 것은 전혀 마음에 들지 않았다. 그랬으면 우리 집이 불탈 때 도와줬겠지. 내가 얼마나 기도를 열심히 했는데. 속 편하게 신을 믿니 어쨌니 하는 당신들이 마음에 안 들어. 종교쟁이들이 말을 걸 때마다 어떤 심정이었는지 당신들이 알아? 아마 모르겠지. 신경도 안 쓸 거야. 당신들한테는 이게 하나의 놀이 같은 거잖아. 기쁜 일이 있으면 신 덕분, 나쁜 일이 있으면 신이 주신 시험이라고 둘러대니 마음이 편하겠지. 그러니 책임감이 없는 거야. 그래서 집이 불타는데도 무책임하게 가만히 앉아서 기도나 하고 있는 거라고.

이장은 이런 내 속마음을 아는지 모르는지 희미하게 웃었다.

"최이준 선생님. 그리 걱정 마세요. 신께서 오시니까요."

"저도 빨리 뵙고 싶네요."

뭐라고 할 기운도 없어 퉁명스레 대답했다. 손이 자기를 잊지 말라고 호소하는지 다시 아파왔다. 통각이 살아나는 모양이었다. 손을 쓸 수 있다는 신호보다는 이제 정말 위험한 단계에 들어갔다는 신호에 가까웠다.

"최이준 선생님. 신께서, 신께서 오셨습니다."

이장이 느닷없이 내게 말했다. 그는 제단을 바라보고 있었다.

혜진의 어머니는 엎드려 몸을 떨고 있었다. 고개를 들기 두려워하는 것 같았다. 그녀를 보고 있으니 이장의 시선을 따라가기 두려웠지만 그래서야 치료도 하지 않고 여기까지 온 보람이 없었다. 나는 제단으로 고개를 돌렸다.

제단의 바로 위, 천장에 거대한 사람의 팔이 붙어 있었다. 아니, 천장에 붙어 있는 것이 아니었다. 그것은 해님 달님에게 내려온 동아줄처럼 하늘에서 내려온 것처럼 보였다. 천장에 구멍은 나 있지 않았는데도 어디선가 내려와 천장과 연결된 팔이 자연스럽게 느껴졌고 이 때문에 그 기묘한 팔이 어디서 온 것인지 알 수 없게 되어버렸다.

팔은 길이가 거의 5미터에 달한다는 것만 빼면 생김새는 보통 사람의 팔과 비슷했는데, 그 정도 크기의 팔이 천장에 붙어 있었다면 장님이 아닌 이상 누구든지 알아챌 것이다. 이 팔은 방금 어디선가 나타난 것이다.

팔은 주변을 살피는 듯 가만히 있는가 싶더니 인형뽑기 기계의 집게처럼 천천히 내려와 제단 위에 올려둔 고기들을 한 움큼 가져갔다. 피가 제단 위로 뚝뚝 떨어졌다.

나는 아무 말도 하지 않았다. 할 수 없었다는 것이 더 정확한 표현일 것이다. 나보다 세 배나 더 큰 팔을 보고 무슨 말을 해야 할까.

와. 준비하느라 고생하셨겠네요. 재료비만 해도 비싸셨겠는데요. 그런데 저렇게 큰 팔을 언제 천장에 붙이신 거예요? 제가 계속 여기 있었는데. 아니면 원래부터 있었는데 제가 못 본 모양이죠. 아, 아니다. 홀로그램이죠? 그거면 훨씬 편하겠네요. 재료비도 없어도 되고 따로 천장에 붙일 필요 없이 빔만 쏘면 되니까.

하지만 그것은 학예회에서나 쓸 법한 소품도 아니고 홀로그램은 더더욱 아니었다. 그저 그곳에 존재하는 하나의 거대한 팔이었다.

"놀라셨나요?"

이장이 옆에서 말했다. 입가에 드리운 희미한 미소는 어째서인지 꼴좋다고 속삭이고 있었다. 몇 번이고 말해줘도 안 믿더니. 이제 알겠지? 누가 사이비고 누가 신실한 자인지.

"이, 이건 뭡니까?"

떨리는 목소리를 주체할 수 없었다. 마치 다른 사람이 말하는 듯한 목소리였다. 내 목소리가 이렇다고? 평상시의 내 목소리는 상당히 낮았는데 지금은 변성기가 오지 않은 어린아이의 목소리처럼 들렸다.

"최이준 선생님도 잘 아시지 않습니까."

하늘 위로 올라간 팔은 잠시 후 다시 내려왔다. 지렁이처럼 꿈틀거리며 천천히 어머니의 품에 안긴 혜진에게 다가갔다.

"안 돼."

나는 무심코 중얼거렸지만 아무도 듣지 않았다.

거대한 손은 혜진을 쓰다듬었다. 손이 워낙 커서 쓰다듬는 것이 아닌 덮은 것처럼 보였다. 손바닥이 슬금슬금 물러가자 혜진은 천천히 눈을 떴다. 그녀의 얼굴은 학교에서 보던 얼굴 그대로였다. 뒤집어진 피부와 화상 자국은 온데간데없었다.

"엄마? 여긴 어디예요?"

"여긴 교회야. 신께서 너를 치료해 주셨단다. 저번에 봤지?"

"감사합니다."

혜진은 공손하게 허리를 숙여 인사했다. 처음 본 것은 아닌지

나처럼 당황하는 기색은 보이지 않았다. 어린아이라 어른보다 빠르게 상황을 받아들이는 것일까.

손은 목표를 바꿔 내게 다가왔다. 문으로 도망치기 위해서는 제단을 돌아가야 했는데 그래 봤자 따라잡힐 게 뻔했다. 우리에 맹수와 함께 갇힌 기분이었다. 사자 아니면 호랑이는 침을 질질 흘리며 천천히 다가왔다.

거대한 손이 나를 감쌌다. 혜진을 쓰다듬었던 것처럼 나를 쓰다듬었다. 손바닥이라기보다는 딱딱한 콘크리트 벽에 닿은 느낌이었다. 용케 비명을 지르지 않은 이유는 비명 소리에 놀란 손이 무심코 나를 움켜쥘까 싶어서였다. 불타는 집에서 겨우 살아남았더니 5미터짜리 손바닥에 압사당하다니. 웃기지도 않는 죽음이다.

치료라고 해야 할지 모르겠지만, 제 할 일을 다한 팔은 존재하지도 않았다는 듯 눈앞에서 사라졌다.

제대로 움직이지도 않던 손은 멀쩡해졌다. 주먹이든 보자기든 마음대로 쥐락펴락 할 수 있었다. 손을 꼬집어보았더니 당연히 아팠다. 방금까지 너덜너덜했던 손이 멀쩡해지자 의수를 끼고 있는 것처럼 낯설었다.

"다 나으셨군요."

내가 신기하다는 듯 손을 이리저리 움직이는 것을 보며 이장이 말했다.

"대체 뭡니까?"

"어떤 것이요?"

이장은 천연덕스럽게 되물었다.

나는 더 이상 참을 수 없었다. 천장에서 내려온 거대한 팔도, 감쪽같이 나아버린 혜진의 얼굴과 나의 손도. 모든것이 비현실적이었다. 내가 겪은 것이 꿈은 아닐까. 혜진의 집에 불이 난 것도 꿈이 아닐까. 이 모든 게 사실일 리 없었다.

"꿈이라고 생각하지 마시고 받아들이시죠. 그래야 편하실 겁니다. 그게 사실이기도 하고요."

"뭘 받아들이라는 겁니까. 저 팔요? 나보고 저걸 받아들이라는 겁니까? 대체 저 팔 정체가 뭡니까?"

나는 이장의 멱살을 잡았다. 손이 두려움으로 떨리고 있었다. 대답을 요구하면서도 듣고 싶지 않았다. 그는 비정하게도 가장 듣기 싫은 말을 입 밖으로 꺼냈다.

"신께서 강림하셨습니다. 영접할 기회가 있을 거라고 말씀드렸잖아요. 어떠셨습니까?"

5. 욕심

5. 욕심

  화재가 진정되고 나서 한 가지 밝혀진 사실이 있다. 자연 발화인 줄 알았던 화재는 알고 보니 방화였다. 상훈의 말에 따르면 범인을 찾는 것은 그리 어렵지 않았다고 한다. 혜진의 집에 가장 먼저 도착한 사람들이 어둠 속에서 누군가 황급히 도망치는 것을 목격했다. 여러 명이 봤으니 착각이라 할 수도 없었다. 누구였는지 알 수 있냐는 이장의 질문에 그들은 한 사람을 지목했다. 그는 나도 아는 사람이었다.

  "진짜 억울합니다, 이장님. 제가 왜 그 집에 불을 지릅니까."

  박은성의 아버지, 박현우는 억울하다는 듯 항의했다. 하지만 계속되는 증언과 이장의 집요한 추궁으로 그는 결국 혐의를 인정했다.

  그 주의 단합회 시간은 현우의 심문회로 대체되었다. 그가 오른쪽 의자 맨 앞줄에, 혜진의 부모님이 왼쪽 의자에 앉았다. 나머지는 방청객으로 그들과 조금 떨어진 곳에 앉아 있었다. 아이들은 밖에서 놀고 있었는데, 그중에는 혜진도 있었다. 다행히 자신의 얼굴이 한 번 타버렸었다는 사실은 까맣게 잊은 것 같았다.

단합회의 분위기는 더없이 무거웠다. 한사람 마을의 재판장이자 대통령인 이장이 먼저 말을 꺼냈다.

"박현우 씨. 먼저 본인이 불을 지르셨다는 게 사실입니까?"

현우는 천천히 고개를 끄덕였다.

"뭐 저런 뻔뻔한 놈이 다 있어? 지가 잘했다는 거야 뭐야?"

누군가 소리쳤다. 그 말을 신호탄으로 사람들은 저마다 하고 싶은 말을 쏟아냈다. 뻔뻔한 놈, 신이 두렵지도 않느냐, 철천지원수 같은 놈, 은혜도 모르는 놈, 개새끼……

어이가 없었다. 정작 불이 났을 때에는 편히 앉아서 기도나 하고 있던 자들이 상황이 끝나고 범인이 나오니 이제야 분노를 표하다니. 정작 당사자들은 조용히 있는데. 이럴 힘이 있으면 불을 끄던지 혜진을 데리고 나오는 것이나 도와주지.

"정숙. 여러분, 정숙해 주십시오."

이장은 한마디로 성난 민중들을 조용히 시켰다. 망치만 있었다면 그야말로 판사감이었다.

"그래서, 대체 왜 불을 지르신 겁니까? 현우 씨도 알지 않습니까? 한사람 마을은 가족 같은 사이인 것을. 실제로도 그렇지 않습니까. 현우 씨가 제 가족한테 불을 지르는 사람이라면 놀랍지 않겠지만 제가 여태껏 봐왔던 현우 씨는 그런 분이 아니신 걸로 알고 있습니다. 제 말이 틀렸습니까?"

현우는 조용히 고개를 떨구었다.

"이유를 말씀해 주시죠."

현우는 금붕어처럼 뻐끔거리기만 할 뿐 쉽사리 입을 떼지 못했다. 그런 그의 태도가 뻔뻔해 보였는지 사람들은 이장의 만류에도 다시 그에게 욕을 해댔다.

그는 더 이상 거센 비난을 듣고 있기 힘들었는지 드디어 입을 열었다.

"천벌 때문입니다."

사람들은 웅성거렸다. 그는 그러거나 말거나 하던 얘기를 계속했다.

"만나는 사람마다 천벌, 천벌 타령을 하니 두려웠습니다. 그래서 불을 질렀습니다. 죄송합니다."

현우는 왼쪽을 보고 고개를 숙였다.

혜진의 아버지가 처음으로 입을 열었다. 이제 보니 그는 현우와 교회에서 단합회 시간에 싸웠던 남자였다.

"복수라던가, 그런 건 아니고?"

"복수라니. 내가 왜……."

"시치미 떼지 마. 당신이 내가 천벌인지 뭔지 그런 헛소문을 퍼뜨렸냐고 사람들한테 물어보고 다닌 걸 모를 줄 알아? 어디서 애먼 사람 붙잡고 화풀이야? 내가 그런 지질한 사람인 줄 알아? 그랬으면 앞에서 말했겠지.”

“……그런 건 아닙니다.”

현우는 자신 없는 투로 말했다. 아마 복수하려는 마음도 아예 없지는 않았을 것이다. 교회에서 싸우게 된 원인이 혜진의 아버지였으니까. 어찌 보면 안 그래도 아들 때문에 평판이 안 좋은 그를 나락으로 보내버린 것이 혜진의 아버지라고 할 수 있었다.

“천벌이랑 우리 집에 불 지른 거랑 무슨 상관인데요?”

혜진의 어머니가 비명을 지르듯 말했다. 현우는 아무 말도 하지 않고 다시 고개를 떨구었다. 그때 누군가 작게 의문을 제기했다.

“혹시 제물로 바치려고 한 거 아냐?”

사람들은 수군거렸다.

“설마. 사람을 제물로 바치려고 하다니.”

“전례가 없긴 하지만…… 천벌이 두려워서 그런 거 아냐? 요즘 간간이 볼 때마다 거의 제정신이 아니더만, 저 사람. 계속 천벌, 천벌 중얼거리고.”

“아무리 그래도 사람을 바치려고. 뭐가 됐든 죽여서 제물로 바치는 건 마을 금기잖아.”

“생각해 봐. 제 아들이 뭘 보고 배웠겠어. 아비가 그런 사람이니까 아들도 토끼를 죽인 거지. 딱 맞아떨어지잖아. 역시 그 아비에 그 아들이라니까.”

사람들의 모욕적인 말에도 그는 가만히 고개를 푹 숙이고 조용히 있었다. 그런 태도가 사람들의 주장이 사실이라는 것을 증명했다.

"진짜로? 진짜 그런 이유 때문에 불을 지른 거라고?"

"미쳤어. 어떻게 사람이 그런 생각을 해? 사람도 아냐, 저건."

"저런 사람이랑 그동안 어떻게 같이 살았대."

현우가 천벌이라는 것에 두려움을 갖고 있었음은 알고 있었지만 사람을 태워버릴 정도일 줄은 몰랐다. 자신만 살면 남의 가족 따위는 태워버려도 된다는 것인가.

나는 우리 집이 불타기라도 한 것처럼 그에게 화가 났다. 충분히 다른 사람에게 도움을 청할 수 있었을 텐데. 모두가 현우에게 적대적인 것은 아니었다. 그에게 악감정은 갖고 있지 않았으나 이제는 그가 희대의 미치광이 방화범으로 보였다.

'진짜? 진짜 이해가 안 돼?'

현우가 사람들에게 말로 몰매를 맞는 동안 내면에서는 비꼬는 목소리가 들렸다.

'너도 봤잖아. 그게 안 두려워? 너라고 안 그럴 것 같아? 그때도 무서워서 벌벌 떨던 놈이 웃고 있네. 너 그때 오줌 싸기 직전까지 갔잖아. 아냐?'

"닥쳐."

나는 조용히 중얼거렸다.

희대의 미치광이 방화범은 아마 영접을 해본 적 있을 것이다.

실제로 보지 않고서는 신의 모습을 상상하는 것조차 힘들다. 반대로 실제로 그가 신을 봤다면 방화를 저지를 정도로 두려워하는 것도 말이 됐다. 보통 사람이라면 아무리 주변에서 신을 믿는다 해도 단순히 천벌이라는 단어만 가지고 방화까지 가지는 않는다.

이장은 현우를 내려다보며 말했다.

"현우 씨. 혹시 신께서는 영광의 방에서 바친 제물만 가져가신다는 걸 몰랐습니까?"

현우는 아무 말도 하지 않았다. 그의 야무진 계획은 아예 첫 단추부터 잘못 끼워진 것이다. 어깨가 부들부들 떨리는 것이 마치 울먹이는 것 같기도 했다. 그 모습을 본 사람들은 역시 반성 따위는 전혀 하지 않았었다며 난리를 쳤다.

이장은 두 번째로 사람들을 조용히 시켰다. 이제부터 허락 없이 말하거나 시끄럽게 구는 사람들은 가차 없이 퇴장시키겠다고 엄포를 놓은 후에야 교회가 조용해졌다. 하지만 그들의 분노는 쉽사리 풀리지 않았다. 오히려 조용해지니 그들이 분노가 더 날카롭게 느껴졌다.

차라리 다른 사람들은 내보내고 당사자들끼리만 있는 것이 낫지 않았을까 싶었다. 이렇게 세워놓고 욕해봐야 마녀사냥에 불과했다. 물론 나도 손이 타버릴 뻔했으니 비난하고 싶은 마음이 굴뚝같지만.

"다행히 아무도 안 죽어서 망정이지, 누가 죽기라도 했으면 어쩔 뻔했어? 애초에 신께서 사람 세 명 태워 죽여서 천국 보내면 얼씨구나 좋다 하실 것 같아? 진짜 생각 없는 놈이구만."

혜진의 아버지가 목에서 핏줄이 튀어나올 정도로 삿대질하며 화를 낼 때, 그의 부인이 이장에게 말했다.

"이장님. 이렇게 마을 사람들 다 있을 때 부르셨다는 건 따로 생각이 있으셔서겠죠?"

이장은 고개를 끄덕였다.

"굳이 심문회 형식으로 마을 주민분들을 전부 모은 것은, 현우 씨의 처우에 대해서 논의하기 위해서입니다."

누군가 손을 들었다. 이장은 그가 발언하는 것을 허락했다.

"처우라면, 처벌을 말하시는 겁니까?"

"굳이 따지자면 그렇게 되겠군요. 저희가 경찰도 아니고 현우 씨를 심판할 권리는 없지만 그렇다 한들 가만히 두는 것도 문제가 많을 것 같아 처우를 논의하려 하는 것이니 다들 어떻게 하는 것이 좋을지 생각해 주시기 바랍니다. 서로를 위한 것이니까요."

사람들은 옆 사람과 속삭이며 어떤 처벌을 내려야 할지 의논했다. 대부분은 자신들이 알고 있는 최대한의 고통스러운 방법들을 내놓았다. 듣고 있자니 너무하다 싶었지만 일가족을 몰살하고 초등교사의 손을 태워먹을 뻔했으니 그래도 싸다 싶다는 쪽으로 생각이 옮겨 갔다. 그러던 중 뒤에서 의미심장한 대화가 들렸다.

"진수네 어멈 때도 이렇게 됐던 것 같은데. 자네, 진수네 어멈 기억나?"

"이장님을 죽이려고 했던 여자? 기억나지. 갑자기 왜 그랬나 몰라. 다들 힘든 시기였는데. 어찌 보면 저놈이랑은 또 다르지. 저놈은 이유라도 분명하잖아. 그런데 그 여자는 왜 그랬는지 아직도 이유를 모르겠단 말이야. 자네는 아나?"

"나도 몰라. 아들만 바라보고 살았는데 그 아들이 홍수로 죽었으니 정신이 나가버린 거 아냐? 그것참 불쌍하지."

"아무리 불쌍해도 이 사람아. 이유 없이 사람을 죽이려고 했는데 불쌍한 게 따로 있지. 나 봐봐. 아내가 또 용돈을 줄여서 이제 담배 한 갑만 사도 간당간당해. 불쌍한 건 이런 거지. 신께서 담배 한 갑만 주시면 얼마나 좋을까."

"아무리 그래도 신이신데 한 갑만 주실까. 아예 담배 공장을 통째로 주시겠지. 그정도 통은 있으신 분일 테니까."

그들은 저들이 하는 농담이 재밌었는지 서로 마주 보며 호탕하게 웃었다. 이장이 날카로운 눈길로 보았지만 그들은 눈치채지 못했다. 나는 뒤를 돌아 물었다.

"말씀 나누시는 중에 죄송한데, 진수 어머니라는 분이 누군가요?"

그들 중 왼쪽에 앉아 있던 턱수염이 덥수룩한 남자가 그걸 모르냐고 한 소리 했다. 그의 친구가 옆에서 아직 온 지 얼마 안 된 선생이라고 하자 턱수염이 투덜대면서 말했다.

"자네 진수는 누군지 알아?"

"아뇨. 모릅니다."

"그러면 우리 마을에 홍수가 난 건 알아? 그때 실종된 애가 진수야."

나는 고개를 끄덕였다. 턱수염은 이제 대화가 좀 통하겠다고 툴툴대며 다시 말을 이어나갔다.

"진수 어멈이 진수를 업어키운다는 말이 딱 맞을 정도로 애지중지하며 키웠는데, 홍수가 나서 진수가 실종됐어. 다들 제 앞가림부터 해야 되니까 그 애가 어디로 갔는지는 아무도 몰랐지. 상황이 수습되고 우리끼리 수색대를 짜서 보냈는데도 진수가 하늘로 솟았는지 땅에 푹 꺼졌는지 보이질 않는 거야."

여기까지는 기사에 나왔던 내용이었다.

"그런데 문제는 여기서부터야. 신께서 홍수를 수습해 주시고 얼마 안 가서 진수 어멈이 이장을 죽이려고 했어. 그것도 벌건 대낮에."

"갑자기요?"

갑작스러운 전개에 놀라서 되묻자 턱수염은 내가 흥미로워하는 것이 마음에 들었는지 흡족한 웃음을 지었다.

"그래, 갑자기. 이장님 댁이 시끄럽길래 가봤더니 사람들한테 붙잡혀 있더라고. 이장님 옆구리에서는 피가 흘러나오고 진수 어멈은 마구 날뛰는 게 딱 봐도 제정신이 아니더라고.

이장님이 괜찮다고 해서 경찰은 안 불렀는데, 그래도 계속 놔둘 수는 없으니 마을에서 쫓아냈어. 그런 거 보면 이장님도 참 사람이 착하시지. 그러고 보니 그 여자가 쫓겨날 때 뭐라고 했다는데. 자네는 뭐라고 했는지 아나?"

턱수염이 친구에게 물었다. 친구는 잠시 생각하더니 말했다.

"이장님이 진수를 죽인 범인이라고 했던 것 같은데. 진수 신발이 이장님 댁 뒷편에서 나왔다고 막 그랬어. 그런데 사람들이 안 믿었지. 이장님이 진수를 죽일 이유가 없거니와 다들 물에 잠겨 바쁜데 굳이 그때 죽일 리가 없잖아.

그래도 진수 어멈이 하도 호소를 하길래 한 번 속는 셈 치고 이장님 댁에도 들어가서 살펴봤는데 시체는커녕 피 한 방울 없더라고. 그래서 누구더라, 상훈이 아범이 그랬잖아. 시체는 이장이 먹어버린 거냐고. 그러니까 진수 어멈 얼굴이 사색이 됐다던데. 그때 자네는 없었나?"

"나야 물 청소한다 생각하고 집 청소하고 있었지. 좋은 게 좋은 거니까. 이럴 때 아니면 물 청소는 안 할 것 같기도 하고."

그들은 또다시 껄껄 웃어댔다. 이번에는 턱수염의 친구가 이장의 불쾌한 기색을 눈치채고 입을 다물었다.

10분 정도 지난 뒤, 이장이 헛기침을 했다. 다들 저마다 하던 얘기를 멈추고 조용해졌다.

"그러면 다음 일정도 있으니, 한번 종합해 봅시다. 먼저 말씀해

주실 분 계십니까?"

한 사람의 처우가 결정되는데 신중해야 하는 것 아닌가 싶었지만 사람들의 머릿속에서는 현우의 처우가 이미 결정 난 것 같았다.

"진수 엄마 때처럼 추방하는 게 낫다고 봐요. 무서워서 같이 살겠나, 원."

"저도 그래요. 지금도 보기 싫은데 참고 있으니. 사실 왜 우리가 이렇게 신경을 써야 하는지도 모르겠어요. 누가 누구를 신경 쓰는 건지. 신경 써야 되는 사람은 따로 있지 않아요?"

사람들은 저마다 그에 동조하며 목소리를 키웠다. 나는 뒤에서 현우네를 추방시키라며 열변을 토하는 턱수염에게 물었다.

"그런데 추방되면 구체적으로 어떻게 되는 건가요?"

"별거 없어. 말 그대로 추방이야. 다시는 이 마을에 못 들어오는 거지. 올 때 영훈이 봤지? 문지기처럼 서 있는 애. 걔나 다른 문지기들이 못 들어오게 할 거야. 걔네 일 중 하나지."

"추방되고 나서는요?"

"그 뒤는 내 알 바 아니지. 경찰이 알아서 할 것 같은데."

현우는 거의 빌다시피 선처를 호소했다.

"잘못했습니다. 한 번만 용서해 주십시오. 다시는 안 그러겠습니다. 경찰에도 자수하겠습니다."

아무도 그의 말을 귀담아듣지 않았다. 사람들은 꼴도 보기 싫으니 빨리 추방하라는 말만 해댔다.

이장은 한 손을 들어 성난 민중들을 조용히 시킨 뒤 최종 판결을 내렸다.

"주민분들의 생각이 다 똑같은 것 같으니, 미안하지만 추방하는 수밖에 없을 것 같습니다. 내일까지는 시간을 드리겠습니다. 지금부터 딱 하루를 드릴 테니 그 안에 짐을 싸서 나가주세요."

현우는 도와달라는 시선을 주변에 보냈지만 돌아오는 것은 조롱과 경멸뿐이었다. 나는 그가 내 쪽을 쳐다볼까 봐 조마조마했다.

"한 번만. 한 번만 용서해 주실 수 없습니까? 신께서 기다리시는데…… 아니면 한 번만 신을 뵈면 안 되겠습니까? 제가 꼭 드릴 말씀이 있어서……."

그때 혜진의 아버지가 벌떡 일어서 현우의 앞으로 향했다. 그는 현우의 머리채를 붙잡고 바닥에 내리찍었다. 그러고는 현우의 배를 발로 마구 걷어찼다. 피를 토해내건 말건 혜진의 아버지는 거리낌 없이 계속 발로 찼다.

"이 씨발놈이. 우리 딸이 죽을 뻔했는데 뭐가 어쩌고 어째? 사람들이 소문내는 게 무서워서 불까지 지른 놈이 용서? 니가 하려고 한 것처럼 니네 집 아들부터 죽여줘? 추방이고 뭐고 나는 다 필요 없어. 다 필요 없으니까 그냥 내가 직접 여기서 죽여버릴 거야."

이장이 뛰어나와 그들을 말리는 것을 보고 나서야 사람들은 다 같이 몰려와 혜진의 아버지와 현우를 떼어놓았다.

"진정하세요, 아버님. 신께서 보고 계십니다."

"그러면 신께서 이놈한테 천벌을 내리시겠지."

그는 무뚝뚝하게 대답하고는 현우의 얼굴을 걷어찼다. 코뼈가 부러졌는지 코가 옆으로 휘었다. 사람들이 몸부림치는 그의 양쪽 팔다리를 붙잡고 나서야 상황이 진정되었다.

"이거 놓으쇼."

혜진의 아버지가 퉁명스럽게 말했다. 아까보다는 진정된 것처럼 보였다. 팔다리가 자유로워진 그는 다시 자리에 앉으라는 이장의 말에 따랐다.

"일어설 수 있겠습니까?"

이장이 현우에게 물었다. 그는 얼굴을 감싸 안은 채 고개를 끄덕였다.

"그러면 일어서세요. 아까 말한 대로 딱 하루입니다. 경찰한테 가서 자수도 하시고요."

이장은 가차 없이 말했다. 현우는 뭐라고 말하려는 것 같았지만 입에 피가 고여 있어 아무도 알아듣지 못했다. 제대로 말했어도 아무도 듣지 않았겠지만.

그는 결국 다음 날인 월요일 오후 열두 시가 되기 전에 가족과 함께 떠났다. 당연하지만 은성은 학교에 나오지 않았다. 교사도 학생도 은성이 원래부터 없던 아이처럼 굴었다. 비겁하지만 나 역시도 은성의 얘기는 하지 않았다. 불을 지른 것은 그가 아니라 아버지였지만 세상이 항상 알맞게 돌아가는 것은 아니었다.

그렇게 은성은 한사람 초등학교에서 잊혔다. 누군가 그를 기억한다 해도 순수하고 해맑았던 모습보다는 토끼를 죽였던 사건이나 방화범인 그의 아버지만 기억할 것이다.

한편 학교는 신께서 내려주신 축복으로 떠들썩했다. 아이들은 혜진의 오른쪽 뺨을 보물을 만지듯 조심스레 만졌다. 그녀는 그런 반응이 나쁘지 않은 듯 쑥스러워하면서도 즐겼다. 교사들은 불타버릴 뻔한 내 손을 신기하다는 듯 만졌다.

"이준 씨 손이 되게 예쁘네요. 그나저나 신을 직접 본 소감이 어때요?"

미정은 내 손을 주물럭거리며 의기양양하게 말했다. 교회에 대한 불신을 하도 드러내서인지 그녀는 통쾌해하는 것 같았다.

"어떻긴요. 많이 놀랐죠."

사실 많이 놀란 정도가 아닌 기절할 정도로 놀랐다. 집에 돌아와서도, 그리고 지금도 그 팔은 머릿속에서 떠나가질 않았다.

신을 보면 경외감을 느낀다고들 하지만 내가 그것을 보고 느낀 것은 두려움이었다. 신에 대한 분노는 공포에 잠식당해 사라졌다. 심해에서 불빛을 보고 따라갔다가 심해아귀의 초롱이었음을 깨달았을 때처럼 터무니없는 것을 본 느낌이었다.

'저게 신이라고?'

팔이 내 손을 치료해 주기 위해 천천히 내려올 때 나는 생각했었다.

'저런 건 신이 아냐.'

'그러면 저게 뭐로 보여. 저건 홀로그램도 모형도 아니라고. 딱 보면 알잖아. 저건 진짜야.'

종교에 대해 무지하긴 했지만 거대한 팔을 숭배하는 종교는 누가 들어도 처음 들어볼 것이다.

"이미정 선생님은 본 적 없다고 하셨죠?"

"네. 저는 아쉽게도 기회가 안 돼서 아직도 영접을 못 했어요. 그래도 언젠가는 제 차례가 오겠죠. 오지 않는다면 그것도 신의 뜻일 테고요."

그녀가 팔을 본 이후로도 지금처럼 신에 대한 존경심을 유지할 수 있을까.

어떻게 된 영문인지 지금까지 영접을 한 사람들은 이전과 마찬가지로 신을 숭배하는 것 같았다. 나로서는 도저히 이해가 가질 않았다. 나와 혜진을 고쳐준 것은 사실이지만 거대한 팔을 보고도 이상하게 생각하지 않는 것은 이상했다. 마을 사람들은 외눈박이 거인이 눈앞에서 자신은 사람을 안 먹는다고 호소해도 믿어줄 사람들이었다.

어쩌면 내가 이상한 것일까 생각도 했다. 외눈박이 마을에서는 두 눈 달린 사람이 비정상이라고들 하니 내가 이상한 것이 맞을 것이다. 한사람 마을에서는 그 거대한 팔을 받아들이고 숭배하는 사람들이 정상이고, 괴물 취급하며 두려워하는 쪽이 비정상이다.

"그런데 아직도 저는 모르겠어요. 왜 저희를 고쳐준 걸까요."

"왜라니요. 신께서는 원래 도움을 필요로 하는 자들을 도와주시니까 그렇죠. 신께서는 어떤 소원이든 들어주실 수 있어요. 굽은 허리도 펴고 화상도 낫게 해주시는데 뭔들 못 해주시겠어요.

그나저나 네일 모델 하실 생각은 안 해보셨어요? 진짜 예쁘네. 저는 크고 거칠거든요. 좀 작고 둥글둥글했으면 좋았을 텐데 엄청 각져서 보기 안 좋아요. 비결이 뭐예요?"

"원래는 안 이랬는데 신께서 서비스로 넣어주셨나 봅니다."

나는 우스갯소리를 던졌다. 미정은 진짜인지 농담인지 헷갈려 했다.

"어떤 소원이든 들어주신다고요?"

내가 묻자 미정은 고개를 끄덕였다.

"진짜 '어떤 소원'이든 가능한 것인지는 모르겠는데, 이장님이 그렇다면 그런 거겠죠. 실제로 저번에 누구더라, 어떤 꼬마애가 산에 가서 놀다가 실종됐었는데 신께 기도하니까 그 꼬마애가 하늘에서 내려왔어요. 이건 저도 직접 봤으니까 확실해요."

순간 머릿속에서 한 가지 좋은 생각이 떠올랐다. 최대한 평소와 같은 목소리로 물었다.

"그러면 이런 건 어떻습니까? 죽은 사람들을 되살리는 것도 가능할까요?"

"글쎄요. 그런 건 신만이 아시겠죠. 적어도 아직까지는 그런 사람이 없어요. 그랬다가는 사망신고도 취소해야 될 텐데, 그게 취소가 되는지는 모르겠어요. 예전에 이준 씨가 말한 것과 똑같은 내용을 책에서 봤는데, 거기서는 부활하긴 하는데 좀비처럼 시체가 썩어서 부활하더라고요. 신께 빌 때 그런 점만 조심하면 될 것 같은데요. 문제는 마을 바깥에 들키지 않겠냐는 건데, 그 점은 소원을 말하기 전에 이장님께 여쭤봐야겠죠? 다들 추첨의 경쟁자가 많아지는 것은 꺼려하다 보니 마을 바깥에 신의 존재를 들킬까 봐 노심초사하고 있거든요. 그런데 갑자기 그건 왜요?"

미정이 호기심 가득한 얼굴로 물었다. 남들에게 가족 얘기는 하고 싶지 않았으므로 농담이었다고 얼버무렸다.

물론 농담이 아니었다. 나는 그날 이후로 계속 죽은 이들을 되살릴 가능성에 대해 생각했다. 시도해 봐도 손해는 없을 것 같았다. 불경한 소원을 빌었다며 지옥으로 끌고 가지는 않을 것 같았다.

소름 끼치는 팔이 더 이상 괴물로 보이지 않았다. 그것은 그야말로 하늘에서 내려온 동아줄이었다. 신이 있다는 것은 아직까지 믿기지 않지만, 가족을 되살릴 수 있다면 팔이라도 핥을 수 있었다.

더 이상 과거에 얽매이지 않아도 된다. 학교에서 닭 울음소리만 들리면 움찔거리고, 아이들의 뒷모습을 보며 동생을 떠올리지 않아도 된다. 이제는 그날 가족이 죽은 것을 받아들여야 한다고 스스로를 세뇌시킬 필요조차 없다. 죽지 않은 것으로 만들어버리면 그만이다.

다시 살아나면 그때 그 모습 그대로일까. 열다섯 살을 더 먹고 이제는 초등학교 교사가 된 내 모습을 보고 놀라는 가족들의 모습이 눈에 훤했다. 부모님은 어떤 반응을 보일까. 동생은 아마도 나를 알아보지 못할 것이다. 집에 웬 아저씨가 왔냐고 하겠지. 그때야말로 가족과 시간을 보내야지. 동생과 화장실도 같이 가주고.

또다시 신에게 빌게 되었다는 것은 별로 문제가 아니었다. 자존심 따위야 가족 앞에서는 하찮은 것이었고, 신이건 아니건 소원을 들어주는 존재가 있다는 것이 더 중요했다.

이제 문제는 어떻게 신에게 빌어야 하는지였다. 신에게 제대로 된 예배를 드릴 수 있는 사람은 마을에서 이장 한 사람뿐이었다. 그 말인즉슨 지금은 내가 할 수 있는 것이 없다는 얘기이기도 하다. 방에 틀어박혀 하루 종일 기도만 한다고 해도 올 턱이 없으니.

나는 전보다 열성적으로 교회에 다니기 시작했다. 제물 사이즈도 보통이 아닌 대형을 들고 갔다. 정육점 주인은 내가 대형을 주문하자 그럴 줄 알았다는 듯이 웃었다.

"영접하셨나 봐요?"

놀라서 어떻게 알았냐고 묻자 그가 말했다.

"다들 영접하고 나면 그러시거든요. 고마운 마음이 큰가 봐요."

대형 제물을 바치는 등 열심히 교회에 다니자 사람들은 이제야 신의 은혜를 알았냐며 등을 두드렸다. 이전 같았으면 신의 은혜라는 말에 치를 떨었겠지만 지금은 웃으며 받아줄 수 있었다. 그 '신의 은혜'라는 놈이 우리 가족을 되살려 줄 테니까.

추첨 시간이 되기까지 얼마나 떨리는지 이장이 무슨 말로 설교를 하는지, 단합회에서는 눈앞에 누가 앉아 있던지 기억나지 않았다. 점심은 입으로 들어가는지 코로 들어가는지 몰랐다. 머릿속은 오로지 이장이 펼칠 쪽지 생각으로 가득 차 있었다.

'이번에 영접하실 분은…… 최이준 선생님입니다.'

'신께도 여러분들께도 감사드립니다. 저는 가족을 살리겠습니다.'

당첨되었다고 상상하니 생각만 해도 기분이 좋아졌다. 지금까지 당첨된 사람들은 전부 이런 기분이었겠지. 그들은 어떤 소원을 빌었을까. 금숙 할머니처럼 불편한 몸을 낫게 했을까. 미정의 말에 따르면 죽은 사람을 되살린 사람은 없는 모양이었다.

기다리던 추첨 시간이 되자 긴장과 흥분으로 몸이 떨렸다. 미정은 늘 그렇듯이 옆에서 기도하고 있었다. 오늘은 나도 그에 동참했다. 쓸데없는 기도는 하고 싶지 않았지만, 만약 조금이라도 도움이 된다면 하지 않을 수 없었다.

영훈이 추첨함을 들고 나타났다. 평소와 다름없는 심술궂은 얼굴을 보자 설마 저놈이 내 이름을 빼버린 것은 아닐지 근거 없는 의심이 들었다. 아무리 그래도 그런 일은 없겠지.

이장이 추첨함에서 쪽지를 하나 꺼냈다.

"오늘 영접하실 분은,"

이장은 뜸을 들였다. 나는 빨리 이름을 말하라고 소리치고 싶은 심정이었다. 어찌나 느리게 쪽지를 펼치는지 시간이 멈춘 줄 알았다.

"김태영 할아버지입니다."

무의식적으로 입에서는 탄식이 나왔다. 이장이 펼쳐 보인 쪽지에는 내 이름 석 자 중 한 글자도 나와 있지 않았다.

"이준 씨, 오늘은 기대하셨나 봐요. 평소에는 별로 신경 안 쓰더니."

미정이 의외라는 듯 말했다. 나는 올라가지 않는 입꼬리를 억지로 치켜올렸다. 안 나오리라는 것쯤은 예상했지만 막상 실제로 그렇게 되니 아쉬웠다는 말로 끝낼 수 없을 만큼 아쉬웠다.

그래도 괜찮아. 다음이 있으니.

이런 마음으로 매번 교회에 나갔지만 쪽지를 뽑는 족족 이름이 불리는 것은 다른 사람이었다. 마음 같아서는 추첨함을 열어 내 이름이 있는지 전부 열어보고 싶었다.

세 번째로 당첨되지 않았을 때에는 이 모든 것이 이장의 주도하에 짜고 치는 속임수가 아닐까 의심되었다. 추첨함 안에 있는 쪽지는 모두 같은 이름이고, 이장은 그중에 하나를 뽑아 뻔뻔하게 읽는 것이다. 어차피 추첨함 안을 보는 것은 이장과 운영팀뿐이니 걸릴 가능성도 없다. 그야말로 낚싯대를 던지면 물고기가 알아서 떼로 낚이는 셈이다.

그러나 생각해 보면 속임수를 쓴들 이장이 얻는 것은 없었다. 되레 뒷돈을 받는다고 소문이라도 났다가는 이장직에서 쫓겨나 제 손으로 추방했던 자들의 뒤를 따를 게 뻔했다. 안 그래도 작은 마을이니 소문이 퍼지는 것은 한순간일 것이다.

하염없는 기다림 속에서 몇 개월이 지났다. 일요일만 기다리다 보니 일상생활에도 지장이 있었다. 취미라고는 없다시피 한 내게 시간이란 썩어 넘칠 정도로 많았다. 그 시간을 오로지 가족의 부활과 추첨에 대해 생각하는 데에 썼다. 취미가 도박이 아니어서 망정이지 그랬다면 지금쯤 한사람 마을이 아닌 강원랜드 앞에서 무료 도시락이나 까먹고 있었을 것이다.

수업에 들어가도 멍을 때리는 일이 많아졌다.

"이준 선생. 요즘 무슨 일 있어? 애들이 걱정하던데. 원래는 안 그랬잖아. 내가 저번에도 말했으면 고쳐야지. 아니면 이유라도 말하던가. 어디 뭐, 개인적인 이유야?"

하루는 상훈이 진지한 얼굴로 말했다. 추첨에 뽑히지 않아서라고 할 수는 없었으므로 죄송하다고 말하는 것밖에 할 수 있는 일이 없었다.

상훈은 못 미더워하는 기색이었지만 더 이상 말하지 않았다. 본인도 전날에 술 먹고 출근하지 말라는 교장의 말은 깡그리 무시하는 형편이니 할 말이 없을 것이다.

그의 충고에도 불구하고 머릿속에서는 계속 쪽지를 펼치는 상황이 떠올랐다.

'이번에 영접하실 분은⋯⋯.'

지난 추첨 때에도 나는 바보같이 내 이름이 불리기를 간절히 빌었다.

'최재욱 씨입니다.'

빌어먹을. 난 최재욱이라는 사람이 누군지도 모르는데.

'이번에 영접하실 분은⋯⋯.'

"선생님."

"네? 저라고요?"

나는 깜짝 놀라 물었다.

"네? 뭐라고요?"

옆에 있던 채윤이 화들짝 놀라 되물었다. 채윤은 우리 담임이 드디어 정신이 나갔구나 하는 표정으로 나를 쳐다보았다.

"아. 채윤이구나. 왜 그러니?"

"선생님이 말씀하신 거 다 했어요. 여기요."

채윤이 안내장을 한 무더기 모아서 건넸다.

내가 뭘 시켰는지 기억이 희미했다. 채윤이 건넨 안내장을 보니 '야외 수업 희망자 종합'이라고 쓰여 있었다. 그러고 보니 이런 게 있었지. 몇 달에 한 번씩 한다고 하는데 나는 이번이 처음이었다.

미정이 말하기로는 '야외 수업'이라고 해도 거창한 것을 하는 건 아니었다. 동네 뒷산에서 자연을 배운다는 명목인데, 심심한 동네 어른들도 가끔 오기에 사실상 뒷산에서 하는 마을 단합회나 다름없다고 했다.

"고생했어. 다 모아온 거지?"

"네. 한 사람도 빠짐없이 직접요."

채윤이 자신 있게 말했다.

아이들은 뒷산에서 노는 것을 좋아하니 참가를 희망하지 않는 사람은 없겠지만 확인은 해야 했다. 맨 아래 참가를 희망하는지 묻는 칸만 보면 되니 간단한 일이었다. 예상대로 참가하지 않는 아이는 없었다.

수업을 마친 뒤 희망자 명단을 작성했다. 미정은 명단을 보고 갑자기 생각났다는 듯 말했다.

"맞다. 이번에 이장님도 오신다던데요."

"이장님이요?"

"네. 요즘 마을에 흉흉한 일들이 많아서 애들도 걱정된다고 이 번에는 직접 오시겠다네요. 신경 쓰지 말라고 하시긴 했지만, 신 경 쓰지 말란다고 안 쓰이는 게 아닌데. 이장님도 참. 어차피 우리 가 다 지켜볼 텐데……. 그냥 집에서 쉬시지, 안 그래요?"

미정은 불평을 늘어놓았다. 이장이 오면 지금처럼 거의 들판에 풀어놓은 양마냥 방치해 놓을 수는 없었다. 저들끼리 놀라는 식 으로 풀어놓고 앉아서 과자나 먹고 있으면 이장이 뭐라고 할지는 안 봐도 눈에 선했다. 그런 꼴을 대놓고 보여줄 수는 없으므로 제대로 된 활동을 준비해야 하니 우리로서는 이장이 오는 것이 마냥 기쁘진 않았다. 사실 우리에게는 걸림돌이나 마찬가지였다.

"아니. 저번에도 온다고 해서 엄청 준비했는데. 이준 씨는 그때 없으셨으니 모르시겠지만. 얼마나 고생했는지 알아요? 상훈 아저씨가 전날에 어디서 보고 왔는지 서바이벌 지식을 알려주겠다면서 나뭇가지로 불을 피우려고 비비다가 진짜 불이 날 뻔한 거예요. 다행히 바로 꺼서 번지지는 않았지만 하마터면 큰일 날 뻔했다니까요. 애들은 막 웃는데 이장님 표정이 완전 썩어가지고."

"신한테 기도하면 되잖아요. 사람 손도 고쳐주는데 산이라고 못 고쳐주겠어요."

"그렇긴 하죠. 하여간 그래서, 저번에는요……."

미정이 불평을 줄줄이 늘어놓았다. 나는 여느 때처럼 한 귀로 듣고 한 귀로 흘렸다.

"저희 이거 몇 시부터 몇 시까지 하죠?"

"아. 이준 씨는 처음이었죠. 그냥 학교 정규 수업 시간처럼 한다고 보면 돼요. 출근이랑 퇴근 시간은 똑같은 셈이죠."

그 순간 좋은 생각이 떠올랐다. 생각대로만 된다면 더 이상 추첨 때마다 마음을 졸일 필요는 없었다. 교회에 나가기는커녕 아예 이 마을을 떠나버려도 괜찮았다. 계획이 성공하려면 운이 따라야 했지만 그리 어려운 일은 아닌 것 같았다.

"이준 씨. 무슨 일 있어요?"

미정이 내가 자신의 말에 호응하지 않자 왜 그러냐는 듯 물었다. 나는 아무것도 아니라며 평소와 같이 자연스럽게 굴었다.

"이미정 선생님. 학교에 찰흙 어디 있는지 아세요?"

"찰흙이요? 학교에 미술실이 따로 없어서 창고에 있을 거예요. 애들이 수업 때 잠깐씩 쓰니까. 거기 없으면 아마 교장선생님이 낚시하실 때 쓰려고 가져가신 걸 수도 있어요. 한번 교장선생님한테 여쭤볼까요?"

"아뇨. 그렇게까지 필요한 건 아니라 괜찮습니다."

"그런데 갑자기 찰흙은 왜요? 이준 씨도 낚시 좋아하세요?"

"쓸데가 있어서요. 사실 다음 수업 때 찰흙으로 뭔가 해볼까 생각 중이거든요. 수학 공식은 눈에 안 보이잖아요. 눈에 보이는 걸로 가르쳐주면 애들이 이해가 잘 될까 싶은데 그렇지 않아요?"

내가 적당히 둘러대자 미정은 의외라는 듯이 쳐다보았다.

"이준 씨 처음이랑 달라지셨네요."

"제가요?"

무슨 말인가 싶어 되묻자 그녀가 말했다.

"처음 오셨을 때는 솔직히 그렇게 열정적이지 않았는데. 지금은 애들 신경도 많이 써주시고 그러잖아요. 가끔 명만 안 때리시면 참 좋을 텐데."

"죄송합니다."

군말 없이 사과하자 미정은 손사래를 치며 농담이었다고 황급히 둘러댔다.

그녀가 말한 창고는 사료를 보관하는 곳이어서 잘 알고 있었다. 아이들이 가져오기에는 무거웠으므로 사료는 항상 내가 꺼내주었다. 전등도 없어 내부가 어둡기 때문에 찰흙을 봤는지는 기억이 나지 않았다. 그래도 수업에서 쓰는 것이니 찰흙은 충분히 있을 법했다. 칠판지우개같이 대부분의 있을까 싶은 물품들은 죄다 창고 구석에 박혀 있으니 찰흙도 있을 것이다.

창고 문을 열자 썩어가는 냄새가 새어 나왔다. 사료를 꺼낼 때 말고는 들어가지 않으니 환기도 제대로 되지 않는 모양이다. 쥐 한 마리가 황급히 문틈으로 빠져나왔다. 어지간히도 햇빛이 그리운 모양이었지만 공교롭게도 마침 근처에서 고양이들이 산책을 하고 있었다. 고양이들은 눈을 빛내며 방금 창고에서 나온 쥐를 쫓았다.

찰흙은 잡동사니를 모아둔 듯한 바구니 안에 있었다. 운 좋게도 목사가 목에 걸고 다니는 십자가의 색깔과 비슷했다. 옳다구나 싶어 한 덩이를 통째로 들고나왔다.

계획은 간단했다. 이장이 항상 목에 걸고 다니는 십자가에서 열쇠를 꺼내 찰흙으로 틀을 따는 것이다. 손을 치료하러 교회에 갔을 때 이장은 분명 대문만 열쇠로 열었다. 그냥 열렸으니 평소에도 영광의 방을 잠그지 않을 것이다.

마을 내부에서 열쇠를 복사하면 혹시나 이장의 귀에 들어갈 수도 있으니 외부에서 복사해야 했다. 열쇠 틀만 있다면 열쇠를 복사하는 것은 식은 죽 먹기다. 그러고 나서 기회를 보다가 새벽에 교회에 들어가면 들키지 않고 영광의 방까지 갈 수 있을 것이다.

이장은 제물을 바칠 때 이상한 주문을 외우지도 따로 특이한 절차를 밟지도 않았다. 그저 제물을 제단에 올려놓았을 뿐이다. 그 정도라면 나도 쉽게 할 수 있을 것이다. 동물의 피는 그 책상 위에 병째로 있을 것이고, 고기는 갖고 가겠지만 부족하다면 냉동고에서 꺼내면 된다. 밤마다 꾸던 그날의 악몽이 되레 도움이 되었다.

야외 수업 당일이 되자 사람들은 마치 축제라도 열린 듯이 우르르 뒷산으로 모여들었다. 명분으로 내세운 공부도 이런 상황에서는 도저히 할 수 없었다. 밤새 계획을 짜온 미정은 울상이 되었지만 아무도 신경 쓰지 않았다.

매주 보는 사람들이지만 그들은 마치 몇 년 만에 처음 본 사이처럼 서로를 반갑게 맞이했다. 얼마나 반가웠는지 술을 가져온 사람도 있었다. 몇몇은 자연스럽게 삼겹살을 굽기 시작했다.

"선생님. 이제 우리 뭐 해요?"

채윤이 물었다. 그녀의 머리에는 다른 아이들과 마찬가지로 공부 따위는 전혀 들어 있지 않았다. 이장의 눈치가 보였지만 그는 의외로 크게 신경 쓰지 않는 눈치였다. 어쩌면 마을 사람들을 데리고 온 것이 그일 수도 있겠다는 생각이 들었다. 현우가 추방당하고 조용했던 마을의 분위기가 한순간에 바뀌었으니 효과는 있는 셈이다.

"이미정 선생님. 어떻게 할까요?"

미정은 누가 봐도 기운 없는 목소리로 말했다.

"그냥 놔둬도 괜찮지 않을까요? 이장님도 괜찮아하시는 것 같고. 이런 분위기에서 공부하라고 해도 저라도 못할 것 같아요. 그리고 여기 있어봤자 어른들 술 먹는 것만 볼 거 같은데. 그거보다는 자기들끼리 노는 게 낫죠."

"채윤아. 그러면 애들한테 어디 멀리 가지 말고 근처에서 놀라고 해줄래?"

근처에서 허락이 떨어지기만 기다리던 아이들이 총알처럼 달려 나갔다.

"안 다치게 조심해서!"

아이들에게 소리쳤지만 소리보다 빠르게 달려가는 아이들은 듣지 못한 것 같았다.

어쩐지 야유회같이 되어버렸지만 나는 만족스러웠다. 이장의 십자가를 몰래 가져가려면 조용한 것보다 시끄러운 분위기가 도움이 됐다.

삼겹살이 다 구워졌는지 사람들은 서로 술을 따라주었다. 상훈이 어느새 볼이 빨개져서 내게 한 잔 건넸지만 애써 거절했다. 대신 간이 안 좋은 노인들이 술 대신 마시고 있던 과일 주스를 한 잔 받았다.

평소에 이런 과일 주스는 취향이 아니라 먹지 않지만 지금은 내가 먹을 용도가 아니기 때문에 괜찮다. 이 과일 주스를 이장의 십자가에 쏟고, 그런 다음 주스를 닦아주는 척하며 십자가를 가져와 몰래 열쇠를 꺼내 찰흙으로 틀을 딸 생각이었다.

생각대로만 된다면 아무에게도 들키지 않고 영광의 방의 열쇠를 얻을 수 있었다. 들킨다면 그때 가서 다른 방안을 생각하면 그만이다. 이성적으로 계획을 검토하기에는 인내심이 바닥났다.

나는 이장에게 다가가며 일부러 발을 헛디딘 척 비틀거렸다. 사람들은 나를 보고 깔깔거리며 웃었다. 부끄러웠지만 가족을 보기 위해서라면 광대 역할 정도는 몇 번이라도 할 수 있었다.

"어, 어. 그러다 쏟으실라. 조심하쇼, 선생."

누군가가 누구 들으라 할 것도 없이 크게 말했다. 지금쯤 넘어지면 자연스러워 보일 것 같았다. 나는 입으로 어어, 소리를 내며 이장 쪽으로 넘어졌다. 넘어지면서도 주스를 십자가에 쏟을 수 있게 눈은 끝까지 십자가를 향했다. 다행히 실수 없이 십자가에 주스를 쏟았다.

"아니, 이준 선생. 술도 안 먹었는데 대낮부터 취한 거야? 이러면 이장님이 곤란하지."

자신의 술을 거절한 것이 마음에 남았는지 상훈이 입을 삐죽거리며 말했다.

"아닙니다. 저는 괜찮습니다. 최이준 선생님도 안 다치셨습니까?"

이장은 눈썹을 찌푸렸지만 금세 표정을 풀었다. 미안했지만 어쩔 수 없었다. 그도 사정을 알면 이해해 줄 것이다.

"저는 괜찮습니다. 정말 죄송합니다, 이장님. 발이 돌부리에라도 걸렸는지……. 십자가에 주스가 묻었는데 제가 닦아드리겠습니다."

나는 미리 준비해 온 손수건을 꺼내며 말했다.

"괜찮습니다. 신경 쓰지 마세요. 제가 알아서 하겠습니다."

이장이 거절하자 나는 잠시 계획이 전부 들통났나 싶었다. 그러나 조금만 생각해 보면 당연한 반응이었다. 열쇠가 안에 들어 있으니 남한테 건네주기는 꺼려질 것 아닌가.

"아닙니다. 주스라서 놔두면 냄새 날 텐데, 제가 닦아드리겠습니다."

"정말 괜찮은데……."

이장은 중얼거렸지만 나는 반강제로 그의 목걸이를 가져갔다. 손수건으로 주스를 슥슥 닦으며 기회를 기다렸지만 그는 마치 한 순간의 틈이라도 주지 않겠다는 듯이 내가 십자가를 닦는 것을 빤히 쳐다보고 있었다. 정말 알고 있는 건가? 하지만 여기까지 와서 계획을 취소하는 건 말도 안 된다.

"이장님. 따로 말씀드릴 게 있는데 잠시 괜찮으십니까?"

누군가 이장한테 다가와 말을 걸었다. 내게는 절호의 기회였다. 이장이 그를 따라 자리를 잠시 떴을 때 찰흙을 꺼내 재빨리 십자가 안에 있던 열쇠의 틀을 떴다. 사람들이 있는 쪽으로는 등을 돌린 채였으니 바로 뒤에서 보고 있지 않은 이상 아무도 눈치채지 못했으리라.

들킬 리 없다고 생각은 하고 있었지만 그래도 이장에게 십자가를 돌려줄 때에는 긴장되었다. 그가 미심쩍다는 듯이 십자가 안을 뚫어져라 보자 이미 다 알고 있다고 확신할 정도였다.

그의 미간이 수상한 단서를 찾은 베테랑 형사처럼 찌푸려졌다. 이장은 다 알고 있어. 이제 이장이 명령만 내리면 술에 취한 노인들이 나를 잡으려고 덮치겠지. 술 먹은 노인들이야 뿌리칠 수 있지만 이장의 수족이나 다름없는 운영팀은 문제다. 전부 한 주먹 할 것 같은 사람들이니 내게 승산은 없었다. 덩치들에게 흠씬 얻어맞으며 끌려 나가는 모습이 어렵지 않게 그려졌다.

예전이라면 이따위 마을, 내 발로 나가주겠다며 큰소리쳤겠지만 가족을 다시 볼 수 있다는 희망이 발목에 족쇄를 채웠다. 지금이라도 자수하면, 그러면 추방까지는 안 가지 않을까. 당장 아이들을 가르칠 사람이 모자란데 설마 바로 추방하기라도 할까. 한사람 초등학교가 자습 위주의 수업 형태만 아니었다면 나도 안심했을 것이다.

다행히 이장은 내가 찰흙으로 열쇠를 본떴다는 사실은 눈치채지 못한 것 같았다. 손수건으로 닦아도 진동하는 주스 냄새에 코를 찡그리며 다시 십자가를 목에 걸었을 뿐이다.

"미쳤어요? 이장님한테 주스를 쏟으면 어떡해요? 이러다 천벌 받는 거 아니에요?"

원래 자리로 돌아오자 미정이 기겁을 하며 우박처럼 말을 쏟아 냈다.

"신한테 쏟은 것도 아니고 이장님한테 쏟은 건데 천벌까지는 안 주지 않겠습니까."

"농담이에요. 근데 진짜 어디 안 좋은 거 아니죠? 학교에서도 요즘 이상하고. 컨디션 관리는 제대로 하고 있어요?"

"오히려 너무 좋아서 탈입니다."

다른 건 몰라도 이 말만큼은 진심이었다. 별 탈 없이 계획대로 풀리는 마당이니 아무도 없었다면 큰 소리로 웃었을 것이다.

야외 수업이 있고 다음 날. 학교로 출발하기 전, 아침 일찍 열쇠를 복사하러 마을 밖으로 나갔다. 영훈은 피곤한 모양인지 입이 찢어져라 하품을 하며 문을 열어주었다.

"어디 가신다고 했죠?"

마을을 나가는 모든 사람들에게 같은 질문을 하는지 영훈은 지루해 죽겠다는 표정으로 물었다.

"수업에 도움이 될 만한 재료를 사러 갑니다."

안 내보내주고 동료를 부르면 어떡할까 하는 걱정이 무색하게 그는 하품을 하며 문을 열어주었다.

유일한 걸림돌은 찰흙으로 만든 틀이었다. 찰흙으로 틀을 떴지만 제대로 될지는 확신이 없었다. 열쇠공들이 어떤 식으로 열쇠를 복사하는지는 모르지만 인터넷에서 본 영상에서는 찰흙으로도 능숙하게 해냈었다.

불안하긴 해도 열쇠를 통째로 가져갈 수는 없으니 어쩔 수 없었다. 실제로 이장은 십자가를 받자마자 안을 확인했으니 아마 열쇠를 통째로 들고 갔다면 그 자리에서 들켰을 것이다.

이런저런 생각이 꼬리에 꼬리를 물다 보니 문득 내가 제대로 틀을 떴을지도 의심스러웠다.

다행히 열쇠공은 이런 불신을 충분히 거둬줄 만큼 베테랑이었다. 그는 자신이 이 짓거리만 30년째 했다며 열쇠와 자신은 떼려야 뗄 수 없는 사이라며 큰소리쳤다.

"여기 근처에 다른 열쇠공들 봤어요?"

"아뇨. 못 본 것 같은데요."

사실은 가장 가까운 곳으로 잡았을 뿐이지만 그의 기분을 상하게 해서 좋을 건 없었다.

"그게 다 나 때문이에요. 내가 워낙에 열쇠를 잘 만지니까 경쟁업체들이 전부 관두고 다른 일을 알아본 거지. 그게 나랑, 본인들,

그리고 손님들한테도 좋은 거 아니겠어요. 나는 손님들 받아서 좋고, 자기들은 어차피 돈도 안 될 거 진작에 다른 업종으로 갈아타서 좋고, 손님은 장인을 만나니. 완완인 셈이죠, 완완. 좋은 게 좋다는 거지."

아마 원원을 말하는 것 같았다. 누군가 열쇠공에게 영어를 발음할 때는 최대한 꼬라고 조언해 준 것 같았지만 이건 꼬다 못해 매듭처럼 혀를 묶는 수준이었다. 그는 자신의 발음이 초등학생보다 못하다는 것을 자각하지 못했다.

찰흙으로 만든 틀을 건네자 그는 열쇠를 가져오지 왜 애들 찰흙으로 떠 왔냐며 투덜거렸다. 남의 열쇠라서 그렇다고는 입이 찢어져도 말할 수 없었다.

"그래서, 가능합니까?"

"조금만 기다리쇼. 금방 되니까."

현란하게 움직이는 열쇠공의 손을 보고 있으니 그의 말처럼 오래 걸리지 않아 교회 열쇠가 내 손에 들어왔다.

"그런데 이게 왜 필요하다고 했죠?"

열쇠공이 중얼거리길래 나는 현관문 열쇠를 잃어버려 예전에 떠 놓았던 틀을 가져왔다고 변명했다.

"뭐, 내가 상관할 바 아니니까. 이 질문은 잊어주세요. 나도 오지랖이 너무 넓어서 탈이라니까. 불쾌했다면 내 사과드릴게요."

나는 열쇠만 받을 수 있다면 아무렴 좋았다. 또 말을 걸까 서둘러 계산을 하고 나왔다.

한사람 마을에 가기 전 마을을 나올 때 말했던 수업 재료를 사러 대형 마트에 들렀다. 눈속임용으로 적당히 물건을 산 후 마을로 돌아왔다. 처음 왔을 때처럼 울타리는 잠겨 있었다. 새삼스레 그때 이후로 마을을 나간 적이 없다는 사실을 깨달았다.

저장되어 있던 번호로 영훈에게 전화하니 그는 귀찮다는 듯이 저벅저벅 걸어왔다.

"용무는 어떻게 되십니까?"

"나갈 때 말하긴 했는데, 수업 재료 사려고 나갔어요. 뒷좌석에 실었는데 확인하실 거면 꺼낼게요."

영훈은 창밖에서 뒷좌석을 슬며시 보고는 고개를 저었다. 스티커나 색종이 상자 등이 가득 들어 있는 상자 하나가 운전석 뒤에 떡하니 있었다.

"학교 창고에 이런 거 많을 텐데, 그거 쓰시지."

"낡은 것들이 많아서요. 애들한테 낡은 걸 쓰라고 할 수는 없으니 그냥 제 돈으로 새로 샀습니다. 이 정도는 감수해야죠."

영훈은 이런 사람인 줄 몰랐다는 듯이 나를 쳐다보았다. 물론 학교 창고에 이런 비품이 있는지는 관심이 없었다. 단순히 알리바이를 만들기 위한 용도였기에 일부러 싼 제품들로만 샀을 뿐이다.

열쇠도 얻었으니 남은 것은 어떻게 교회에 들어갈지였다. 새벽에 몰래 들어가면 괜찮을 것 같았다. 교회 바로 옆이 이장네 집이라는 것은 신경 쓰였지만 이장이 옆 건물에서 나는 소리를 들을 정도로 귀가 좋지는 않아 보였다.

그러면 언제 들어가야 할까. 다음 날 출근해야 한다는 것을 생각해 보면 금요일이나 토요일이 좋겠지만 이내 생각을 고쳤다. 더는 하루도 기다리고 싶지 않았다.

굳이 이 마을에 더 있을 필요가 없었다. 애초에 몰래 교회에 들어가 가족을 부활시켰다는 것을 주민들이 알게 된다면 한사람 마을에서는 곧바로 추방형이 떨어질 것이다.

기왕 마음을 먹었으니 오늘 새벽에 가기로 마음을 굳혔다. 교회의 구조는 수 개월 동안 매주 방문했으니 알고 있었다. 애초에 그리 복잡하지 않은 구조이니 손전등만 들고 가면 될 것이다.

작은 가방에 손전등을 넣었다. 또 들고 가야 할 것이 없을까 생각해 봤지만 떠오르는 건 없었다. 얼굴을 가리기 위해 복면을 쓴다면 되레 나 강도라고 광고하고 다니는 꼴이다. 어차피 CCTV도 없으니 얼굴이 드러나도 상관없다.

오늘 계획을 끝내기 위해서는 지금 조금이라도 잠을 자둬야 했다. 피곤한 상태로 가족을 맞이하고 싶지도 않았고 혹여나 졸다가 실수라도 하면 큰일이다. 새벽 두 시 정도면 다들 자고 있겠지 싶어 두 시로 알람을 맞춰 두었다. 다시 일어날 때에는 무단침입을 하게 되겠지만 설레는 마음을 감출 수 없었다.

어디선가 들리는 소리에 잠에서 깬 것은 새벽 두 시가 아닌 밤열 시였다. 알람을 잘못 맞췄나 싶어 확인해 보니 새벽에 맞춰놓은 알람은 아직 울리지도 않았다. 소리는 문밖에서 나고 있었다. 누군가 노크를 하는 모양이었다.

지금 찾아올 사람이 누구일지 생각해 봤지만 떠오르는 사람은 아무도 없었다. 애초에 우리 집에 오는 사람이 거의 없었다.

"누구세요?"

문 앞까지 가서 묻자 잠시 침묵이 흐른 뒤 건너편의 남자가 말했다.

"이장님께서 찾으십니다."

나는 순간적으로 다리에 힘이 빠져 주저앉을 뻔한 것을 간신히 참았다. 건너편의 남자는 교회 식당에서 자주 들어본 목소리였다. 아마 운영팀 중 한 명인 것 같았다.

창문으로 도망치고 싶은 충동이 들었지만 그러면 자신의 죄를 자백하는 것이나 다름없었다. 나는 최대한 자연스러운 표정을 지으려 했지만 입꼬리가 굳어 움직이질 않았다. 건너편의 남자가 눈치채지 않기를 바라며 문을 열었다.

"주무시는데 죄송합니다."

얼굴을 보니 낯이 익긴 하지만 모르는 사람이었다. 영훈과 비슷한 체구에 별 하나 없는 밤하늘처럼 검은 옷을 입고 있었다. 눈썹과 입술이 자를 대고 그은 것처럼 일자였는데 비슷한 차림을 한

사람이 뒤에 둘이나 더 있었다.

"무슨 일이십니까?"

나는 경계하는 티를 굳이 숨기려 하지 않았다. 야밤에 특수요원 같은 남자들이 셋이나 찾아왔는데 경계심이 생기지 않는다면 오히려 그게 이상했다.

"이장님께서 교회로 모셔 오라고 하셔서요. 자세한 것은 저희도 모릅니다."

"지금은 안 되겠는데요. 내일도 출근해야 해서요. 지금 시간이 몇 시인데……."

이리저리 빠져나가 보려 했지만 그들의 대답은 단호했다.

"이장님께서 꼭 모셔 오라고 하셔서요. 부탁드리겠습니다."

부탁한다면서 고개를 숙이는 모습이 협박처럼 느껴졌다. 지금 우리가 고개 숙일 때 따라오는 게 좋을 거야. 우린 말로 안 해도 상관없는데, 너도 그런지 한번 해볼까? 내가 할 수 있는 것이라고는 최대한 불평하면서도 얌전히 뒤를 따라가는 것뿐이었다.

"잠시만 기다려주세요."

나는 그들에게 보이지 않게 등을 지고 가방에서 손전등을 꺼내 주머니에 넣었다. 어쩌면 필요할지도 모른다.

남자들을 따라가며 무슨 일인지 알아야겠다고 으름장을 놓았지만 그들은 들은 척도 하지 않았다. 그래도 옆에서 자꾸 같은 소리를 하자 짜증이 났는지 세 번째로 말했을 때에는 턱이 튀어나온 남자가 아까도 말했다시피 모르는 것을 말해줄 수는 없다며 무뚝뚝하게 말했다.

"아니, 야밤에 사람을 끌고 가면서 정작 무슨 이유인지는 모른다고 하는 게 말이 된다고 생각하세요. 반대로 제 입장에서 한번 생각해 보세요. 그렇지 않습니까?"

그들은 이제 신경을 끄기로 마음먹었는지 아무 대답도 반응도 하지 않았다. 더 징징거렸다가는 큰일 날 것 같다는 생각에 나도 곧 입을 다물었다.

교회는 열려 있었다.

"안에 계십니다. 들어가시면 됩니다."

"같이 안 가시고요?"

"저희는 밖에서 대기하라고 해서, 혼자 들어가시면 됩니다."

혼자서 오라는 것이 의아했지만 위협적인 덩치들로부터 떨어질 수 있다는 것만으로도 다행이었다.

교회 안은 어두컴컴해서 형체만 보일 뿐이었다. 분명 안에 있다고 했는데, 이렇게 어두워서야 안에 있는지 없는지 어떻게 안다는 말인가.

이장이 있을 만한 곳을 이리저리 둘러보는데 갑자기 환한 빛이 위에서 쏟아져 내렸다. 눈이 따갑게 부셔 악 소리를 내며 황급히 눈을 감았다.

"늦은 밤에 죄송합니다."

단상 위에서 들리는 목소리에 쳐다보자 이장이 서 있었다.

"무슨 일로 불렀습니까?"

불길한 예감이 들었지만 애써 무시한 채 퉁명스럽게 대답했다.

"부탁드릴 게 있어서요. 잠시 들어오시겠습니까?"

나는 얼떨결에 이장과 같이 영광의 방으로 들어갔다. 몰래 들어가려 했던 방에 이리도 쉽게 들어가니 어리둥절했지만 절대 좋은 상황은 아니었다. '한밤중에'와 '단둘이'는 사건이 일어나는 가장 최적의 조건이 아닌가.

"문을 닫아주시겠습니까?"

나는 그가 시키는 대로 문을 닫았다. 지금은 거스르지 않는 편이 신상에 좋을 것 같았다.

"들어와 보시니 어떻습니까?"

"네?"

"들어오고 싶으셨지 않나요. 영광의 방. 그래서 열쇠도 가져가셨던 거 아닙니까?"

순간적으로 목이 바짝 말랐다. 자연스럽게 대답하고 싶었지만 폭염 속 때를 잘못 맞춰 세상 밖으로 나온 지렁이처럼 혀가 말라붙어 입천장에서 떨어지질 않았다. 빨리 대답을 해야 하는데.

"여, 열쇠라니. 그게 무슨 말씀이십니까?"

"다 알고 있으니 변명하지 않으셔도 됩니다. 제 열쇠를 잠시 가져가셨을 때 보니 열쇠 끝에 뭔가 묻어 있더라고요. 보기만 했을 때는 몰랐는데 만져보고서야 찰흙인 것을 알았습니다. 찰흙이 자연적으로 묻을 리가 없으니 직전에 가져간 사람이 묻힌 거겠죠. 찰흙으로 열쇠라도 복사하셨습니까?"

빌어먹을. 정곡이었다.

지금이라도 사과해야 할까. 여기서 사과하면 내가 그랬다고 인정하는 꼴이다. 하지만 대답하지 않아도 이장은 내가 열쇠로 무언가를 하려 했다고 확신하는 눈치였다. 그 무언가가 무엇인지 정확히는 몰라도 당연히 올바른 일은 아니라는 것도.

끝까지 잡아떼도 소용없을 것 같았다. 이미 생각을 굳힌 사람한테 뭐라고 잡아뗄 수 있을까. 무슨 말을 해봤자 죄다 변명으로 들을 것이 뻔한데. 특히나 이장처럼 완고한, 나쁜 말로 쇠고집인 사람한테 변명은 자백보다 효과가 나쁠 것이다.

그럴 가능성은 희박했지만 솔직히 말하면 용서해 주고 없던 일로 해줄 수도 있다. 나를 여기로 부른 것도 다른 이들에게 들키지 않게 해주겠다는 그의 배려가 아닐까. 하지만 아직 어린 은성에게 보였던 태도로는 이장에게 사면을 바라는 것은 고양이에게 쥐를 잡지 말라는 것과 같았다.

내가 고민하고 있다는 것을 알아챘는지 이장이 먼저 말했다.

"굳이 대답하지 않으셔도 됩니다. 다 알고 있습니다. 그래서, 무엇을 원하길래 이런 짓까지 벌이신 겁니까?"

나는 어린아이한테 하듯이 꾸짖는 이장의 말투에 열이 받았다.

물론 내가 잘못한 것이 없다고는 못하겠지만, 당신이 내 입장이었다면 어떻게 했을까. 온 지 반년도 안 되는 시골 마을이 중요할까 어릴 때 화재로 죽은 우리 가족이 중요할까. 백이면 백, 가족을 고를 것이다.

내가 대답하지 않자 이장은 한숨을 쉬었다.

"좋습니다. 잠시 다른 얘기로 새도 괜찮겠습니까?"

이장의 질문이 단순히 질문은 아니라는 건 서로 알고 있었다. 유예기간이 조금이라도 생긴 틈에 빨리 어떻게 해야 할지 생각해야 했다.

이장이 말을 늘어놓기 시작했다.

"시간도 시간이니만큼 서둘러 끝내겠습니다. 현우 씨를 추방시켰을 때 어떠셨나요. 혹시 너무하다고 생각하셨습니까?"

"아뇨. 나중에 법에 따라 어떤 처벌을 받을지는 모르겠지만, 그래도 추방 자체는 이상할 것 없었습니다. 누군들 방화범과 같은 마을에 살고 싶은 사람은 없지 않겠습니까."

"이해해 주시니 감사합니다."

이장은 무덤덤하게 말했다.

"알고 계실지는 모르겠으나, 추방이 이게 처음은 아닙니다. 크고 작은 죄를 저질러 추방당한 사람들은 이전에도 여러 명 있었습니다. 현우 씨는 당연히 큰 죄이고, 최이준 선생님 같은 경우에는 작은 죄에 해당하겠죠."

"그 말은 저도……"

나는 황급히 물어보려 했지만 이장은 고개를 저었다. 추방까지는 아니라는 뜻인지, 더 이상 언급할 가치도 없다는 뜻인지 알 수 없었다. 마음이 다급해졌지만 그는 하던 얘기를 이어나갔다.

"일단 그 얘기는 나중에 합시다. 우선 설명부터 드리고요. 최이준 선생님도 알고 있는 편이 마음이 편할 테니까요. 저희 마을에 따로 엄격한 규칙이 있는 것은 아닙니다. 교회에 나오는 것도 강제가 아닐뿐더러. 노동을 하라고 하지도 않고, 반사회적인 것을 시키지도 않으니까요. 그렇지 않습니까?"

교회에서 제물을 바친다는 것만 해도 충분히 정상의 범주에서 벗어나는 것 같았지만 지금은 이장의 비위를 맞춰주는 것이 중요했다.

"네. 저도 그렇게 생각해요."

"최이준 선생님 생각은 다른 것 같지만, 괜찮습니다. 어쨌든 그럼에도 불구하고 마을에서 추방되는 사람이 매번 꼬박꼬박 나왔습니다. 현우 씨처럼 불까지 지르는 인간 말종은 거의 없었지만, 최이준 선생님처럼 교회에 몰래 들어가려고 하는 사람은 이전에도 있었습니다.

그러고 보니 최이준 선생님 자리에 있던 이전 선생님도 교회에 몰래 들어오려다 실패했습니다. 담을 넘으려고 하셨다는데 그게 쉽게 오를 수 없도록 벽면을 미끄럽게 만들었거든요. 제가 기억하기로는 그 선생님은 돈 때문에 기도드리려고 했다는데 최이준 선생님도 그런가요?"

"아뇨. 그런 게 아니에요."

나는 괜히 발끈해 목소리를 높였다. 가족을 위한 숭고한 마음과 그런 재물욕 따위를 비교하다니. 물론 이장이 그런 사정을 알 턱이 없었지만 내게는 우리 가족을 모욕한 것처럼 느껴졌다.

"선생님이 어떤 의도로 했건 간에 그건 중요한 게 아닙니다. 중요한 건 규칙을 어겼다는 거죠. 최이준 선생님께서는 마을에 온 지 얼마 되지도 않으셨는데 손을 다쳐 영접을 하셨죠. 마을에 평생 살면서 영접을 하지 못한 분도 계신 것을 감안하면 엄청난 특혜라고 생각하시지 않나요?"

"그건 제가 다쳐서 그런 것이지 않나요?"

"다친 사람 모두가 신의 은총을 받을 수 있는 것은 아니지 않습니까. 그랬다면 지금쯤 지구 반대편의 기아들이 아사하거나 노숙자들이 얼어 죽는 일도 없었겠죠. 그런 신의 은총을 받을 수 있었다는 것에 감사해야지, 그에 만족하지 못하고 부정적인 방법으로 다시 한번 탐하려 하다니. 본인이 생각해도 너무 이기적이신 것 아닙니까?"

"그러는 이장님은 어떻고요. 추첨인지 뭔지가 이장님 독단으로 이미 영접할 사람을 정해놓고 하는 것인지 어떻게 아나요."

"추첨지는 저희 운영팀에서……."

"그리고 만약 그 거대한 팔이 마을 사람들이 믿는 것처럼 정말 신이라면, 왜 이장님께서는 독점하려고 하시는 건가요?"

"독점이라니요?"

이장은 정곡을 찔린 듯 눈썹을 꿈틀거렸다.

"그 팔을 혼자서 관리하고, 제물도 혼자 바치는데 그게 독점이 아니면 어느 것이 독점일까요. 그리고 이건 계속 궁금했던 건데, 애초에 그 팔의 정체는 뭔가요?"

"그야, 신이시지요."

"거대한 외팔이요? 잘은 모르겠지만 여기 벽화만 봐도 제가 본 외팔이랑은 모습이 많이 다른데요."

"그건 신께서 팔 한쪽만 이 지상에 내리셨기 때문입니다. 인간 몇 명 때문에 굳이 온전한 모습으로 내려오실 필요는 없지 않겠습니까."

하지만 이장은 자신의 말에 확신이 없는 듯한 목소리였다. 의외의 반응이었다. 보통 사이비 종교의 교주를 보면 본심이야 어떻든 자신이 가장 심취해 있지 않은가. 자신을 속여야 남들을 속일 수 있다는 말을 가장 잘 따르는 것이 사이비 교주인데.

"두려우세요?"

내가 묻자 이장은 제대로 못 들었다는 듯이 대답하지 않았다.

"신이 두려우세요?"

"……두렵지 않을 리가 없죠."

재차 묻자 이장이 작게 중얼거렸다.

목사라는 사람이 신이 두렵다니 어불성설이었다. 그런 생각이 내 표정에 드러났는지 이장은 평소의 그답지 않게 흥분한 목소리로 말했다.

"최이준 선생님은 그 자리에 있었으니 잘 아시겠죠. 제가 언덕에서 말 더듬는 학생을 혼냈을 때 말입니다."

그때 일이라면 아직 기억에 남아 있었다. 이성을 잃은 이장의 모습은 그때가 처음이었으니 잊고 싶어도 잊을 수 없었다.

"아마 최이준 선생님께서는 조금 심한 것 아니냐고 생각하셨을 겁니다. 선생님 입장에서는 맞는 말이고요. 동물을 죽이는 것이 정상적인 행위는 아니지만 그렇게까지 말할 필요가 있나 싶으셨겠죠. 하지만 제가 화를 낸 부분은 죽인 동물을 제물로 바치려고 했다는 점입니다."

"지금 바치는 제물들도 전부 고기이지 않나요?"

의아해서 묻자 이장은 고개를 저었다.

"그렇긴 하지만 제가 동물을 죽여서 제물로 바치는 것을 금지한 이유가 있습니다. 최이준 선생님, 막대한 부와 날아간 팔다리를 다시 붙이기 위해서는 그에 상응하는 대가가 필요합니다."

"대가요?"

"더 이상은 말씀드리기 어렵습니다. 저희 마을의 안전을 위해서도 그렇고, 최이준 선생님을 위해서도 마찬가지입니다. 본론으로 돌아가서, 제가 왜 지금까지 이런 얘기를 했다고 생각하십니까?"

이유에 대해서는 관심없다. 나는 어떻게 해서든 그 대가라는 게 무엇인지 알아야 했다. 추방당할 몸이라고 해도 우연히 기도를 할 기회가 올 수도 있지 않은가.

이장은 멋대로 이야기를 진행시켰다.

"최이준 선생님. 실존하는 신에게 소원을 빈다는 것은 그리 간단한 이야기가 아닙니다. 누구나 각자의 욕망이 있는 법이고 그럴 일은 없겠지만 그 욕망이 서로 충돌하지 않는다고 하더라도 하나하나가 관리해야 할 대상입니다. 저번에 화재가 났을 때는 위급상황이니 그러지 않았지만, 원래는 기도하기 전에 제가 내용을 듣고 대신 기도합니다. 다른 사람이 기도했다가 멋대로 위험한 내용을 기도하면 큰일이니까요.

본인이 이장이면서 마을 사람들을 못 믿는 거냐고 하실 수도 있지만, 이미 몇 번이고 그런 사람들을 봐왔습니다. 운영팀이 있는 것도 그런 이유에서입니다. 신 앞에서는 그리 큰 도움이 되지는 않지만 없는 것보단 낫거든요."

"그게 저랑 무슨 상관이죠? 대가가 무엇인지나……."

"이런 말을 해서는 안 되겠지만, 이 일을 하다 보면 꽤 지칩니다. 보기보다 신경 쓸 일이 한두 가지가 아닙니다. 평범한 시골 마을의 이장들도 바쁠 텐데, 거기에 목사까지 한다고 생각해 보세요.

하지만 그렇게라도 해서 교회를 관리하고, 신에게 가려는 자들을 통제해야 하는 겁니다. 대가를 치러야만 기도를 들어준다는 것은 반대로 대가만 치른다면 어떤 기도든 들어준다는 말과 같습니다. 아마 최이준 선생님도 후자처럼 생각하시는 것 같은데, 어떻습니까?"

나는 대답하지 않았다. 어차피 말로 꺼내지 않아도 나와 이장 둘 다 대답을 알고 있었다. 교회에 무단침입을 하려고 한 사람이 통제에 따라주는 사람일 리가 없었다.

"마을 안에서 끝나는 일이라면 그나마 다행입니다. 만약 밖에서 참사가 일어난다고 생각해 보세요. 폼페이 화산처럼 백두산이 폭발하기라도 하면, 서울에서 페스트 같은 팬데믹이 발생하기라도 하면. 그 책임은 마을 사람들 모두의 목숨과도 맞바꿀 수 없을 겁니다.

너무 과장하는 것 아닌가 생각하실 수도 있습니다. 이해합니다. 저도 어릴 때 이것과 똑같이 아버지께 들었을 때 아버지께서 너무 과장하시는 것 같다고 생각했습니다. 설마 그런 기도를 하겠냐 싶었죠. 하지만 만약, 만약에 그런 사람이 단 한 명이라도 있으면 어떻게 되겠습니까. 최이준 선생님도 아시리라 믿습니다."

"저보고 뭘 어떡하라는 건데요?"

"마을에서 나가주십시오. 시간은 하루나 이틀 정도 드리겠습니다."

이장이 말했다.

나는 당연히 마을에서 순순히 추방당할 생각은 없었지만 이장에게 항변할 거리가 없었다. 교회에 몰래 잠입하려 한 것은 누가 봐도 중죄였다. 지금까지 찰흙이고 뭐고 나는 모르겠다고 잡아뗐으면 모를까 순순히 이장의 말을 듣고 있던 것 자체가 내 죄를 입증하는 증거품이었다. 그렇지만 이대로 추방당할 수는 없었다.

"제가 나가서 신에 대해서 떠든다면요?"

"그걸 누가 믿을까요? 다들 헛소리라고 치부할 텐데요."

"저 혼자 얘기한다면 그렇겠지만, 추방자는 저 말고도 많지 않나요. 그 사람들이 도와줄 거예요. 제가 아는 것만 해도 현우 씨랑 마을 앞에서 슈퍼 하시는 할머니가 한 분 있는데."

"할머니요?"

이장은 갑자기 튀어나온 할머니가 누구를 얘기하는지 모르는 눈치였다. 누구라도 헤맬 것이 분명할 정도로 외진 곳에 있으니 지금까지 슈퍼를 못 봤다고 해도 이상할 것은 없었다.

"예전에 큰 홍수가 났다고 하셨을 때 실종된 아이 있지 않습니까. 그 아이 어머니일 거예요."

이모일 수도 있고. 나 역시 그 할머니에 대해 아무것도 몰랐지만 나이를 생각해 보면 누나가 아니라는 것만은 분명했다.

"누군가 했더니 진수 어머니 말씀이시군요. 추방되신 지 40년은 더 지났으니까 아직 마을 근처에 살고 있으실 줄은 꿈에도 몰랐습니다."

이장의 표정이 굳자 그제야 그녀가 이장의 아버지를 죽이려고 했다던 것이 떠올랐다. 그러나 이장은 되레 자책하듯이 쓴웃음을 지었다.

"어머님께는 참 죄송하게 되었습니다. 나중에 어머님을 뵈면 대신 전해주시겠습니까?"

나는 내가 반대로 알고 있는가 싶어 물었다.

"제가 잘못 알고 있을 수도 있지만, 할머니께서 이장님 아버지를 죽이려 해서 추방되셨던 것 아닌가요? 그런데 왜 이장님이 죄송하다고 하는지 모르겠는데요."

"제 입으로 말씀드릴 수는 없습니다."

"말해주시지 않으면 할머니께 물어보겠습니다."

단호하게 말하자 이장은 한숨을 쉬었다.

"왜 어머님께서 저희 아버지를 죽이려고 했었는지는 아십니까?"

"제가 듣기로는 할머니께서 오해를 하셨다고 들었어요. 아이 신발이 이장님 댁에서 나왔다고……."

"정확히는 신발뿐만 아니라 옷도 같이 나왔습니다. 옷을 입힌 상태로는 제물로 바칠 수 없으니까요. 고기 먹을 때 겉을 포장한 비닐째로 먹는 사람은 없지 않습니까."

"포장이요?"

아이가 홍수로 죽은 얘기를 하고 있는데, 왜 제물 얘기가 나오는지 의아했다. 짐작되는 것이 하나 있었지만 제정신이라면 생각지도 못할 것이었다.

나는 떨리는 목소리로 물었다.

"그 말은 아이를 제물로 바쳤다는 거예요?"

"그렇습니다."

이장은 변명조차 하지 않고 담담히 말했다.

"아니. 어떻게 사람을, 그 어린애를 제물로……."

"홍수 피해가 얼마나 컸는지 보셨습니까?"

사진으로 봤을 때는 집 내부가 잠길 정도로 심각했다. 물 위를 소, 개, 그리고 사람이 떠다녔다. 나무가 뿌리째 뽑히고, 자동차도 같이 떠다녔다. 마을을 원래대로 되돌리기 위해서는 정부가 아무리 돈을 쏟아부어도 오랜 세월이 걸릴 것이었다. 그리고 이런 작은 시골 마을을 위해 크게 투자할 것 같지도 않았다.

마을 사람들은 그저 물 위에서 말라죽을 일만 기다려야 했다. 원래대로라면 그래야 했다.

"최이준 선생님도 사진을 보셨다면 알겠지만, 그 피해는 한사람 마을이 버텨낼 수 있는 것이 아닙니다. 새마을 운동으로 될 규모도 아니었고 그럴 사람도 없었습니다. 그 상황에서 최이준 선생님이라면 어떻게 하시겠습니까?"

살아오면서 머리에 깊숙이 박힌 도덕심이 아무리 그래도 사람을 제물로 바치는 게 말이 되냐며 이장을 비난했다. 물론 그 말이 맞다. 어떻게 사람이 사람을 제물로 바칠 수 있는가. 이곳은 21세기 대한민국이지 15세기의 아즈텍이 아니다. 사람을 제물로 바치는 것은 시기상으로도 도덕적으로도 해서는 안 될 행동이다.

"하나만 더 말씀드리자면, 아이는 저희가 죽이지 않았습니다. 저희 아버지와 제가 같이 발견했죠. 집 앞까지 떠내려왔는데, 아마도 떠내려오면서 신발 한 짝이 벗겨진 것 같았습니다.

아버지께서 먼저 물어보셨습니다. 어떻게 하겠냐고. 구체적으로는 말씀하시지 않았습니다. 입 밖으로 꺼내기에는 제가 생각해도 너무 파렴치한 행위니까요. 제가 망설이자 아버지께서는 마을을 한번 보라고 하셨습니다.

그 소리를 들어보지 못한 사람들은 모릅니다. 물이 흐르는 평화로운 소리와, 사람들의 절규, 동물들의 단말마가 겹치는 소리는 들어보지 않으면 모릅니다.

저희 집은 다행히 운이 좋게도 남들처럼 심하게 잠기지는 않았지만, 그로 인해 죄책감도 심했습니다. 틈만 나면 밖에서 들리는 물소리와 울음소리에 제정신으로 있을 수가 없었습니다.

이런 상황에서 이미 죽은 아이를 바친다면 마을이 평화로워집니다. 물은 빠지고, 울음소리로 가득한 마을은 조용해지겠죠. 이런 악마 같은 제안을 거절할 수 있겠습니까. 이장인 아버지께서 느끼는 책임감은 저보다 몇 배로 클 테니, 당연히 아버지께서 먼저 제안하신 거겠죠. 차기 이장인 저는 마을을 위해서도 자신을 위해서도 이 제안을 거절할 수 없었습니다."

이장과 그의 아버지는 곧바로 진수의 시신을 옮겼다. 물이 발목 쯤에서 찰박거리며 시신을 가져가지 말라는 듯이 그들의 발목을 붙잡았다. 바로 옆 건물로 옮기기만 하는데도 물살을 헤치고 가려니 쉬운 일이 아니었다. 몸을 지탱할 수가 없어 몇 번이고 넘어졌다. 흙탕물이 입에 들어갈 때마다 나 몰라라 하고 싶었다. 개의 사체가 떠내려갈 때는 구역질이 올라왔다. 죽은 동물들도 물살에 휩쓸려 어딘가로 떠내려가는 중이었다. 정신을 똑바로 차리지 않으면 저 사체들과 같이 떠내려갈지도 모른다.

몇 번이고 넘어지고 나서야 겨우 교회에 들어갔다. 교회는 천장 어딘가에 구멍이라도 났는지 종아리 중간에 닿을 만큼 물이 차 있었다.

"교회가 오래되어서 그런. 나중에 공사 좀 해야겠네. 마을 사람들 눈치만 안 봐도 되면 이것도 기도하는 건데."

아버지는 물바다가 된 교회를 보며 중얼거렸다.

영광의 방 문은 평소처럼 닫혀 있었다. 열기 위해서는 문에 손을 뻗어야 했지만 물에 불어 무거워진 시체를 한 손으로 들기에는 여간 쉬운 일이 아니었다. 하는 수 없이 시신을 잠시 물에 띄워두고 문을 열어야 했다. 시신이 물에 떠내려갈 뻔한 것을 아버지가 겨우 발목을 붙잡았다. 덕분에 시신이 길거리에 나돌아다니는 꼴은 피할 수 있었다.

"시작하자."

아버지의 말에 따라 의식이 시작되었다. 말로 들으면 거창해 보이지만 의식이라도 해봤자 별것 없었다. 돌로 된 제단 위에 제물이 될 시체를 올려두고 피를 뿌린다. 그다음 신이 제단 위에 있는 고기를 알아채면 거대한 팔을 뻗어 고기를 가져갈 테고, 그러는 동안 우리는 기도나 하면 그만이다.

"평소에는 너도 배워야 하니까 너한테 시켰지만, 이번에는 실수하면 안 되니까 내가 해야겠다."

이장은 아버지를 도와 아이를 제단 위에 올려두었다.

"해체도 해야 할까요?"

이장이 묻자 아버지는 잠시 생각하더니 고개를 저었다.

"원래는 했지만 지금은 정육점 주인장도 없으니 못 하겠구나. 우리가 할 수 있는 일도 아니잖니. 괜히 해보려 했다가 시신을 망치면 그게 더 큰일이다."

이장은 개구리 해체는 해봤다고 말하려다가 그만두었다. 엄격하신 아버지한테 동네 꼬마처럼 개구리를 해체해 봤다고 말했다가는 크게 혼날 것이다. 개구리의 배를 가르며 노는 건 꼬맹이나 할 법한 짓이지 이장이 될 사람에게 어울리는 행동은 아니니까.

"그래도 옷은 벗겨야 하지 않을까요."

이장이 기죽지 않고 말하자 아버지는 그를 쓰다듬었다.

"그래. 그걸 깜빡했구나. 잘 말했다. 하마터면 큰일 날 뻔했어."

이장과 아버지는 시신의 옷을 벗겼다. 물에 불어 퉁퉁해진 시신의 옷을 벗기기는 여간 힘든 것이 아니었다. 풍선처럼 부푼 배에 빨간 티셔츠가 말려 올라가 있었다. 두꺼워진 목을 통과하기에 티셔츠는 너무나 작아 결국 찢어졌다. 바지를 벗기려니 물에 젖은 벨트가 잘 풀리지 않았다.

"괜찮니?"

아버지가 물었다.

"아뇨. 벨트에 물이 들어가서 그런지 잘 안 풀려요. 살에 달라붙어 있기도 하고요."

"속이 울렁거리거나 하지는 않니?"

"괜찮아요."

아버지는 쉽게 믿기지 않는지 이장을 응시했다.

그렇지만 정말로 참을 만했다. 시신을 만지는 것은 평소처럼 날고기를 제단에 바치는 것과는 차원이 달랐다. 시신은 얼음장처럼 차가우면서도 미끈거려 잡기 어려웠다. 복어처럼 부풀어 오른 눈에는 흰자만이 남아 어디를 보고 있는 건지 알 수 없었다. 어쩌면 나와 눈을 마주치려 나름 애쓰는 중일 수도 있었다. 하지만 아버지처럼 이장직에 어울리는 태도를 유지해야 한다고 생각하니 토하지 않고 버틸 수 있었다.

"벗긴 옷은 어떻게 할까요?"

"나중에 집에 갖고 가서 비닐에 싸서 버리자."

아버지는 물에 젖든 말든 신경 쓰지 않고 바닥에 무릎을 꿇고 기도했다. 그의 언제 어디서나 경건한 태도는 아직 어린 이장에게 삶의 귀감이요, 가야 할 길을 알려주는 이정표였다. 그래서 또래 아이들과 어울려 놀지 못하고 이장직과 목사직을 겸하기 위한 교육을 받는 자신의 처지가 그리 나쁘지만은 않았다. 자신이 성인이 되는 때가 기대되기도 했다.

아버지께서 기도를 마치는 동시에, 늘 그랬듯이 거대한 팔이 천장에서 내려왔다. 처음 보았을 때는 말 그대로 자지러질 정도로 놀랐지만 지금은 신을 보는 것도 익숙해졌다. 항상 팔밖에 내려오지 않는 것이 이상해 하루는 아버지께 물어봤지만 그의 대답은 간단명료했다.

"하는 일이 많으셔서 그래. 신의 뜻을 우리가 알 수도 없고 알려고 해서도 안 돼. 신께서 그러시면 그러신가 보다 해야지."

기왕 오는 김에 팔 한쪽만이 아닌 전신을 보여줬으면 했지만 아버지의 말씀이 그렇다면 어쩔 수 없었다. 이장에게 아버지는 신과 같은 존재였으니까. 전신이 보인다는 점에서 아버지가 신보다 나을 수도 있었다.

기도가 끝나자 신은 밖으로 나가 샘물을 마시듯 손으로 물을 펐다. 물은 병에 담긴 것처럼 흔들림 없이 손에 담겨 하늘 위로 사라졌다. 그렇게 많던 물이 팔이 몇 번 위로 올라갔다가 내려오니 흔적도 없이 사라지는 모습은 경이로울 정도였다. 그걸로도 모자라 팔은 다쳐서 울부짖는 사람들과 동물들을 치료해 주고 부서진 집들을 원상태로 돌려놓았다. 며칠 동안 고생한 흔적은 10분도 지나지 않아 흔적도 없이 사라졌다.

들릴 것 같지는 않았지만 사람들은 하늘을 향해 신께 감사하다고 소리쳤다. 아버지에게 헐레벌떡 달려와 손끝을 붙잡고 엎드리는 사람들도 있었다.

"감사합니다, 이장님. 덕분에 살았습니다."

"제 덕분이 아닙니다. 신께서 도와주신 덕분이죠. 저한테 감사해하지 마시고 신께 감사하세요."

아버지는 그들을 달래며 멀리서 신께 감사를 외치는 무리들에 합류하게 이끌었다.

이장은 어딘가 불만족스러웠다. 신께 감사드리는 것은 아무 문제 없었다. 신께서 없으셨다면 아마 물을 빼기는커녕 온종일 시체만 거두고 있었을 것이다. 하지만 그런 신을 관리하고 강림하도록 기도한 아버지에게 이 정도의 감사만 하고 끝나다니. 저들이 하늘을 보고 절을 했으면 이쪽을 보고서도 절을 해야 맞지 않은가.

"왜 그러니?"

아버지가 그를 눈치챘는지 조용히 물었다. 이장은 아무것도 아니라고 둘러댔지만 아버지는 몇 번이고 봤던 아들의 그런 반응을 너무나도 잘 알고 있었다. 이장도 감히 아버지를 속일 수 있으리라고는 생각지 않았다.

"정말 아무것도 아니에요."

"아니긴. 사람들한테 너무 그러지 마라. 어차피 누군가는 해야 할 일이야. 대신 우리는 신을 가장 가까이서 볼 수 있잖니. 그건 우리 말고는 아무도 못 하는 일이야. 사명감을 가져라."

아버지의 말이라면 죽고 못 사는 이장이었기에 그가 시키는 대로 했다.

다행히 집은 깊이 잠기지 않아 하루면 수습할 수 있었다. 이장이 어렸을 때 어머니가 돌아가신 뒤로 아버지와 둘이서 간소하게 살았기 때문에 집에 있는 것도 별로 없었다. 이장은 영광의 방에서 들고 온 시신의 옷을 쓰레기통에 넣었다.

다음 날 진수의 엄마라는 아줌마가 한 명 찾아왔다. 평소 킬킬거리는 웃음소리 때문에 별명이 마녀인 아줌마였다. 이장은 아버지와 그녀가 하는 얘기를 듣고 나서야 퉁퉁 불어버린 시신이 진수라는 것을 알게 되었다.

"우리 애 신발이 여기 있었는데 혹시 진수 보신 적 없으세요?"

"글쎄요. 저는 본 적이 없어서요. 아들, 진수 본 적 있어?"

"아뇨."

이장은 사실대로 말해야 하나 싶었지만 아버지께서 거짓말을 하신 이유가 있겠구나 싶어 못 봤다고 거짓말을 했다.

연기가 어설펐는지, 남의 말은 귀에 들어오지 않는지 아줌마는 쉽게 믿지 않는 눈치였다.

"아니, 신발이 집 옆에 있었는데 애는 못 봤다니요. 말이 안 되잖아요. 다시 한번만 생각해 주시면 안 될까요?"

"그렇게 말씀하셔도…… 정말 저희는 본 적이 없습니다."

"그러면 잠시 집 안에 들어가도 괜찮을까요?"

아버지는 한눈에 봐도 알 만큼 불쾌해했지만 결국 마음대로 하라며 허락했다.

"아버지. 왜 들어가라고 하셨어요?"

이장이 조용히 묻자 그는 고개를 저으며 말했다.

"너는 아직 모르겠지만, 자식을 잃은 부모의 마음은 타오르는 불과 같단다. 나중에 문제를 키울 바에야 지금 보여주고 끝내는 편이 낫잖니."

아줌마는 이곳저곳, 심지어 소파 아래조차 샅샅이 뒤져보았다. 우리가 진수를 숨긴다고 의심하고 있었다. 아버지는 조용히 아줌마가 바닥을 거미처럼 기어다니며 아들의 증거를 찾는 모습을 보고 있었다. 이장은 왠지 모를 불안감에 가슴이 답답했다. 진수는 이미 신께 바쳐졌으니 아줌마가 아무리 집 안을 들쑤신다 해도 진수의 시신은커녕 머리카락 한 올조차 찾지 못할 것이다. 애초에 진수는 집 안으로는 한 발짝도 들어온 적 없었다.

사냥개처럼 아들의 흔적을 찾아다니던 아줌마는 쓰레기통 앞에서 승리의 비명을 질렀다. 이장은 그제야 자신이 진수의 옷을 쓰레기통에 버리고 머릿속에서 그 사실을 깔끔히 지워버렸었다는 것이 생각났다.

"세상에. 이게 뭐야. 이거 우리 진수 옷 아니에요?"

아버지는 당황한 사람치고 냉정하게 대답했다.

"저희 아들 옷 같은데요. 저희 아들이 이런 옷을 좋아해서 제가 직접 사준 기억이 나네요."

이장은 최대한 자연스럽게 고개를 끄덕였지만 목이 굳은 것은 어쩔 수 없었다.

아줌마는 굴하지 않고 옷의 상표를 뒤집어 보았다. 상표에는 뭐라고 적혀 있는 것 같았지만 피와 물에 젖어 제대로 보이지는 않았다. 그녀는 꿋꿋이 진수의 옷이라며 우겨댔다.

"그만하시죠. 저희는 모르는 일입니다."

"그러면 저희 아들은 대체 어디 있다는 말이에요?"

"조만간 수색대를 꾸려보겠습니다."

"경찰은요? 경찰도 불러야죠."

"경찰을 부르는 것은 제가 나중에 하겠습니다. 지금 당장은 곤란할 것 같습니다."

아버지의 말에 아줌마는 길길이 날뛰었다.

"당장은 곤란하다뇨? 우리 애가 지금 죽기 직전일 수도 있는데 당장 불러야지, 어디 여유가 있다고 나중에 불러요? 대체 나중에 부르는 이유가 뭔데 그래요."

"신의 존재를 다른 이들에게 알리고 싶지 않습니다. 저희 마을의 규칙은 알고 계시지 않습니까."

"그것도 상황에 따라 다른 거죠. 지금 애가 사라졌는데 그따위 이유로 경찰을 안 부르겠다는 것이 말이나 돼요?"

"그러면, 어머님께서는 설명할 수 있습니까? 여기만 홍수가 난 것도 아니고 주변 마을들도 홍수가 났을 텐데 어떻게 한사람 마을만 물이 빠질 수 있냐고 물어보면 제가 뭐라고 말해야 합니까. 저는 이장으로서 마을과 신을 우선시해야 합니다. 어머님 마음은 충분히 이해하지만 조금만 기다려주십시오. 상황이 진정되면 바로 경찰도 부르겠습니다."

"정 그러시면 어떻게 가만히 기다리냐고요! 우리 애가 지금 살아있는지 죽었는지도 모르는데."

"그러니까 청년들을 꾸려서 수색대를 보내보겠습니다."

아줌마와 아버지는 같은 대화만 쳇바퀴 돌듯 반복했다. 이장은 본인이 있을 자리가 아닌 것 같아 슬며시 방으로 들어가려 했다. 그때 아줌마의 말이 그의 발목을 붙잡았다.

"여기 봐요. 우리 애가 철딱서니가 없어서 저번에 바지를 찢어 놨는데, 그 모양이랑 똑같네. 이래도 진수 옷이 아니라 할 거예요?"

"잘못 보신 거 아닙니까?"

아버지가 차갑게 느껴질 만큼 냉정히 말했다. 아줌마는 모르겠지만 아버지가 긴장하면 나오는 특유의 말투였다.

"잘못 보긴 뭘 잘못 봐요. 매일 보는 건데. 진수 옷이 분명한데 왜 자꾸 아니라 하는 거예요?"

그녀는 이미 쓰레기통에 있던 옷이 자신의 아들 옷이라고 확신하는 눈치였다. 실제로 그러하니 더 이상 잡아뗄 수도 없었다.

이장은 아버지의 눈치를 보았다. 그는 겉으로 봐서는 평소와 비슷해 보였지만 희미하게 떨리는 그의 주먹과 입술이 흥분한 상태임을 말해주고 있었다.

아버지는 지금 내 탓을 하고 있을까.

아줌마 따위야 어찌 되든 신경 쓰지 않지만 아버지께서 화가 나셨다면 말이 달라졌다. 무슨 일이 있어도, 주민들한테 뺨을 맞아도 절대 앞에서는 흥분하지 않는 아버지였는데. 그런 그가 흥분했다는 것은 이장의 생각보다 더 심각한 일이라는 뜻이고, 쓰레기통에 옷을 버려 이 사태를 초래한 사람에게 책임이 있다는 것이었다.

매를 맞는 것은 상관없었다. 맞아본 적은 없지만 아버지의 말을 한 번도 거역해 본 적 없었던 그로서는 아버지께서 내리는 불호령이 더 무서웠다. 물론 지금까지 혼나본 적이 없지는 않았다. 크고 작은 실수들도 여럿 했었다. 월요일마다 배송되는 제물을 식재료와 착각한 적도 있고 어린이날이랍시고 추첨 때 쪽지를 읽는 역할을 맡았다가 혀를 씹은 적도 있었다. 그러나 그런 것들은 지금에 비하면 애교나 마찬가지였다.

"우리 애 지금 어디 있냐고요?"

아줌마가 거실이 울릴 정도로 소리를 질렀다. 아버지는 눈 하나 깜짝 않고 조용히 말했다.

"나중에 말씀드리겠습니다."

"어딨는지 알긴 아나 보네? 우리 애 지금 어디 있냐고."

제물로 바쳐졌다고 사실대로 말해줄 수도 없어 조용히 아줌마와 아버지의 공방을 지켜봤다. 아줌마는 그 후로 30분이나 더 소리를 질렀지만 여기서 아무리 외쳐본들 진수가 돌아올 일은 없다는 것을 깨달았는지 결국 돌아섰다.

"두고 봐. 내가 이대로 포기할 줄 알아?"

아버지는 수색대를 꾸려 산속을 뒤지게 했다. 이 모든 것이 전부 헛짓거리에 불과해서 상황에 몰입할 수가 없었다. 수색대로 뽑힌 주민들이 애타게 진수의 이름을 부르는 동안 아버지가 이장의 어깨를 붙잡고 말했다.

"어때. 사람들이 죄다 자기 자식도 아닌데 저렇게 열심히 찾고 있지? 저 사람들이 괜히 저러는 게 아니야. 다 단합력 덕분이지. 너도 이장이 되었을 때 우리 마을 이름처럼 사람들을 하나로 모아야 한단다. 그래야 사람들이 네 말을 잘 들어줄 거야."

다리도 아프고 아까부터 자꾸 얼굴에 날파리가 날아와 산을 내려가고 싶었지만 수색대가 열심히 진수를 찾는 와중에 혼자서 내려가겠다고 할 수는 없었다. 우리는 모두 하나라고 아버지께서 말씀하셨으니까. 차라리 모두 하산하는 건 어떨까 싶었지만 같은 반 아이들도 열심히 수색 중이었기에 그 생각은 마음속에 묻어두었다.

수색대는 낮에도 밤에도 진수를 찾았지만 당연히 그는 어디에서도 보이지 않았다.

두고 보자는 아줌마의 말은 그저 허풍이 아니었다.

수색을 시작한 지 사흘이 지나고, 새벽에 이장의 집에 누군가 몰래 들어왔다. 이장이 자고 있을 동안 침입자는 아버지의 방에서 아버지와 다툼을 벌였다. 이웃집에서도 들릴 정도로 큰 다툼이었지만 하루 종일 산을 올랐던 이장은 피곤함에 잠에서 쉽사리 깨지 못했다. 겨우 몸을 일으켜 아줌마가 아버지에게 달려드는 걸 봤을 때도 빙글빙글 도는 커피잔에 탔다고 생각했을 뿐이다. 놀이공원에서 그가 탔던 것들 중 가장 재밌는 놀이기구였다.

"우리 아들 어딨어. 설마 제물로 바친 거야?"

커피잔에 사람이 타다니. 속도가 느려 어지럽지는 않았지만 앞사람이 빙글빙글 도는 것을 보니 나까지 빙글빙글 도는 것 같았다.

"부탁드립니다. 아직 늦지 않았어요. 칼은 일단 내려놓으세요."

"늦긴 뭐가 늦어. 우리 아들 살려내. 살려내란 말이야. 신한테 빌면 되잖아. 빨리 기도하라고."

커피잔 안에는 사람들이 넘칠 듯이 타 있었다. 반대편에서 중심을 못 잡고 비틀거리던 남자가 옆에 있던 여자의 무릎에 토를 했다. 그걸 보니 나까지 속이 울렁거렸다. 기분 탓인지 커피잔은 점점 더 빨리 도는 것 같았다.

"이리 와. 죽여버릴 거야. 우리 아들 죽이고 잘 살 수 있을 것 같아? 널 죽이고 네 아들도 죽여버리겠어. 그리고 둘 다 제물로 바쳐서 진수를 살려내야지. 그러면 계산이 딱 맞네. 진수 말로는 요즘 학교에서 나누기를 할 때 나머지는 버리라고 가르친다니까."

"신께서 지켜보고 계십니다. 이러지 마세요."

결국 이장은 바닥에 토를 했고 그걸 지켜보던 나머지 사람들은 하나같이 커피잔에서 빠져나갔다. 이장은 점점 빨라지는 커피잔 안에 혼자 남았다. 바닥에 고인 토사물들이 커피처럼 찰랑거렸다.

"잡아. 이장님한테서 떼어내."

"이거 놔. 저 놈이 우리 아들을 죽였어. 진짜든 아니든 죽여버릴 거야."

"칼, 칼부터 뺏어."

"오면 찌를 거야. 경고했어."

한밤중에 몰려온 주민들은 아버지를 지키기 위해 아줌마에게 다 같이 달려들었다. 칼이 먼저 달려든 주민의 입을 살짝 찢어놓긴 했지만 그들은 성공적으로 아줌마를 제압했다. 아버지도 옆구리를 찔리기는 했지만 생명에 지장은 없었다.

날이 밝고 사태를 파악한 아줌마의 남편이 엎드려 빌며 사과했지만 그들의 추방은 이미 정해진 셈이었다.

아줌마는 답답하다는 듯이 남편에게 말했다.

"사과하지 말라니까. 왜 우리 진수를 죽인 놈들한테 사과해. 내가 봤을 때는 다 한통속이야. 저놈들이 우리 진수를 죽이고 제물로 바친 거라고."

"그만해, 여보. 그만하면 됐어. 이장님도 경찰에 신고는 하지 않으시겠다잖아. 그리고 우리 애를 제물로 바칠 이유가 없잖아."

"잘난 고기가 다 물에 잠겨서 그렇겠지. 아직도 모르겠어?"

속으로 뜨끔했지만 다행히 아줌마의 말을 귀담아듣는 사람은 아무도 없었다.

부부는 한동안 투닥거렸지만 칼을 휘두르며 난동을 부리던 아줌마의 모습이 뇌리에 꽂혀 있는 주민들의 머리에 용서라는 단어는 일절 없었다. 결국 그들은 한사람 마을에서 쫓겨났다.

사태가 수습되고 난 뒤 아버지에게 용기를 내어 물었다. 아버지는 시내에 있는 병원에서 무사히 수술을 마치고 병실에 입원 중이었다.

"아버지. 저희가 잘못한 건가요? 진수를 제물로 바친 거요."

"진수 어머님한테는 못할 짓을 했지. 칼에 찔릴 줄은 몰랐지만."

그는 무의식적으로 옆구리를 매만졌다.

"그래도 해야만 하는 일이었어. 너도 명심해라. 사람들이 알게 해서는 안 돼."

아버지가 무슨 소리를 하는지 몰라 그를 빤히 쳐다보았다. 그는 교회를 쳐다보며 말했다.

"그때는 정말 끔찍한 혼란이 생길 거야. 무슨 얘기인지 알아들었지?"

"알겠어요. 절대 아무한테도 얘기 안 할게요."

이장은 씩씩하게 대답했다.

아버지가 퇴원한 뒤로 전보다 열심히 아버지의 뒤를 따라다니며 그의 일을 배웠다. 아버지가 병실에 앉아 있는 것을 보니 자신이 이장직을 맡게 되는 것도 그리 먼 미래가 아닐 것이라는 확신이 있었다.

그래도 전혀 기분 좋지 않았다. 그저 아버지의 뒤를 따라다니는 것이 좋았지만 영원할 수는 없다는 건 알고 있었다. 아니, 영원할 수 있는 방법이 하나 있기는 했다. 하지만 기도할 생각은 전혀 없었다.

그야 이장직에 어울리는 행동도 아닐뿐더러 아버지께서 원하시지 않을 테니까.

"……최이준 선생님. 제가 좋아서 이런 얘기를 들려드린 게 아닙니다. 간곡히 부탁드리겠습니다. 내일모레까지 우리 마을에서 나가주십시오."

말은 부탁이었지만 이장의 의지는 완고했다. 아무리 변명하려 해도 이장은 속아 넘어갈 사람이 아니었다.

"그러면 말씀대로 나갈게요. 대신 제 가족만이라도 보게 해주세요. 한 번만이라도 좋아요."

"가족이요?"

나는 가족이 어릴 때 죽었다고 간략하게 설명했다. 이장의 말에 따르면 그는 아버지를 진심으로 존경했던 모양인데, 그런 사람이라면 가족애가 두텁지 않을까 생각해서 한 얘기였다. 이제 자존심 따위는 가족을 볼 수만 있다면 아무래도 상관없었다.

이장의 곰곰이 생각하는 듯한 모습에 잠시 희망을 느꼈지만 이내 그는 고개를 저었다.

"마음 같아서는 저도 이뤄드리고 싶지만, 죄송합니다."

"왜 안 된다는 거예요? 이뤄주고 싶으면 그렇게 해주시면 되잖아요."

"말씀드렸다시피, 저는 신과 마을을 관리해야 할 의무가 있습니다. 최이준 선생님의 기도만 들어준다면 형평성에 어긋난다는 이유로 내부에서 불만이 생길 겁니다."

"그냥 잠깐 보기만 할 뿐이잖아요. 아무한테도 얘기 안 할게요. 아니, 보여주시기만 한다면 집에 도착하자마자 바로 여길 떠날게요."

나는 필사적으로 말했지만 이장의 태도에는 변함이 없었다.

"한 번 본 다음에는요? 보고 난 다음에는 되살려 달라고 하지 않을 것 같나요. 아뇨. 제가 아는 최이준 선생님은 유감이지만 그런 분이 아니십니다. 그런 분이었다면 몰래 여기로 들어올 생각조차 하지 않으셨겠죠."

"그러면 바로 사람들한테 말할 거예요. 이장님께서 진수라는 아이를 제물로 바쳤었다고요. 그리고 추첨은 죄다 이장님의 독단으로 진행되는 것이었다고도 말할 거예요."

"그건 사실이 아니지 않습니까?"

이장의 목소리가 살짝 떨렸다.

"사실이고 뭐고. 이미 그런 의심을 하는 사람들이 아예 없지는 않을걸요. 온 지 1년도 지나지 않은 저조차도 그런 생각을 하는데 오죽할까요. 그런 사람들한테 불을 지펴준다면 어떻게 될까요? 이장님께서 잘 아실 것 같은데요."

"최이준 선생님. 제가 지금까지 잘 설명드렸지 않습니까. 사람들한테 혼란을 주면 곧 무법지대가 될 것입니다. 선생님도 알고 계시지 않습니까."

"이장님께는 죄송하지만 어차피 추방될 텐데 그건 제가 신경 쓸 바 아니죠."

나는 이장이 제안을 가장한 협박을 받아들일 것이라고 생각했다. 아무리 헛소문으로 치부한다고 해도 사람들의 마음에 의혹을 심어놓는 것은 이장으로써도 피하고 싶은 일일 테니까.

이장은 내 제안을 받아들이겠다는 말도, 기어코 나를 추방하겠다는 말도 하지 않았다. 그는 냉장고에서 고기 한 덩이를 꺼내 왔다.

"고기는 갑자기 왜 꺼내세요?"

뭔가 불안해져 이장에게 물었다.

그는 고기를 제단 위에 올려두고 책상에서 피가 담긴 병을 하나 집었다.

"지금 뭐 하시는 거예요?"

"신경 쓰지 않으셔도 됩니다. 최이준 선생님이 혹시나 주민들에게 허튼소리라도 할까 봐 기도드리려고요."

"기도를 드린다고요?"

"해코지를 하려고 그러는 건 아닙니다. 입막음만 하겠습니다. 괜찮으시겠죠?"

당연히 괜찮을 리가 없었다. 제정신인가 싶었지만 이장은 진심으로 보였다.

"그런 이유로 기도해도 되는 건가요?"

"사익을 위해서도 아니고, 마을을 위한 일이니까 괜찮습니다. 잠시만 기다려주세요."

이장 본인은 입막음만 하겠다고, 해코지는 하지 않겠다고 했지만 전혀 믿을 수 없었다. 그가 나를 죽여달라고 한다면 어떻게 될까. 나를 치료해 줬을 때와 같이 손으로 감싸고 주먹을 꽉 쥔다면. 그 거대한 손 앞에서 저항 따위는 꿈도 못 꾸겠지. 아무리 때리고 깨물고 할퀴어도 거대한 손에게는 벌레가 무는 것이나 마찬가지일 것이다. 애초에 신을 상처 입힐 수는 있는 걸까.

"기도만 조금 하겠습니다."

이장의 말에 정신을 차렸다. 어떻게든 기도를 못 하게 막아야 했다. 고기는 이미 제단 위에 가지런히 올려져 있었고 피는 이장의 손을 떠나 뿌려지기 직전이었다. 나는 앞뒤 재지 않고 거칠게 태클을 걸듯 이장에게 달려들었다.

이장과 함께 바닥에 쓰러졌다. 그의 손에 들려 있던 피가 담긴 병은 바닥에 부딪혀 산산조각 났다.

"갑자기 왜 이러시는 겁니까?"

"이장님을 어떻게 믿고 기도를 하게 놔둬요. 안 그래요?"

"일단 비키세요."

"기도를 하지 않겠다고 하면 비킬게요."

"그러면 먼저 주민들에게 헛소문 따위 퍼트리지 않고 조용히 마을에서 나가겠다고 약속하세요. 그러면 기도를 하지 않겠습니다."

일단 상황을 모면하기 위해 약속할까, 그리 생각하다가 한 가지를 깨달았다. 상황을 모면하려는 것은 이장도 마찬가지였다. 지금이 아니더라도 기도 한 번이면 내 존재를 지워버리는 것쯤은 일도 아니니까. 그렇게 하면 추방당하기 싫어하는 사람도 간단히 마을에서 지워버릴 수 있으니까.

'전에 있던 선생님이요? 이준 씨보다 한두 살 정도 많겠네요. 어느 날 갑자기 사라졌어요. 하늘로 솟았는지 땅으로 꺼졌는지. 시골이 싫어져서 몰래 나갔나 싶어 영훈 아저씨한테 물어봤는데 그 날은 원래 나가는 사람들 말고는 아무도 안 나갔다더라고요. 이게 어떻게 된 일인지.'

미정이 전에 했던 말이 뇌리를 스쳤다. 혈관을 흐르는 피가 부글부글 끓었다. 말이 머리를 통하지 않고 그야말로 술술 나왔다. 존댓말 따위는 이미 사라진 지 오래였다.

"당신, 이게 처음이 아니지?"

"어떤 걸 말하시는 겁니까?"

"시치미 떼지 마. 소리 소문 없이 추방된 사람들 많잖아. 사실은 추방당한 게 아니지?"

이장은 아무 말도 하지 않았다. 그 자체로도 하나의 대답이 되었다.

"추방당한 게 아니라 당신이 사라지게 해달라고 기도한 거지? 어떤 마음으로 그런 기도를 할 수가 있는지 이해가 안 되네."

"사라지게 해달라고 기도한 게 아니라 마을에서 나가달라고 기도한 것뿐입니다."

"그건 모르는 일이지. 밖에 나가서 기자나 경찰들한테 허튼소리라도 했다가는 귀찮아지니까 죽였을 수도 있지. 충분히 가능한 일이야. 추방만 하는 것보다는 아예 죽여버리는 편이 후환이 없을 테니까. 안 그래?"

"정말 아닙니다. 진수 어머님도 살아계시지 않습니까."

"그건 이미 마을 사람들이 그 사람 말은 안 믿으니까 죽일 필요가 없었던 거겠지. 당신, 나도 전임자처럼 죽이려고 한 거잖아. 그것도 신에게 기도해서. 대체 내가 뭘 잘못했다고 그래?"

"교회에 몰래 들어와서 질서를 깨뜨리려고 한 것이 잘못한 게 아닙니까?"

아직도 아래에 깔려 있는 이장은 나를 올려다보며 무덤덤하게 말했다.

"이제 비켜주세요. 마무리를 지어야 합니다. 정말로 피해 가는 일 없도록 할 테니 안심해 주세요. 기억만 잃도록 기도하겠습니다. 믿어주세요."

"마무리?"

이장의 시선이 제단으로 향했다. 그가 말하는 마무리가 무엇인지 금방 알아챘다. 기어코 나를 이 마을에서 추방하겠다는 것이다. 이장의 말대로 마을에서 추방당할 때 사지 멀쩡히 나갈 수 있을까. 물론 이장의 말대로 기억만 잃은 채로 추방당할 수도 있었다. 하지만 그걸 목숨을 걸고 믿느냐는 또 다른 문제였다. 사람을 제물로 바쳐야 한다는 것을 숨겼으면서, 기억만 잃게 할 테니 믿으라고?

이장은 내 몸에서 벗어나기 위해 발버둥 쳤다. 보육원에서는 여러 번 싸워봤지만 성인이 된 후 주먹다짐은 해본 적 없었다. 그래도 늙고, 샌님처럼 비쩍 마른 이장보다는 내가 유리했다.

나는 이장의 팔을 온 힘을 다해 압박하고 비틀었다. 그는 꽉 깨문 이 사이로 신음을 내지르며 내 배를 걷어찼다. 내가 엎드려서 호흡을 고르는 사이 그는 책상에서 피가 담긴 병 하나를 새로 꺼냈다. 아까처럼 다리를 걸려고 했지만 배가 쑤시는 것처럼 아파 달려들지 못했다.

이대로 가만히 있으면 보나 마나 죽을 것이다. 그것도 거대한 손한테 짓눌려서. 가족을 보기 전에는 무슨 짓을 하더라도 죽을 수 없었다.

그때 주머니에서 거추장스러운 무언가가 느껴졌다. 손을 넣어 확인해 보니 손전등이었다. 분명 가방을 쌀 때 주머니에 넣었던 것 같기는 한데.

중요한 건 그게 아니었다.

나는 이장한테 천천히 다가갔다. 생각할 틈도 없이 손전등을 그의 머리를 향해 휘둘렀다. 이장에게는 유감이었지만 손전등은 플라스틱이 아닌 쇠로 된 재질이었다. 한 번 내리치니 이장은 힘이 풀린 눈으로 나를 쳐다보았다. 머리에서는 피가 분수처럼 솟구쳤다.

눈을 보지 말았어야 했는데. 손이 멈칫했다.

'여기서 더 내리치면 어떻게 되는지 알지? 이거 쇠로 된 거잖아. 플라스틱도 위험한데, 쇠는 얼마나 더 하겠어.'

그래도 여기서 멈출 수는 없었다. 이장이 웃으며 넘어가 주거나, 기억을 잃는 드라마 같은 일 따위는 절대 없을 것이다. 전전긍궁하며 사느니 차라리……

'그래서 죽이겠다고?'

죽이는 건 아니고. 기절할 정도로만.

그렇게 자기를 달래며 나는 손전등을 휘둘렀다. 물론 흥분한 상태에서 기절할 정도로만 때린다는 것은 불가능했다.

손전등은 완만한 곡선을 그리며 이장의 관자놀이를 찍었다. 관자놀이는 누군가 삽으로 구덩이를 판 것처럼 움푹하게 안으로 파였다.

한 대 더 때렸다.

이장의 오른쪽 눈이 불룩 튀어나왔다. 시신경이 조금이라도 약했다면 아마 지금쯤 떨어져 나와 바닥을 뒹굴고 있을 것이다.

한 대 더.

피가 사방팔방으로 튀었다. 이장이 손과 다리를 덜덜 떨었다. 이렇게 맞고도 살아 있는 것인가 싶어 몇 번 더 휘두르고 나서야 죽었다는 것을 확신했다.

이장의 머리는 원형을 알아볼 수 없을 정도로 변형되어 있었다. 찌그러진 문어 머리처럼 한쪽은 움푹하고 한쪽은 불룩했다. 한 명은 사람을 죽였다는 두려움에, 한 명은 죽었다는 두려움에 손발이 벌벌 떨리고 있었다.

"어떡하지?"

정당방위였다고는 해도 사람을 죽인 것은 사실이었다. 지금까지 법을 어겨본 적은 단 한 번도 없었으니 초범으로 처리될 것이다. 아니, 살인죄에 초범이 있었던가. 집행유예로 금세 풀려나지는 않을 것이다. 정당방위를 인정받을 수 있을지조차 모르겠다. 남들이 보기에는 교사가 신께 기도를 드리려 목사를 때려죽인 사건이니.

기자들은 사이코패스 초등 교사를 취재하러 쌍수를 들고 찾아올 것이다. 대학 동기가 인터뷰에 나올 수도 있다.

"원래는 착한 애였는데. 가끔 싸할 때가 있긴 했었어요. 아무리 그래도 그렇지. 살인을 할 애라고 생각하지는 않았는데. 사람 일은 진짜 모르는 거라니까요. 친하게 지내던 사람이요? 글쎄, 제가 알기로는 없었어요. 어디 가자고 불러도 계속 거절하길래 혼자 있는 걸 좋아하는 사람인 줄 알았죠."

가족 인터뷰는 뉴스에 나가지 않을 것이라는 게 불행 중 다행이다. 시신만 들키지 않으면 뉴스에 나갈 일도 없을 것이다. 이 외진 시골의 산속까지 경찰이 찾아볼 것 같지는 않았다. 한 마을의 이장이 살해당했으니 철저히 조사할 수도 있지만, 그렇게 된다면 운명에 맡기는 수밖에 없었다.

그때 문밖에서 웅성거리는 소리가 났다. 교회 안에서 나는 소리였다. 이 야밤에 교회에 무슨 볼일이지. 참을성 없는 누군가가 나처럼 교회 열쇠를 찰흙으로 본떴나.

밖에서 말소리가 나길래 문에 귀를 최대한 바싹 대고 엿들었다.

"시간이 너무 오래 걸리는 거 아냐?"

"이장님께서 무슨 일이 있든 아무도 들이지 말고 들어오지도 말라고 하셨잖아."

"그건 그런데…… 시간이 늦기도 했고. 이제 슬슬 집에 가봐야 할 것 같은데."

"아, 아들 때문에? 아들은 좀 어떤가. 잘 있어?"

"응. 너무 잘 먹어서 탈이라니까. 배고프면 울어젖히니 원. 새벽에도 자꾸 깨서 아내랑 교대로 보는데 지금 교대해 줄 시간이 지났거든."

"힘들겠지만 조금만 참아. 금방 끝나겠지. 그래도 좀 오래 걸리긴 하네."

두 명의 목소리가 뚜렷이 들렸고 그 밖에도 몇 명이 더 있는 것 같았다. 어디선가 들어본 목소리였기에 누구였는지 생각하다 여기로 데려온 남자들 중 한 명이었다는 것을 떠올렸다. 밖에서 대기하다가 교회 안으로 들어온 것 같았다.

"한번 노크라도 해볼까? 허락만 맡으면 돌아가도 상관없잖아. 우리라고 해도 언제까지고 여기 서 있을 수도 없는 노릇이고."

"그래. 한번 여쭤보자고. 남자들끼리 무슨 얘기를 저렇게 하는지."

저벅저벅 다가오는 발소리에 황급히 귀를 뗐다. 그들이 영광의 방으로 오고 있었다. 내가 이장을 죽인 것을 그들이 알면 나를 곱게 보내주진 않을 것이다.

문을 잠그려 했지만 손잡이에 잠금장치가 없었다. 바보 같기는. 나 역시도 그걸 이용해 이 방에 몰래 들어오려고 하지 않았던가.

저벅저벅 발소리가 점점 커졌다.

나는 책상을 끌어 문 앞을 막았다. 잠금장치는 아니어도 이 정도면 쉽게 들어오지는 못할 것이다.

"안에서 무슨 소리 나지 않았어?"

"대화 소리 아냐?"

"아냐. 뭔가 끄는 소리 같았는데. 막내야, 너도 들었지?"

"네. 저도 들었습니다."

누군가 문을 두드렸다.

"이장님. 저 영철입니다. 들어가도 될까요?"

나는 그들이 포기하지 않으리라는 것을 알면서도 혹시나 싶어 대답하지 않았다.

저들이 들어오기 전에 시체라도 처리해야 될 텐데. 그러면 이장님은 어디 갔냐고 묻겠지. 창문으로 도망쳤다고 할까? 맞다, 이 방에 창문 따윈 없었지. 그러면 어떻게 설명해야 하지? 저 사람들 눈이 멀어버리면 좋으련만…….

거기까지 생각했을 때 한 가지 아이디어가 떠올랐다. 죄책감이 들었지만 그것 말고는 이 상황을 벗어날 방법이 없었다.

나는 재빨리 이장의 옷을 벗겼다. 머리 이외에는 부풀어 오른 곳이 없어 어려운 점은 없었다. 다만 바지를 벗기려니 상체가 자꾸 뒤로 넘어갔다. 제단에 걸쳐놓은 후에 벗기니 훨씬 나았다.

이 다음에 어떻게 했더라?

"이장님, 안 들리십니까?"

"이렇게 크게 말하는데 안 들릴 리가 없는데. 사고라도 난 거 아냐? 들어가 보는 거 어때."

문고리가 움직였다. 문은 살짝 열릴 뻔했지만 책상의 무게를 이겨내지 못하고 도로 닫혔다.

"문이 잠겨 있는데?"

"그럴 리가. 이 방은 잠금장치가 따로 없잖아. 잠그고 싶어도 잠글 수가 없는 문이야. 아마도 안에서 막고 있는 것 같은데."

"선생님, 안에 무슨 일 있습니까?"

누군가 다급하게 문을 두드렸다. 나는 시체를 제단 위에 바르게 올려놓는 중이었다. 비쩍 마른 몸이었지만 생각보다 무거웠다. 손을 놓으면 자꾸만 밑으로 내려가는 바람에 머리를 잡고 배꼽이 있는 부분을 제단의 한가운데에 맞췄다.

"저 안에 누가 같이 있지?"

"이름은 기억이 안 나는데 새로 온 초등학교 선생이야. 그 선생이 안에서 이장님한테 해코지라도 한 것 아냐? 그러지 않고서야 아무도 대답을 하지 않을 리가 없잖아."

"선생님. 안에 계십니까? 계시면 아무 말이나 좀 해주세요."

시체에는 머리에서 흘러나온 피가 묻어 있었지만 이것만으로는 신이 만족하지 않을 수도 있었다. 문을 막고 있는 책상 위에서 피가 담긴 병들 중 하나를 가져와 오므라이스에 케첩을 뿌리듯 시체 위에 골고루 뿌렸다.

저번에 손을 낮게 해줄 때 이장은 주문 같은 것은 외우지 않았다. 분명 무릎을 꿇고 소리 없이 기도만 했었다.

더 이상 노크 소리라고 할 수 없을 정도로 둔탁한 소리가 문 쪽에서 들렸다. 아무래도 문을 부수고 들어오려는 것 같았다. 듣기만 해도 불안한 소리가 몇 번 나더니 문짝이 흔들거렸다. 이장의 관자놀이를 때렸을 때처럼 문이 움푹 파이기 시작했다. 나무 조각이 사방으로 튀었다.

"무슨 일이 있긴 한 것 같아. 문을 부수는데도 대답이 없어."

"빨리 들어가 봐야 할 것 같은데. 더 빨리 부술 수 있어?"

"해보겠습니다."

나는 마을 사람들이 가장 존경해 마지않는 이장의 시체를 제단 위에 대자로 올려두고 위에는 케첩, 아니 피까지 뿌려놓았다. 누가 뭐라 해도 내겐 정당방위였지만 이 장면을 보고 순순히 믿어줄 사람은 아무도 없었다.

'희대의 사이코패스, 최이준이 지난 15일 경찰에 체포되었습니다.'

머릿속에서 아나운서가 단조로운 목소리로 말했다.

체포되기만 하면 그나마 다행일 수도 있다. 지금 당장 저들이 들고 있는 야구 배트로 맞아 죽어도 이상할 것 없다. 운영팀 중 영훈을 빼면 아무도 몰랐지만 곧바로 문을 때려 부수는 것을 보면 그리 참을성 있는 사람들 같지는 않았다.

책상으로 막아놨으니 문이 쉽게 열리지는 않을 것으로 생각한 나는 멍청하게도 넋을 놓고 문이 부서지는 것을 보고만 있었다. 결국 문의 위쪽이 부서졌다. 안으로 들어오려면 힘들지만 문틈 사이로 방 안을 볼 수는 있었다. 그들 중 한 명과 눈이 마주쳤다.

"선생님, 안에 계셨으면서 왜 대답을 안 하세요. 그런데 이게 무슨……"

그의 시선은 방 전체를 훑다가 제단에서 멈췄다. 그의 눈에 비친 것은 머리가 깨져 뻗어 있는 이장이었다.

"이장님, 이장님! 괜찮으세요?"

그는 당황해하며 소리쳤다. 이장은 쥐 죽은 듯 조용했다. 실제로 죽었기도 했다.

"왜 그래. 무슨 일이야."

그의 동료가 덩달아 흥분한 목소리로 물었다.

"이장님이, 이장님이 죽은 것 같습니다."

"말도 안 되는 소리 마."

"직접 보세요."

이번엔 다른 누군가가 머리를 문틈으로 들이밀었다. 그들이 이 방을 보는 것인지 내가 텔레비전 너머로 이들을 보는 것인지 헷갈렸다.

"이럴 수가. 당신이 죽인 거요?"

나는 아무 말도 하지 않았다. 빨리 기도든 뭐든 해야 했으나 몸이 얼어붙어 움직일 수 없었다.

들켰다. 이장을 죽인 걸 들켰다. 시체를 없애는 정도로는 발뺌도 못 한다. 이 방에 나랑 이장밖에 없었다는 건 저들도 알 것이다. 여기는 빌어먹을 창문도 없으니 누군가 왔다 갔다는 변명도 못 한다.

"왜 말이 없소? 아무 말이나 해보쇼."

"그냥 빨리 들어갑시다. 잡아보면 무슨 말이든 하겠지."

그들은 책상을 타고 넘어오려 했지만 그러기에는 아직 틈이 작았다. 가장 막내로 보이는 남자가 다시 야구 배트를 집어 들고 문을 부수기 시작했다.

문을 부수는 소리를 신호탄으로 나는 다시 정신을 차렸다.

나는 제단 앞에 무릎 꿇었다. 두 손을 가슴 앞에 모으고 속으로 중얼거렸다. 제발 저들을 어떻게든 처리해 달라고. 그러지 않으면 내가 죽겠다고. 당신이 이장이 꾸며낸 환상 같은 것이 아니라 정말 신이라면 이 상황을 해결해 보라고.

정신을 집중하는 것은 쉬운 일이 아니었다. 방 밖에서 여러 명의 남자가 문을 부수며 소리를 지르면 누구라도 그럴 것이다.

"저놈이 이장님을 죽였어. 잡아야 해."

예상했던 대로 사지 멀쩡히 경찰에 넘겨주지는 않을 것 같았다. 나를 야구공 삼아 배팅 연습이라도 할 기세였다.

거대한 팔은 곧바로 내려오지 않았다. 저번에도 이 정도로 시간이 걸렸는지 기억나지 않았다. 그야 그때는 어차피 많고 많은 사기 행각 중 하나겠거니 싶어 제대로 보지 않았으니까.

막내는 요령 있고 빠르게 문을 부쉈다. 곧 있으면 문틈으로 몸을 욱여넣고 책상 위로 올라올 수 있을 것 같았다. 이제 시간이 얼마 남지 않았음을 직감했다.

도움을 주실 거라면 조금 서두르셔야 할 것 같습니다. 그들이 문 앞까지 왔어요. 곧 들어올 수도 있습니다. 이러다 죽게 생겼어요. 제물도 바쳤잖아요. 평소에는 닭이나 돼지만 드셨겠지만 이장도 맛이 괜찮을 거예요. 저는 먹어본 적 없지만⋯⋯.

기어코 문틈을 넓힌 막내가 먼저 몸을 틈으로 욱여넣었다. 다른 이들보다 비교적 왜소한 그는 겨우겨우 틈으로 들어올 수 있었다.

그와 동시에 하늘에서 말 그대로 구원의 손길이 내려왔다.

하늘에서 거대한 손이 내려와 이장의 시체를 감싸 쥐었다. 시체는 실이 끊긴 꼭두각시 인형처럼 축 늘어졌다. 이장을 꽉 쥔 손은 하늘 저 너머로 올라갔다. 나는 신이 내 기도는 깜빡 잊은 줄 알고 당황했다. 기도는 쏙 빼먹고 제물만 가져가다니.

"당신. 대체 무슨 짓을 한 거야?"

틈에 낀 채로 끙끙거리는 막내가 물었다. 상태를 보니 빠져나오려면 고생깨나 할 것 같았다. 반대쪽에서는 하나, 둘, 셋 구호와 함께 그를 잡아당기며 틈에서 빼내기 위해 애쓰고 있었다.

그때 손이 다시 하늘에서 내려왔다. 이번에는 제물을 갖고 가기 위해서가 아니었다. 그토록 바라던 소원을 들어주기 위해서였다.

손은 바닥을 더듬거리며 운영팀 쪽으로 천천히 기어갔다. 손가락으로 바닥을 밀며 기어가는 꼴이 마치 거미 같았다. 운영팀은 거미 같은 손을 자극할까 봐 도망가지도 못하고 가만히 서 있었다. 어느새 손만 뻗으면 닿을 정도로 다가온 거대한 손은 그들의 주변을 빙글빙글 돌면서 한 번씩 툭툭 건드렸다. 운영팀은 하나같이 겁에 질려 도망갈 생각도 못 하고 아무 말도 하지 못했다. 손가락 하나가 그들의 키만 했으니 전의를 잃는 것은 당연한 일이었다.

손은 거미줄을 탄 거미처럼 천천히 허공으로 떠올랐다. 그들은 멍하니 위를 쳐다보았다. 손은 모빌처럼 좌우로 흔들렸다. 옆에서 보니 마치 방금 막 동전을 넣은 인형뽑기 기계 같았다.

손은 그들의 머리 위에서 잠시 멈추었다. 동전을 넣은 누군가가 어떤 인형을 뽑을지 정한 것이다. 그들은 머리 위에서 천천히 내려오는 손바닥을 멍하니 보았다. 도망가려 했을 때에는 이미 손바닥이 하늘을 전부 가린 후였다. 초고속 카메라가 있었다면 그들이 손바닥에 짓눌리는 장면을 슬로모션으로 찍었을 것이다.

손바닥이 다시 떠올랐을 때에는 새빨간 껌 같은 것이 붙어 있었다. 새빨간 껌이 운영팀 사람들이라는 것은 검은색 옷 조각 덕분에 알 수 있었다. 바닥에 찰싹 붙어 있었지만 손을 높이 들자 쩌억 소리를 내며 바닥에서 떨어졌다.

"이런 미친."

막내가 방금까지만 해도 선배들이 서 있던 자리를 보며 힘없이 중얼거렸다. 막내의 다리 옆에는 멀리까지 날아온 누군가의 손목만 덩그러니 남아 있었다. 그는 손목을 허망하게 바라보았다.

목표물을 해치운 거미는 다시 움직이기 시작했다. 손가락의 마디가 움직일 때마다 쩍쩍 달라붙는 소리가 났다. 그것은 다시 하늘로 올라가려다 무언가 깜빡했다는 듯이 다시 지상으로 내려왔다.

"잠깐만."

막내는 불길한 예감에 소리쳤다. 그는 숨소리도 막기 위해 본인의 입을 막으려 했지만 틈에 낀 채로 팔을 움직이기는 쉽지 않았다.

"잠깐 기다려봐."

그는 필사적으로 외쳤다.

손은 애원에도 꿈쩍도 하지 않고 손가락을 꼼지락거리며 그에게 점점 다가갔다.

막내는 공포심에 정신이 반쯤 나간 채로 저리 가라고 소리를 지르며 발을 마구잡이로 흔들었다. 그의 신발에 칼이라도 달려 있었다면 모르겠지만 그는 평범한 나이키 운동화를 신고 있었다. 거대한 손의 엄지손톱보다 작은 그의 발은 아무런 위협도 되지 않았다. 그저 꿈틀거려서 잡기에 조금 어려워졌을 뿐이었다.

"저리 떨어져."

막내의 발끝에 손가락이 닿았다. 발을 이리저리 흔들었지만 손은 떨어질 줄을 몰랐다. 거대한 손가락이 그의 발을 지나 다리를 감쌌다.

손에게 어떤 의도가 있었는지는 정확하게 모르겠지만 아마 단순히 떨어뜨리지 않게 꽉 잡고 싶었던 것 같다. '꽉 잡는다'는 것이 막내에게는 조금 과했던 모양이다. 그의 다리는 한순간에 페트병처럼 구겨졌다. 와그작 소리가 자그마하게 들렸다.

막내는 성대가 끊어질 정도로 비명을 질렀다.

"내 다리…… 내 다리……."

막내는 눈물을 쏟으며 중얼거렸다.

그가 점점 멀어지는 것처럼 보였다. 기분 탓이 아니었다. 손이 그의 부서진 다리를 붙잡고 끌어내고 있었다.

"안 돼. 제발 살려줘……. 내 기도도 들어줘. 이렇게 빌 테니……."

그의 얼굴은 문틈에 낀 채로 잡아당겨져 뒤틀렸다. 잡아당기는 힘이 워낙 강해서인지 볼살이 조금 찢어졌다. 그는 간단히 손에게 질질 끌려갔다.

"아야."

막내는 단조로운 목소리로 말했다. 어느새 눈물도 그친 채였다. 그에게 고통은 남아 있지 않고 오로지 체념뿐이었다.

그를 보고 있으니 어릴 때 보았던 다큐멘터리가 떠올랐다. 다리가 부러진 사슴이 절뚝이며 최대한 도망가 보려 하지만 맹수는 지독하리만치 사슴을 뒤쫓았다. 다리가 아예 뒤틀린 사슴은 멈춰 서서 모든 걸 포기한 눈으로 자신의 몸을 뜯어먹는 맹수를 힘없이 쳐다보았다. 맹수는 얄미울 만큼 맛있게 사슴을 뜯어먹었다.

당시에는 왜 사슴이 도망치지 않는지 의아했다. 목숨이 걸렸는데 끝까지 발버둥이라도 쳐봐야 하는 것 아닌가. 막내가 끌려가는 것을 보니 이유를 알 것 같았다. 도망가 봤자 소용없기 때문이다. 두 다리는 부러지고, 동료들은 짓눌려 흔적도 찾기 어렵고, 신마저도 그의 편이 아니었다. 그의 운명은 정해진 것이나 마찬가지였다. 그 사실은 본인이 잘 알고 있을 것이다.

부러진 다리를 잡고 있는 것이 불편했는지 거대한 손은 막내를 손바닥 안으로 들어오도록 고쳐 잡았다. 막내는 손바닥에 묻어 있던 피로 범벅이 되었다. 신의 자비인지는 모르겠지만 손은 주먹을 꽉 쥐는 것으로 막내의 고통을 빠르게 끝내주었다. 피가 주먹 사이로 새어 나왔다.

손은 제 할 일을 끝냈다는 듯 유유히 하늘 위로 올라가 모습을 감췄다.

손이 사라지자 현실감이 되돌아왔다.

사람이 여럿 죽었다. 그것도 나 때문에.

내가 직접 칼로 찌른 것은 아니지만 내 기도 때문에 죽은 것이니 내가 죽였다고 해도 무방했다. 뉴스에서 자주 봤던 웬만한 살인범들보다 내가 죽인 사람이 더 많았다. 이렇게 될 줄 알았더라면…….

'알았으면? 알았으면 어떻게 했을 건데. 그리고 솔직히 이렇게 될 줄 알았잖아. '처리'해 달라는 말이 죽여달라는 말이랑 뭐가 다른 건데. 다 너 때문이야. 네가 죽인 거라고. 그냥 죽인 것도 아니고 저렇게 끔찍하게 죽였으니 더하지.'

피가 흐른 바닥을 물끄러미 보았다.

마을 사람들이 보면 안 되는데. 누가 올지는 몰랐지만, 언젠가 누군가는 올 테니까 치워둬야겠지. 다행히 시체는 손이 전부 가져가 주었다.

때마침 화장실 한쪽 구석에 있는 대걸레가 보였다. 물에 젖은 대걸레로 살점이 붙은 바닥을 세게 문지르니 점점 지워졌다. 아직 시간이 얼마 지나지 않아서였다. 금방이라도 주저앉고 싶을 정도로 머리가 멍했지만 언제 사람이 올 줄 몰랐으므로 지금 시간이 있을 때 해둬야 했다.

대걸레로 피를 닦고, 빗자루로 뼛가루와 내장처럼 보이는 것들을 쓸어 담았다. 청소를 하며 내가 무엇을 쓸어 담는지 볼 때마다 제자리에서 토했다. 닦고, 쓸고, 토하고, 토한 걸 다시 닦고의 반복이었다.

청소를 눈을 감고 할 수는 없었으므로 천장을 바라보며 했다. 천장은 신의 손이 왔었다고는 생각할 수 없을 정도로 평소와 같이 멀쩡했다.

청소를 마치니 새벽 3시 즈음이었다. 피 냄새는 지금 어떻게 할 수 있는 것이 아니었다. 피 냄새가 빠지게 해달라고 신에게 빌어야 하나. 농담 삼아 생각하던 중 잠시 잊고 있던, 내가 교회에 오려 했던 목적이 생각났다.

지금 교회에는 아무도 없었고 이장이 올 수도 있다는 두려움도 더 이상 없었다. 지금이 아니라면 언제 또 기회가 생길까.

냉장고를 열어보자 안은 텅텅 비어 있었다. 평소에는 고기가 들어 있었을 텐데 하필이면 오늘 같은 날 고기가 다 떨어지다니 운도 지지리 없었다.

핸드폰으로 시간을 확인해 보니 아직 자정이 되기 전이었다. 새벽에 나도 모르는 집회가 있는 것만 아니라면 아무에게도 들키지 않고 집까지 가서 저번에 사두었던 여분의 고기를 가져올 수 있을 것 같았다. 옷에는 이장을 내려칠 때 튀었던 피가 묻었지만 집에 갈 때만 조심하고 도착해서 갈아입으면 문제없었다.

혹시나 교회 정문 앞에 다른 운영팀들이 있으면 어쩌나 싶었지만 다행히도 다른 이들은 보이지 않았다. 문을 부술 때 죄다 교회 안으로 들어온 것 같았다.

거리는 그 흔한 가로등 하나 없어서 어두워 핸드폰으로 길을 밝혔다. 교회로 올 때는 운영팀 중 한 명이 가지고 있던 손전등을 썼었다. 이장을 때려죽일 때 쓴 손전등은 빛이 빨간색으로 나올 만큼 렌즈에 피가 묻었고 헤드 부분에는 머리카락이 붙어 있었다.

그게 아니더라도 사람을 때려죽였던 손전등을 다시 잡기 꺼려졌다. 이장의 머리를 내리칠 때 느껴졌던 감촉이 다시 생각났다. 물렁물렁한 신생아의 머리를 만지는 느낌이었다. 아직 굳지 않은 석고상을 만지는 것 같기도 했다. 청소를 할 때처럼 구역질이 목 끝까지 올라와 꾸역꾸역 도로 삼켰다.

"거기 누구요?"

집에 거의 도착할 즈음에 어둠 속에서 누군가 말했다. 심장이 떨어질 것 같았지만 최대한 침착하게 어둠 속 누군가에게 물었다.

"누구십니까?"

"목소리를 들어보니까 최이준 선생님 같은데, 맞아요?"

"네, 맞습니다. 누구십니까?"

"나야, 박상훈. 같이 일한 지가 언젠데 아직도 목소리를 몰라?"

손전등으로 비추는 흐릿한 형체가 점점 더 선명해졌다. 상훈은 반갑다는 듯이 손을 흔들며 걸어왔다. 그는 학교에서 입는 것과는 다른 트레이닝복을 입고 있었다. 얼굴이 땀으로 범벅인 것을 보아 이 야밤에 조깅이라도 하는 모양이었다.

"이 시간에 무슨 일이야?"

"운동을 좀 하느라고요. 선생님도 운동 중이세요?"

"어. 난 원래 이 시간에 운동해. 한잔하고 운동하면 좋거든. 의사가 오래 살고 싶으면 술을 끊든지 운동을 하든지 하라고 해서."

상훈을 자세히 보니 코와 뺨에 살짝 붉은 기가 있었다. 한 잔만하고 나온 것 같지는 않았다. 의사의 말이 술을 마시고 운동하라는 말은 아니었을 것 같은데.

"그런데 라이트는 왜 켜고 있어?"

"안 어두우세요?"

"달이 밝아서 앞이든 뒤든 다 비추던데. 도시에서 살다 와서 그런가 밤눈이 안 좋나 보네. 길 같은 건 다 보이잖아. 안 그래?"

"그래요? 한 번 꺼볼게요."

상훈에게 맞장구를 치는 척하고 재빨리 불을 껐다. 옷에 피가 묻어 있다는 사실이 방금 생각났다. 아무리 술에 취했어도 옷에 피가 묻은 것을 보면 의심스러워 할 것이다. 다행히 본인의 말처럼 밤눈이 그리 좋은 것 같지는 않았다.

"그러면 고생해. 나는 30분만 더 뛰다 갈려니까."

"예, 고생하세요."

상훈은 걷는 것보다 살짝 빠르게 뛰기 시작했다. 저렇게 뛰어서 운동이 될까 싶기는 했지만 본인이 만족한다면 상관없었다.

집은 평소와 같이 고요했다. 익숙한 풍경에 교회에서 있었던 일들이 꿈만 같았다. 정말로 꿈이 아니었을까 생각하고 싶었지만 옷과 손전등에 묻은 피가 꿈이 아닌 현실임을 증명했다.

환복한 다음 고기를 챙기고 상훈이 말한 30분이 지나기를 기다렸다. 야밤에 고기를 들고 돌아다니는 사람을 마주친다면 아무리 술에 취했어도 이상하게 볼 것이다. 혹시 몰라 방향제가 있다면 가져가려 했지만 가지고 있는 것이 없었다. 24시간 편의점이 있었다면 금방 구했겠지만 가장 가까운 편의점은 여기서 30분간 차를 타고 가야 했다.

다시 교회에 들어가자 기분 탓인지는 몰라도 피 냄새가 피부로 느껴졌다. 냄새는 몇 년이 지나도 빠지지 않을 것만 같았다. 대걸레로 닦아본들 전혀 냄새가 가시지 않았으니, 방향제를 가져왔다고 하더라도 이 냄새는 덮을 수 없었을 것이다.

그저 쓰레기장에서 나는 악취 같은 것이 아닌, 피부로 느껴지는 피 냄새에서는 흉가에서나 있을 법한 원혼들의 살의마저 느껴졌다. 이장과 운영팀 사람들은 지금쯤 나를 원망하고 있을까. 어쩌면 이 피 냄새는 그들이 내게 보내는 원한일지도 모른다.

"그러거나 말거나."

가족을 되살리는 것이 급선무니까. 사과는 그 이후에 해도 괜찮겠지.

비닐봉지에서 준비해 온 고기를 꺼내 제단에 올려두었다. 적당한 크기로 손질이 되어 있으니 이장을 올려둘 때처럼 넘어질까 봐 균형을 맞추지 않아도 돼서 편했다. 책상 위에 남아 있던 피 한 병을 고기 위에 뿌렸다.

기도는 아까 해봤으니 그대로 하면 문제없을 것이다. 무릎을 꿇고 신에게 빌었다.

제발 우리 가족들을 되살려주세요.

신이 그 은혜롭고 징그러운 손을 내릴 때까지 기대감으로 부푼 가슴을 부여잡고 기다렸다. 그러나 아무리 기다려도 손은 쉽사리 내려오지 않았다.

시간을 확인하자 10분 정도가 지나 있었다. 분명 이 정도로 오래 걸리지는 않았었는데. 지구 반대편에서 지진이라도 난 것일까 하고 더 기다려봤지만 손은 내려올 기척도 보이지 않았다.

뭔가 잘못되었나 싶어 천장을 바라봤지만 야속한 신은 내게 도움을 줄 생각이 없는지 묵묵부답이었다.

"제발 우리 가족을 되살려주세요."

혹시 몰라 소리를 내어서도 말해봤지만 반응이 없는 것은 매한가지였다.

이대로 계속 기다리기만 해도 신은 절대 내려오지 않는다. 내가 뭘 잘못했을까. 나는 분명 아까 한 대로 했다. 뭔가 특별한 주문 같은 것이 있는 것도, 비밀번호가 있는 것도 아니다. 이장이 자신의 주장을 하소연했을 때 뭐라고 했더라. 필사적이었던 그의 말을 떠올려 보니 문득 이상한 점이 느껴졌다. 주변에는 죽은 동물들도 떠내려갔다고 했는데, 굳이 왜 어린 아이를 제물로 바친 것일까.

동물을 제물로 바쳤다면 아버지가 칼에 찔리는 일도 없었을 것 아닌가.

어쩌면, 아니 분명 사람도 제물로 바칠 수 있는 것이 아니라, 사람만을 제물로 바칠 수 있는 것이다.

이장이 어떻게 매주 새로운 시신을 구하는지는 모른다. 근처의 공동묘지에 뇌물이라도 주고 공급받는 것일지도 모르지만 그건 중요하지 않다.

중요한 것은 소가 됐건 돼지가 됐건, 토끼가 됐건 동물의 시체는 제물로 바쳐봤자 아무짝에 소용없다는 것이다. 사람의 시체여야만 기도를 할 수 있다. 정육점에서 산 고기를 바쳤으니 당연히 신께서 손을 뻗을 리가 없었다.

교회에 몰래 들어오는 것보다 훨씬 더 큰 문제가 생겼다. 고기라면 정육점에서 얼마든지 살 수 있었지만 사람의 시체라면 얘기가 달라졌다. 인터넷 쇼핑몰이나 편의점에서 사람의 시체를 팔 리는 없고 이장처럼 연줄과 돈으로 누군가를 매수할 수도 없었다. 방법은 단 하나, 시체를 내 손으로 만드는 것뿐이다.

6. 여파

6. 여파

이장이 제물로 바쳐진 다음 날, 사람들은 이장이 잠시 보이지 않는 것에 대해 생각보다 그리 당황하지 않았다. 그저 바쁜 일이 있나 보지, 때가 되면 알아서 나오겠지 여길 뿐이었다. 이장이 혼자 살았던 것도 내게는 행운이었다.

이틀이 지나고, 사흘이 되자 하나둘씩 이장이 보이지 않는다는 사실을 눈치챘다. 언제부턴가 이장이 보이지 않는다는 소문은 사람들의 입을 타고 퍼져 나갔다. 어찌나 빠르게 퍼져 나가던지 소문은 나흘이 채 되기도 전에 온 마을 사람들에게 알려졌다.

나흘째 아침에 미정이 물었다.

"이준 씨. 혹시 그거 들었어요?"

"아마도요."

불길한 예감에 퉁명스레 대답했다.

"이장님이 며칠 전부터 안 보인대요. 다들 집에 계신 줄 알았는데 불도 안 켜고, 그리고 원래 이장님이 집에만 있으실 성격이 아니거든요. 마을은 어떤지 순찰도 돌고, 교회에도 주말만 가는 게 아니라 매일같이 가시던 분인데. 이준 씨는 어떻게 생각해요? 이장님이 진짜 사라지신 것 같아요?"

그녀는 걱정스러운 듯 눈살을 찌푸리며 말했다.

"글쎄요. 저는 아직 이장님이 어떤 분이신지 모르니까. 친척이라도 만나러 가신 것 아닐까요?"

"이장님 집안은 하나같이 한사람 마을에 살아서 외부에는 따로 친척이 없으실 거예요. 이장님이 없으면 누가 예배를 할까요. 결혼도 안 하셨으니 아직 후계자도 없으신데."

그녀는 이장보다 예배가 더 신경 쓰이는 눈치였다. 운영팀도 전부 죽어버렸으니 교회에서 일하던 사람이라고는 영훈밖에 남지 않았지만 망이나 서던 그가 목사로서 단상에서 설교하는 모습은 상상도 되지 않았다.

마을 사람들은 소문이 막 돌기 시작했을 때만 해도 심각하게 생각하지 않았다. 하지만 그들은 시간이 지날수록 이장이 어디로 사라졌는지는 몰라도 다시 나타날 기미가 보이지 않자 왠지 모르게 불안해했다. 영훈이 이장이 사라진 날에는 아무도 마을 밖으로 나가지 않았다고 증언하자 그들은 밤에 산이라도 올랐다가 절벽에서 떨어진 것 아니냐며 자체적으로 수색대를 꾸리려 했다.

그들을 더욱더 불안에 떨게 한 건 다름 아닌 영훈을 제외한 운영팀 사람들도 이장과 마찬가지로 사라졌다는 소식이었다. 사람들은 잠시 영훈을 의심했다. 교회와 관련된 사람 중 영훈만이 무사하다는 것이 부자연스럽다는 의견이었다. 그러나 혼자서 그 많은 사람들을 해치고 시체를 숨길 수도 없고 동기도 없다는 점에서 의심은 금방 걷혔다.

사실 자신도 동료들처럼 곧 천벌을 받을 거라며 벌벌 떠는 영훈을 보면 의심할 마음도 사라졌기에 다들 그가 범인이라고 진심으로 생각하는 사람은 없었다. 그저 누군가의 탓을 하지 않고서는 불안감을 떨칠 수 없었던 것이다.

"천벌을 받은 거여, 천벌을. 이장이 뭔지는 몰라도 신을 화나게 한 거지. 그러게 내가 조심해야 한다고 누누이 말했는데. 제 아버지도 그러더니 그 뒤를 자식이 잇는구나."

이장의 아버지가 칼에 찔렸을 때도 천벌이라고 주장했던 노파가 이번에도 사람들에게 소리쳤다. 그때는 범인이 현장에서 잡혔기에 아무도 노파의 주장을 믿지 않았지만 지금은 다들 그에 반박하지 못했다. 이장이 천벌을 받을 거라고는 믿지 않았지만, '어쩌면 혹시' 하는 마음에서였다.

노파의 주장대로 천벌은 아니었지만 신에게 죽은 것이니 반은 사실이라고 할 수도 있었다.

"이준 씨는 어떻게 생각해요? 이장님이랑 운영팀 사람들 전부 천벌을 받은 걸까요? 아니면 단순한 사고일까요?"

"우연이라도 사고로 이장님이랑 운영팀 사람들만 쏙 골라서 사라질 것 같진 않은데요. 저는 천벌이라고 생각해요."

상훈은 우리의 대화를 조용히 듣고 있다가 막 생각났다는 듯 내게 말했다.

"그러고 보니 이준 선생. 우리 그날 밤에 만났었잖아. 혹시 뭐 봤다거나 이상한 낌새 같은 거 못 느꼈어? 나는 그때 술에 취해 있어서 그런지 자세히 기억이 안 나네."

아쉽게도 술에 취하긴 했었지만 만났다는 사실은 기억하는 것 같았다. 나는 긴장되었지만 상훈은 무언가 눈치를 챘다거나 이상함을 느끼고 물어보는 건 아닌 것 같았다.

"아뇨. 저는 선생님밖에 못 봤어요. 동네도 조용했었는데요."

"둘이 언제 만나셨어요?"

"며칠 전에 운동하다가. 저번에 술 마시고 나면 운동한다고 했었던 거 기억 안 나?"

"술 먹고 운동하시면 위험하지 않아요? 사고라도 나면 어떡해요."

미정은 걱정하는 투로 말했지만 신이 금주령이라도 내리지 않는 이상 상훈이 술을 끊을 일은 없다는 것쯤은 그녀도 알고 있었다.

"대체 무슨 짓을 저질렀기에 천벌을 받으셨을까요. 다른 사람이라면 몰라도 이장님이라면 천벌을 받을 만한 짓은 하지 않았을 것 같은데. 누구보다 신에 대해서 잘 아시는 분이잖아요. 저희가 걱정하는 그런 일이 아니라면 빨리 돌아오셨으면 좋겠네요."

그녀의 소원대로 이장이 돌아오는 일은 당연히 없었다. 그 주의 예배는 취소되었다. 주된 목표가 추첨이었던 사람들은 각자 불만을 가진 것 같았지만 천벌이 두려워 앞에서 대놓고 말하는 사람은 없었다.

마을에서는 이장직과 목사직을 맡을 사람을 지원받았지만 아무도 지원하지 않았다. 소책자는 외워도 성경을 통째로 달달 외울 수 있는 사람은 없었다. 그게 아니더라도 다들 천벌이 두려워 나설 수 있는 상황이 아니었다.

"이준 선생. 혹시 목사 할 생각 없어?"

상훈이 은근하게 웃으며 물었다.

"지금은 없습니다."

"지금은? 나중에는 할 생각 있다는 거야? 그럴 거면 지금 신청해. 경쟁자가 아무도 없어서 바로 될 거야."

"저도 하고 싶지만 저보다 더 좋은 분들이 많으실 것 같아서요. 그리고 아직 마을에 온 지 얼마 안 됐는데 목사를 하겠다고 하면 어르신들이 안 좋게 보시지 않을까요."

목사를 하게 되면 교회에 자연스럽게 들어갈 수 있었지만 가족을 되살리고 나면 곧바로 마을을 나갈 생각이었기에 목사직을 굳이 할 이유가 없었다. 애초에 소책자도 외울 생각이 없는 나는 하고 싶어도 못 할 것이다.

결국 명예의 목사직은 교장에게 돌아갔다. 아이들을 잘 돌봐주고 명문대를 나왔을 정도로 지식인이니 인성과 지성을 모두 겸비했다는 것이 그 이유였다. 그는 별로 내키지 않았으나 노인들과 학부모들의 기나긴 설득으로 반강제로 맡게 되었다.

이장직은 아직 공석이었다. 언젠가는 새로운 이장이 나오겠지만 한 집안에서 도맡아 해왔던 이장직을 다른 사람이 맡는다는 것 자체가 마을 사람들에게는 아직 낯선 모양이었다.

교장이 목사를 맡고 처음 하는 예배는 그야말로 총체적 난국이었다.

처음에는 그럭저럭 나쁘지 않았다. 교장의 설교는 이장이 했을 때처럼 감정에 호소하는 느낌은 없었지만 처음이란 걸 감안한다면 괜찮은 편이었다. 수십 년을 교직에 섰으니 이런 일은 익숙한 모양이었다.

단합회가 끝나고, 식사를 할 때까지만 해도 교장에 대한 호평이 일색이었다. 다들 이장의 부재를 걱정하긴 했지만 그래도 한시름 덜었다는 느낌이었다. 평소에 밥을 짓는 운영팀이 없어 식사는 각자 싸 와야 했다. 사람들은 도시락 느낌이니 소풍 느낌이니 하며 애써 긍정적으로 받아들였다.

식사가 끝나고 모두가 기다린 영접의 시간이 찾아왔다. 원래 예정된 것보다 한 주 늦었으니 다들 추첨에 몸이 달아 있었다. 교회에 몰래 침입할 생각뿐이던 나는 한 발짝 떨어져서 사람들이 자신이 뽑히길 바라는 모습을 보았다. 불과 한 달 전까지만 해도 나도 저들 중 한 명이었다.

미정은 옆에서 "이번엔 제발."이라며 중얼거렸다. 그녀는 왜 이렇게 영접하기를 바라는 것일까. 단순한 호기심이라기에 그녀는 신을 자신을 구원해 줄 구원자로 여기면서도 동시에 두려워했다.

교장이 추첨 용지가 들어 있는 상자를 가지고 단상에 올랐다.

"지금부터 제가 주관하는 한에서는 처음으로 추첨을 시작하겠습니다. 혹시 자리에 안 계신 분 있나요?"

"없습니다."

누군가 말했다. 이장이 섰을 때와는 다르게 분위기가 꽤나 가벼워 보였지만 사람들은 신경 쓰지 않았다. 분위기가 무겁건 가볍건 영접만 할 수 있다면 어찌 되든 상관없었다.

"……할머니, 축하드립니다. 단상 앞으로 나와주세요."

종교적 의식이 아니라 로또 추첨의 현장처럼 되었지만 사람들은 그다지 신경 쓰지 않았다. 중요한 것은 영접이니까.

10분이 지나고, 20분이 지나도 교장과 노파는 영접의 방에서 나오지 않았다. 사람들은 천벌이라도 받은 것 아니냐고 웅성거렸지만 방 안에서 말소리가 들린다는 누군가의 말에 일단 그들이 나오기를 기다렸다.

10분이 더 지나자 교장은 노파를 데리고 나왔다. 사람들은 왜 이렇게 오래 걸렸냐며 짐짓 아무렇지 않은 듯 물었지만 노파를 보고서는 다들 무슨 일이 생겼구나 짐작했다. 영접을 하고 나오면 누구든 밝은 표정이었는데, 노파는 어둡다 못해 세상을 원망하는 듯한 표정이었다.

"신께서 강림하지 않으셨습니다."

교장의 말에 정적이 흘렀다. 사람들은 자신이 잘못 들었길 바라며 되물었다.

"방금 뭐라고요?"

"이유는 모르겠지만, 신께서 오지 않으셨습니다."

교장의 확인 사살에 사람들은 수군거렸다. 수군거림은 점점 커지더니 아우성이 되어갔다.

"신께서 안 오셨다고? 오늘은 쉬시는 날인가?"

"지금까지 안 오신 날이 없었는데, 신께 쉬는 날이 어딨어."

"그러면 왜 안 오신 건데."

"그걸 내가 어떻게 알아. 목사님한테 물어봐야지."

"목사님. 대체 왜 오늘은 신께서 내려오시지 않은 겁니까?"

교장은 손수건을 꺼내 얼굴에 흐르는 진땀을 닦았다. 마음같아서는 명쾌한 답을 내려주고 싶지만 그도 다른 이들과 마찬가지로 아는 것이 없었다. 오히려 왜 오지 않았냐고 따지고 싶은 심정이었다.

전임자가 갑자기 사라졌으니 인수인계 따위는 기대도 못 했다. 사람들도 충분히 알고 있었고, 교장의 미숙한 점이 보여도 이를 알기에 웃으며 넘어갔다. 그러나 영접에 실패했다면 말이 달라졌다.

그들은 대답이 오리라고 기대도 하지 않았지만 교장에게 물을 수밖에 없었다.

"대체 무슨 일이 있길래 신께서 오지 않으신 거지?"

"이것도 천벌인가? 마을에 천벌을 받은 사람이 많이 나와서 이제 다시는 오지 않으시겠다는 건가?"

교장은 일단 진정하라며 사람들을 말리려 했지만 아무도 듣지 않았다.

미정은 잔뜩 흥분한 채로 무언가를 중얼거리고 있었다. 나는 짐작 가는 것이 있었지만 조용히 입을 다물었다. 그녀에게 말해줘 봤자 혼란만 가중시킬 뿐이니 모르고 있는 편이 서로에게 상책이었다.

"교장선생님."

나는 따로 그에게 다가가 속삭였다. 상훈이 뭐 하는 것이냐며 나를 데려오려 했지만 교장이 일단 들어보자며 제지했다.

"무슨 일이시죠?"

"혹시 제물은 뭐로 바쳤습니까? 저희가 들고 온 고기로 하셨나요?"

"네. 그랬습니다."

"냉장고에는 따로 고기가 없었나요?"

"네. 다른 고기는 없었습니다."

교장은 의심스럽다는 듯이 물었다.

"그런 건 왜 물어보세요? 혹시 뭐 알고 계신 거라도 있습니까."

"아뇨. 혹시나 해서 물어본 겁니다. 신경 쓰지 마세요."

"없기는. 뭔가 수상한데. 진짜 뭐 아는 거 없어? 사소한 거라도 괜찮으니까 말해봐."

상훈이 옆에서 부추겼지만 나는 잘 모른다는 태도로 일관했다.

짐승 고기는 안 되고 사람만을 제물로 바칠 수 있다는 사실을 알게 된다면 이장이 예견한 대로 마을에 큰 혼란이 올 것이다. 말이 좋아 혼란이지, 사실상 무법지대나 마찬가지일 것이다. 그런 건 아무래도 좋았다. 나는 어차피 가족을 되살리고 나면 마을을 떠날 몸이니까. 내가 걱정하는 것은 경쟁자가 늘어나는 것이었다. 지금 이대로라면 혼란스러워지긴 하겠지만, 적어도 경쟁자가 늘어나진 않을 것이다.

사람들의 바람과는 다르게 영접은 다음 주가 되고 그다음 주가 되어도 성공하지 못했다. 그들은 신을 원망했다가는 이장의 뒤를 따라가기 십상이니 그 대신 교장에게 책임을 넘기기 시작했다.

"교장 선생님. 이런 말은 안 하려고 했는데 혹시 제물을 어떻게 바치는지 모르는 거 아닙니까?"

"그러면 반대로 제가 묻겠는데, 어떻게 하는지 아는 사람 있습니까? 저도 그 사람한테 배우고 싶습니다."

자신한테 책임이 돌아오는 상황이 어지간히 짜증 났는지 교장은 누구에게나 친절하던 태도를 버리고 죄를 물으러 온 사람들에게 화를 내기 시작했다. 애초에 억지로 떠맡은 자리였으니 당연한 반응이었다.

오갈 곳 없는 분노와 혼란은 급기야 의심을 만들어냈다.

"혹시, 교장이 신께서 내려오지 않으신다고 거짓말하는 거 아냐? 실제로 교장 말고는 시도해 본 사람이 없잖아."

"에이. 아무리 그래도 그러려고. 그런 짓 했다가 천벌받을지도 모르는데."

"혹시 모르지. 신을 독차지하는 건데 그 정도 위험은 감수하겠다고 할 수도 있는 거 아닌가."

영접을 하지 못해 가장 답답한 것은 교장 자신이었지만 사람들이 인내심을 갖기에는 다들 제 발등에 불이 떨어진 상황이었다.

미정은 날이 갈수록 불안해 보였다. 원래도 영접 시간만 되면 필사적으로 빌고, 교회에 부정적인 얘기를 꺼내면 대놓고 정색하는 등 신에게 집착하는 모습을 보여줬던 그녀는 영접을 할 수 없게 된 뒤부터 하루가 지날 때마다 피폐해졌다. 원래도 컸던 눈은 핏발이 서 금방이라도 튀어나올 것 같았다. 머리는 말라비틀어진 나무처럼 푸석푸석해져 생기를 잃어갔다. 원래는 수다쟁이라고 해도 좋을 만큼 자주 말을 걸어왔지만 요즘은 교무실이 섬뜩하리만치 조용했다.

상훈은 대화 상대가 줄어 흥미를 잃었는지 수업이 아닐 때면 주로 경비실에 있는 은수와 수다를 떨었다.

"이미정 선생님, 무슨 일 있으세요?"

"아뇨. 그냥 피곤해서 그래요."

눈이 터질 것 같이 벌겋게 충혈되었지만 본인이 괜찮다고 하니 더 할 말이 없었다.

마을이 혼란한 틈을 타서 나는 영접할 기회를 노리고 있었다. 마음 같아서는 당장이라도 아무나 붙잡고 제물로 바치고 싶었지만 그러기에는 아무 준비도 되어 있지 않았다.

모르는 사람을 붙잡고 교회로 끌고 가기에는 보는 눈이 너무 많았다. 당장 저번에도 아무 일 없을 것이라며 집에 가는 도중 상훈을 만나지 않았던가. 다른 이들에게는 말하지 않은 것인지 다행히 아직 주민들에게 의심받는 일은 없었지만 수상한 짓은 최대한 피해야 했다.

마을 전체가 울타리로 둘러싸여 있으니 마을에서 나가려면 정문으로 나갈 수밖에 없었다. 그러기 위해서는 문지기를 통과해야 했다. 예전에는 영훈과 다른 운영팀원들이 교대로 문지기를 맡았지만 지금은 남자들이 교대로 맡았다.

내가 문지기를 맡는 날은 일주일 뒤였다. 영접을 시도하려면 그때 해야 했다. 이날이라면 문지기를 뚫을 시도도 필요 없을뿐더러 가족들과 재회한 당일에 곧바로 나갈 수 있었다. 하루아침에 내가 사라지면 마을이 좀 더 혼란해지겠지만 괜찮다. 마을에서 어떤 얘기가 나오든 기도조차 못 하는 사람들이 뭘 할 수 있겠는가.

마을을 나가는 것은 문제가 아니었지만, 제물로 바칠 사람을 구하는 것은 어려운 일이었다.

마을 사람들은 교장을 의심하는 것을 그만두었다. 대신 서로를 의심하기 시작했다. 다들 네가 잘못해서 우리가 천벌을 받은 것이라며 서로 손가락질했다.

교회에서의 단합회 시간은 어느새 남의 죄를 고발하는 시간으로 바뀌었다. 발단은 누군가의 한마디였다.

"지난주에 박 영감이 신을 모독하지 않았나?"

당사자는 어이없어했지만 주변에 있던 사람들은 그를 추궁했다. 앞에 있는 사람과만 마주 보며 얘기해야 한다는 규칙은 반쯤 사라졌다. 그간 신과 이장을 봐서 억지로 지켜왔지만 감시하는 사람이 사라졌으니 모두에게 불편한 규칙은 자연스레 도태되었다.

"내가 신을 모독했다니. 대체 어디서 나온 말이야?"

"저번에 왜 자기만 영접을 못 하냐, 추첨이 어딘가 수상하다고 했었던 건 기억 안 나나?"

"그거야 그냥 농담 삼아 해본 소리지. 그러는 자네야말로 이장한테 다음에는 추첨에서 자기 좀 뽑아달라고 사정 사정 했었잖아. 그거는 괜찮고?"

여론은 순식간에 뒤바뀌었다. 먼저 시비를 걸었던 남자는 오히려 본인이 뭇매를 맞았다.

사소한 해프닝으로 넘어갈 줄 알았지만 그다음 주에는 어떤 여자가 자신의 앞에 있던 남자를 고발했다. 그렇게 주마다 꾸준히 누군가 큰 목소리로 갑작스레 고발하는 것이 이어져 이제는 아예 단상으로 나와 고발하는 지경에 이르렀다.

가장 먼저 제지해야 할 입장인 교장은 이를 지켜보기만 했다. 왜 영접을 할 수 없는지 사람들의 의견을 들어보겠다는 이유를 내세웠지만, 아마 자신을 탓했던 마을 사람들에게 똑같이 당해보라는 의도가 아예 없지는 않았을 것이다.

단합회가 고발회가 된 이후 사람들은 서로를 경계하기 시작했다. 가족처럼 서로를 아끼고 길에서 만나면 오랜 친구를 본 듯 허물없이 말을 걸던 사람들은 이제 저놈은 신께 잘못한 것이 없는지 궁금해했다. 이런 분위기이니 수상한 짓을 하면 금세 주목 받을 것이다.

일주일이라는 시간은 길어 보였지만 하루하루 고민하다 보니 금세 그날이 코앞으로 다가왔다. 이미 살인자나 마찬가지인 몸이었지만 아무나 골라서 납치해 죽인다는 것은 생각도 하지 않았다. 그러기에는 마을의 분위기도 좋지 않았고 예상치 못한 변수가 생길 수 있다.

매일 밤 꾸는 악몽도 주저하는 이유 중 하나였다. 이장은 밤마다 꿈자리에 찾아왔다. 그는 머리가 불룩한 상태였다. 그가 숨을 내쉴 때마다 머리를 부풀리며 조용히 나를 내려다보았다. 무슨 말을 하고 싶어하는 것인지는 알 것 같았다. 아마 원망이나 저주겠지.

앞으로를 위해서도 죄책감은 가지지 않으려 했지만 구역질이 나는 것은 어쩔 수 없었다. 손전등은 날이 밝자마자 내다 버렸다. 그래도 그 감촉만큼은 손을 잘라버린다 해도 남아 있을 것이다. 사방으로 피가 튀고 베개를 맨손으로 때리는 것처럼 어딘가 푹신한 느낌이 들었다. 보고 싶지 않은데도 자꾸만 돌아보게 만드는 혐오스러운 그림처럼 잊고 싶어도 간헐적으로 느껴져 구역질이 났다.

잠을 자지 못하게 하는 것이 이장의 의도였다면 아주 성공적이었다. 이장은 교묘하게도 시간을 정해두지 않고 새벽 아무 때나 왔으므로 원래는 8시간 자던 것을 4시간씩 끊어서 자야 했다. 원래 잠이 많은 체질이었기 때문에 미정만큼은 아니더라도 요즘은 피곤에 절어 살았다.

이장은 가끔 운영팀원들도 데리고 왔다. 다른 이들도 불편했지만 특히 하반신이 우그러진 막내를 보고 있으면 아직도 비명 소리가 들리는 것 같았다. 그들은 손을 맞잡고 나를 둘러싸 강강술래를 하듯 빙글빙글 돌았다. 하반신이 없는 막내는 손을 잡힌 채 땅바닥에 질질 끌려다녔다. 쓰레기통에 버린 막내의 내장도 몸을 따라 질질 끌려다녔다. 신의 손바닥에 짜부라졌던 다른 이들은 종잇장처럼 얇게 펴진 상태여서 사람이 아닌 그림을 보는 것 같았다.

나흘째가 되자 점점 초조해지기 시작했다. 애초에 들키지 않고 사람을 제물로 바치는 것이 어려운 일이 아닌가. 하물며 일개 초등학교 선생인 내가 범죄를 저지르고 들키지 않는 것은 하늘의 별 따기였다. 고속도로를 타기도 전에 경찰에게 들킬 가능성도 충분히 있었다.

"이준 선생. 표정이 왜 그래? 무슨 일 있어? 되게 피곤해 보이는데."

"간밤에 잠을 설쳐서요. 별일 없습니다. 걱정해 주셔서 감사합니다."

"안 그래도 미정이가 요즘 말이 없어졌는데 이준 선생마저 그러면 나는 누구랑 말해. 안 그래? 별일 없다니 다행이네."

상훈은 격려인지 비꼬는 것인지 모를 말을 툭 내뱉었다.

교장이 교무실로 들어왔다. 교회가 아닌 다른 곳에서 본 교장은 꽤 신선했다. 그는 교회의 일을 처리하고 주민들의 의논 상대가 되어주느라 학교에 전처럼 나오지 못했다. 그 때문에 안 그래도 어두워진 학교의 분위기가 한층 더 악화되었다.

주변의 어른들이 서로를 탓하는 마당이니 아이들도 주변 친구들에게 이를 그대로 실천했다. 그를 본 아이들 역시 친구들에게 전도해 곧 반의 유행이 되었다. 예를 들어 숙제를 못 해온 아이가 있으면 다 같이 천벌을 받을 것이라며 놀려대는 식이었다.

이대로 놔두었다가는 학부모의 귀에 들어가 교사진 전부가 고발회로 끌려가는 수가 있었다.

하루는 날을 잡고 아이들을 혼냈다.

"앞으로 천벌이라는 단어는 교실에서 쓰지 말도록 하렴. 가능하면 집에서도 쓰지 말고."

"왜요?"

천벌이란 단어를 가장 많이 말하던 아이가 손을 들고 물었다.

"너희가 쓰기에 부적절한 말이야. 어른들 얘기니까 그걸로 친구들 놀리면 안 돼. 알겠지?"

아이들은 석연치 않은 것 같았다. 특히 왜냐고 따졌던 아이는 입술이 비쭉 튀어나온 것이 꼭 뭔가 저지를 것만 같았다.

그리고 다음 날 아침 그 아이의 어머니가 학교에 찾아왔다.

"선생님. 혹시 아이들한테 뭐 이상한 말이라도 하셨나요?"

"아뇨. 어떤 것 때문에 그러십니까?"

"저희 아들이 선생님께서 천벌이라는 말을 못 하게 했다고 하던데요."

"아, 네. 아이들이 그걸로 서로 놀리느라 다툼이 잦아져서 어쩔 수 없이 금지했습니다."

그녀는 내 얼굴이 황산에 녹아 없어지기라도 한 듯 경악했다.

"맙소사. 그러시면 안 되죠, 선생님. 아이들이 서로 싸워대는 꼴이 보기 좋다는 건 아니지만, 선생님께서 그렇게 탄압. 그래요, 탄

압. 탄압을 하시면 애들은 지금 마을이 어떻게 돌아가는지도 모르지 않겠어요? 아이들도 알 건 알아야죠. 그리고 선생님 때문에 신이 노하셔서 천벌이라도 내리시면 어떡해요?"

교사가 아이들을 훈육했다는 이유로 천벌을 내리는 신은 어느 종교에도 없을 것이다. 그렇지만 그녀는 분노와 두려움의 중간즈음에 걸쳐서 폭발하기 직전이었다. 나는 죄송하다고 머리를 조아리며 얌전히 꼬리를 내렸다.

아이들은 보란 듯이 수업 시간에도 천벌이라고 떠들어대기 시작했다. 이제는 까마귀 떼가 창밖으로 날아가도 천벌의 징조니, 너 잡아가러 왔다는 등 놀려대는 지경이었다.

신이 천벌을 내리듯 선생님도 너희들을 벌 줄 수 있다고 한 소리 하고 싶었지만 분명 학부모들이 단체로 몰려와 지금 신을 사칭하는 것이냐고 난리를 칠 것이다. 요즘 상훈의 눈치를 보면 학부모들을 거들었으면 거들었지, 나를 앞에서 옹호해 주지는 않을 것 같았다.

이런 상황이었으니 오랜만에 제자리로 찾아온 교장이 반갑기 그지없었다. 목사 자리나 사람들의 상담원 역할은 맞지 않는 감투였는지 학교에서 그의 얼굴은 평소보다 좋아 보였다.

"왔어? 평소보다 더 빛깔이 좋아 보이시네."

"말도 마. 할 게 얼마나 많은지 죽는 줄 알았어. 이장님은 이걸 대체 어떻게 하신 건지."

상훈과 교장은 반갑게 인사를 나누었다.

조용히 앉아 있던 미정이 갑자기 벌떡 일어섰다. 그전까지는 시체처럼 아무 기척도 없었기에 다들 깜짝 놀랐다. 그러거나 말거나 미정은 교장에게 다가가 말했다.

"교장 선생님. 잠시 드리고 싶은 말씀이 있는데 괜찮으실까요?"

"하고 싶은 말이요? 잠시만요."

그는 손목시계를 보고는 다시 말했다.

"제가 잠시 들른 거라 다시 가봐야 해서요. 그렇게 길게는 못 들어드릴 것 같고, 10분 정도면 괜찮습니까?"

"네. 감사합니다."

교장과 미정은 함께 자리를 떴다. 상훈은 오랜만에 본 친구가 다시 사라져 불만스러운 티를 팍팍 내며 말했다.

"이준 선생. 혹시 무슨 일인지 알아? 미정 선생 요즘 통 정신이 없는 것 같던데."

"제가 보기에도 그렇습니다."

"그치? 진짜 어디 아픈 것 아닌가 싶을 정도로 피곤해 보인다니까. 그래서 한 번 물어봤는데 잠은 잘 잔다더라고. 걱정거리라도 있으면 언제든 말하라고 하긴 했는데 저 상태면 나한테는 죽어도 먼저 말 안 할 것 같은데."

그는 잠시 고민하더니 말했다.

"그렇지. 이준 선생이 한번 물어봐."

"제가요?"

안 그래도 시간이 촉박한데, 이런 귀찮은 일까지 떠맡는다 생각하니 눈앞이 캄캄해졌다.

"그래, 둘이 친했잖아. 지금도 친하고. 아냐?"

"저보다는 박상훈 선생님이랑 더 친했죠."

"아냐. 나보다는 이준 선생이 더 적합한 것 같아. 아저씨보다는 동년배한테 고민 상담하기 더 쉬울 거 아냐. 안 그래?"

여러모로 맞는 얘기였다. 치열한 눈치싸움 끝에 나는 결국 학교가 끝나면 미정에게 말을 걸어보는 것으로 합의했다.

미정은 혼자서 교무실로 복귀했다. 돌아오면서 울기라도 했는지 눈가가 부어 있었다. 대체 무슨 얘기를 했길래 울음까지 터뜨린 것일까. 여유는 없지만 궁금한 것도 사실이었다. 최대한 빨리 대답을 듣고 끝내는 편이 좋을 것 같았다.

학교가 끝난 뒤 미정을 따로 불러냈다. 거절하면 거절하는 대로 좋았지만 그녀는 흔쾌히 받아들였다.

"마침 누군가랑 의논하고 싶었거든요."

우리는 저번에 갔던 카페로 향했다.

카페 안은 적막이 흐를 정도로 휑했다. 문이 열리며 종이 울리자 지은은 어서 오라며 반겨주었다.

"오늘 첫 손님이세요."

지은은 쓸쓸하게 웃으며 어디든 앉으라며 큰소리쳤다. 원래도 사람이 많은 편은 아니었지만 곧 해가 질 시간인데 첫 손님이라니. 어지간히 장사가 안 되는 모양이었다.

"저번에 본 할아버지들이 없네요."

"안 온 지 좀 됐어. 그나저나 너 머리는 왜 이래? 새가 집이라도 지은 거 같다. 설마 일부러 이렇게 한 건 아니지?"

"그냥 머리에 신경 쓸 여유가 없어서요."

지은은 이해한다는 듯 고개를 끄덕였다.

"그래. 요즘 상황이 상황이다 보니까 그럴 수 있지. 그래도 신경 쓸 건 써야 해. 오히려 상황이 이럴수록 더 그래야 한다니까. 뭐 하나 꼬투리 잡힐지 몰라. 그놈의 천벌, 천벌······."

지은은 갑작스레 나를 돌아보았다.

"혹시 선생님도 저한테 그러다 천벌받는다든가 하시는 건 아니죠?"

"물론입니다. 저도 이미 많이 듣고 있어서요."

"저랑 같은 처지가 여기 또 있었네요. 진짜 지겨워 죽겠어요. 말이 되는 걸로 트집을 잡아야지. 커피가 써서 환불 요청을 하는 걸 안 받아줬다고 천벌받는다는 것이 말이나 돼요? 그러면 선량한 소상공인을 협박한 죄는 없나."

"선량한 교사를 협박한 죄도 있었으면 좋겠네요."

나와 지은은 마주 보고 웃음을 터뜨렸다. 답답했던 속이 조금 풀리는 것 같았다.

"오늘은 선생님이랑 미정이 두 사람 다 무료로 드릴게요."

"아뇨. 굳이 그러실 필요 없습니다."

"제가 좋아서 그러는 거예요. 의견이 맞기도 하고, 만약 염라대왕이 환불 요청을 왜 안 받아줬냐고 하면 이걸 들먹이는 한이 있더라도 지옥행은 피해야죠. 그렇게 생각하면 커피 두 잔 값으로 천국행 티켓을 산 건데. 루터도 면죄부값이 이 정도였으면 안 없앴을걸요. 본인이 샀으면 샀지."

이렇게까지 말하는데 거절하는 것도 예의가 아닌 것 같아 감사히 받아들였다.

미정과 나는 저번과 똑같은 자리에 앉았다.

"그래서, 하실 말씀이 어떤 건가요?"

"미정 씨가 걱정되서요. 요즘 잠은 제대로 주무세요?"

그녀는 곰곰이 생각해 보며 희미하게 웃었다.

"글쎄요. 워낙에 푹 자는 스타일이라 그런 건 신경도 안 쓰고 있어서."

그녀의 푸석푸석한 머리카락은 주인이 거짓말을 하고 있다고 흔들거리며 호소했다.

"무슨 고민이라도 있으세요? 제가 할 수 있는 일이 있다면 뭐든 해드릴게요."

"마음은 감사하지만, 이준 씨가 할 수 있는 일이 아니에요."

지은이 커피를 들고 왔다. 미정은 한 번 홀짝이고 말을 이어나갔다.

"제가 남동생이 있다는 얘기 한 적 있었나요?"

"아뇨. 처음 듣습니다."

언젠가 얘기했을지도 모르지만 귀담아듣지 않았을 것이다.

"저희 남동생, 사실은 식물인간인 상태로 지금 누워 있어요. 교통사고 때문에요. 5년 전에 트럭이 치고 갔거든요. 범인이 바로 잡혔지만 그런다고 동생이 깨어나는 일은 없었죠. 언젠가 범인은 감옥에서 나와도 동생은 꿈에서 나오지 못하는 셈이에요."

그녀의 메마른 머리카락이 그녀의 메말라버린 슬픔을 대변하며 애처롭게 흔들렸다.

"신을 만나게 되면 물어보고 싶었어요. 왜 하필 내 동생이 차에 치여야만 했냐고. 식물인간으로 만들 것까지는 없지 않았냐고. 집에서도 기도해 봤지만 제물 없이는 듣지 않나 봐요."

내가 기억하기로 그녀가 신을 비꼬는 것은 이번이 처음이었다.

"그것도 처음에만 그랬지, 지금은 어째서 동생이 이렇게 되었는지는 아무래도 좋아요. 그저 굽은 허리를 펴게 하고, 화상을 순식간에 낫게 한다면 식물인간을 깨어나게 하는 것 역시도 가능하지 않을까 싶더라고요."

"아마 가능할 거예요."

죽은 사람을 되살릴 수 있다면.

"그렇겠죠? 저도 그렇게 생각해서 동생이 식물인간 상태로 누위 있어도 견딜 수 있었어요. 지금만 참으면 된다. 다음 달이라도 추첨에서 뽑히기만 하면 동생을 깨울 수 있을 테니까. 그러면 그때는 잠자는 침대 위의 왕자를 반겨주는 거죠.

매번 이런 마음으로 교회에 나갔어요. 운이 지지리도 없어서인지 신이 원하지 않는 건지 제 이름은 아무리 시간이 지나도 뽑히지 않더라고요. 물론 저 말고도 한 번도 안 뽑힌 사람이 없는 건 아니에요. 하지만 저처럼 절박한 사람이 뽑히지 않는다는 건 어딘가 이상하잖아요. 이게 신의 뜻이라면……."

미정의 목소리는 점점 높아졌다.

"아무튼. 그래도 다음에는 되겠지, 하면서 교회에 계속 나갔어요. 어쩔 수 없잖아요. 식물인간 상태에서 회복될 가능성에 비하면 이 방법이 확률이 훨씬 높으니까. 그렇게 생각하면 기다릴 수 있었어요.

그런데 지금처럼 된 거죠. 신이 사라져 버린 것인지는 몰라도 기도에 응답하지 않고 있잖아요. 그러니까 제가 어떤 상태인지 알겠죠?"

미정은 맞혀보라는 듯 평소처럼 장난스레 말했지만 눈은 금방이라도 눈물을 쏟을 듯이 크게 흔들리고 있었다.

"그러면 아까 교장 선생님하고 한 얘기도……."

"네. 무슨 좋은 소식 없냐고 여쭤본 것뿐이에요. 사실 이장님한테도 부탁드렸던 적 있어요. 나중에 은혜는 어떻게든 갚을 테니

동생을 깨워달라고요. 물론 거절당했지만요.

최근에는 추방당할 짓이라는 것을 알면서도 교회에 몰래 들어가 보려 한 적이 있어요. 열쇠도 없으니 금방 포기했지만 열쇠가 있었으면 바로 들어갔을 거예요. 찬밥 더운밥 가릴 때가 아니니까. 동생의 상태가 더 악화되거나 한 건 아니지만 다시는 보지 못할 수도 있다고 생각하니 초조해졌어요. 그런 상태에서 잠이 오겠어요?"

당연히 잠이 올 리가 없었다. 나 역시 가족이 죽었을 때 불면증에 시달렸으니 그녀의 심정을 잘 이해할 수 있었다. 서류상으로 그녀의 동생은 살아 있었지만 사실상 죽은 것이나 마찬가지였다.

"교회에 들어가고 싶으세요?"

나는 그녀에게 넌지시 물었다.

그녀는 아차 싶었는지 황급히 둘러댔다.

"아뇨. 말이 그렇다는 거지, 실제로 들어가려고 한 건 아니에요. 그냥 그런 생각도 했었다는 거죠. 한 번쯤은 다들 해보지 않을까요? 그래도 실제로 하는 거랑은 다르니까. 남들한테 말하고 다니시진 않을 거죠?"

"당연하죠. 제가 하려던 말은 그게 아니라⋯⋯."

미정에게 말해도 될까. 그녀를 구슬리면 교회까지 데리고 갈 수 있을 것 같았다. 그것도 기절시켜 강제로 끌고 가는 것이 아닌 자발적으로.

자발적으로 교회까지 같이 가는 편이 강제로 끌고 가는 것보다 증거가 남지 않을 가능성이 컸다. 그리고 교회에 몰래 들어가는 것은 엄연히 금지된 행위이기에 남들에게 알리지 않고 갈 것이 틀림없었다.

생각대로만 된다면 내게는 상당히 형편 좋은 이야기였지만 불안한 점도 있었다. 미정에게 찰흙으로 본뜬 열쇠 얘기를 꺼냈다가 그녀가 마을 사람들에게 얘기라도 한다면 내 모든 계획은 수포가 된다. 뿐만 아니라 이장과 운영팀원들을 죽였다고 의심받을 것이다. 사람들은 열쇠를 복사한다는 신성모독적인 범죄와 이장의 실종이 분명 관계있다고 생각할 것이다. 사실이기도 하니 변명거리도 없었다.

내가 말을 멈추자 그녀는 더욱더 불안해했다. 지금쯤 자신의 얄미운 입이라도 한 대 때리고 싶은 심정일 것이다.

"그게 아니라요?"

하도 답답했는지 미정이 말을 재촉했다. 답답해도 어쩔 수 없었다. 그녀와 일한 지도 꽤 되었지만 나는 아직 그녀가 어떤 사람인지 몰랐다. 사람들과 이야기하는 것을 좋아하는 밝은 사람이라는 것만으로 나도 열쇠를 가지고 있다고 말해도 될지 판단할 수는 없었다.

"저도 동생이 있었어요."

하고 싶은 말은 이게 아니었지만, 그녀에 대해 생각하다 보니 무의식적으로 튀어나왔다. 나야말로 내 입을 한 대 때리고 싶었다. 지금까지 가족에 대한 이야기는 장례식에서 만난 어른들과 보육원 선생님들밖에 나눠본 적 없었다.

"진짜요? 남동생이에요, 여동생이에요? 몇 살인데요?"

"지금은 없어요. 집에 불이 났었거든요."

"아……. 죄송해요."

그녀는 황급히 사과했다.

나는 내 입에서 왜 이런 얘기가 나왔는지 생각했다. 남들에게는 그렇게 숨겨왔던 이야기인데 왜 그녀에게는 말할 수 있었을까.

미정은 나와 닮아 있었다. 그녀의 동생은 심장이 멈추지는 않았지만 내 동생과 마찬가지로 죽은 것이나 다름없었다. 내가 가족을 다시 보기 위해서라면 살인이라도 할 수 있는 것처럼, 그녀 역시 남동생을 깨어나게 하기 위해서 무슨 일이든 할 수 있을 것이다.

교회에 몰래 들어가 보려 했다는 말도 사실일 것이다. 아직 성공하진 못했지만 적어도 그러한 의도를 이장에게 걸린 것은 아닌 모양이었다. 만일 걸렸다면 지금쯤 추방을 당했거나 그렇게 원하던 신과 천국에서 만나고 있었겠지.

만약 내 생각대로 그녀가 나와 비슷하다면 내 제안을 거절할 이유가 없었다. 그녀가 혼자 교회에 들어가기 위해서는 경계심이 강해진 교장한테서 열쇠를 훔쳐야 했다. 그러기보다는 앞에 떡하니 있는 지름길로 가는 것이 편하기도 하고 들키지 않을 가능성도 컸다. 불안한 점이 있다면 그녀의 양심인데, 그녀라면 한낱 양심보다는 동생을 중시할 것이다. 내가 그러니까.

"저는 동생을 살리고 싶었어요. 솔직히 그전까지는 신을 믿지 않았지만, 금숙 할머니 허리가 나으시고 결정적으로 재가 되기 직전이었던 제 손이 나았으니까 안 믿을 수가 없었죠. 저도 이미정 선생님처럼 교회에 몰래 들어가려고 했어요. 실제로 거의 성공할 뻔했죠. 열쇠를 얻었거든요."

미정은 열쇠를 얻었다는 말에 놀라 의자에서 나자빠질 뻔했다. 나는 실제로 들어갔다는 내용은 빼고 이장 몰래 열쇠를 찰흙으로 본떴다는 것까지만 그녀에게 이야기했다.

"그래서 지금이라면 아마 들어갈 수 있을 거예요. 이장님이 계셨다면 모를까. 교장선생님은 가정이 있으니까 새벽까지 교회에 있지는 않겠죠."

미정은 입으로 앓는 소리를 내며 고민했다. 흘깃 곁눈질하는 미정을 보자 별안간 나를 주민들에게 넘겨야 할지 말아야 할지 고민하는 것인가 싶어 식겁했다. 내가 뭘 믿고 그녀에게 냅다 말한 걸까. 나와 그녀가 같다는 생각은 도대체 어디서 튀어나온 건가. 실제로 그녀는 자신은 그럴 생각만 했다고 말한 건데.

"하지만 들어간다고 해도 지금은 영접을 못 하잖아요. 애초에 문제가 그것이기도 하고요. 들어가도 허탕만 치고 나오지 않을까요?"

다행히 대답하는 것으로 봐서는 그녀는 나를 고발할 생각은 없어 보였다. 게다가 잘만 하면 끌어들일 수 있을 것 같았다. 그녀는 내 계획에 동참하고 싶다고 말해야 할지 고민하고 있었다. 내 생각이 틀렸더라도 적어도 긍정적으로 받아들이고 있긴 할 것이다.

　"아뇨. 사실 이전에 누구한테 들은 건데, 제물로 바치는 고기는 저희가 정육점에서 사 오는 고기로 바치면 안 된다고 해요."

　"네? 그게 무슨 말이에요? 잘못 들으신 거 아니에요?"

　미정은 말도 안 된다는 듯 되물었다.

　"확실할 거예요. 영광의 방 안에 냉장고가 있는 건 아세요?"

　그녀는 고개를 저었다. 한 번도 추첨에서 뽑히지 못했으니 그럴 만했다. 그녀의 무지가 내 말에 힘을 실어주었다.

　"그 냉장고에 있는 고기로 영접을 해야 성공한다더라고요."

　"저번에 교장 선생님께서 냉장고 안에 고기가 없다고 하셨잖아요."

　"당연히 거짓말이죠. 그 안에 있는 고기만 따로 옮겨두면 되는데 속일 마음만 있다면 속이기야 쉬우니 다들 넘어간 거 아니겠어요? 분명 냉장고에 있던 고기는 지금쯤 교장 선생님 댁에 있을 거예요."

　"그렇지만 교장 선생님이 남을 속일 사람도 아니고,"

　미정은 목소리가 희미하게 떨렸다. 자신도 그리 믿지 않는 눈치였다.

"설사 그렇다 해도 굳이 속일 이유가 없잖아요. 이제 목사는 교장 선생님이신데. 만약 영접을 하고 싶다면 그냥 본인이 사람들 없을 때 하면 될 텐데. 그렇게 하면 마을 사람들 영접도 하고 본인도 하고 싶은 대로 할 텐데. 그렇지 않아요?"

그녀는 쉽게 넘어오지 않았다. 동생의 목숨과 마을에서 자신의 명예가 걸린 일이니 신중해지는 것도 당연했다.

나는 뭐라고 말해야 의심 많은 그녀가 받아들일지 잠시 고민하다 말했다.

"그야 냉장고에 있던 고기는 남한테 퍼주고도 남을 만큼 양이 많지 않으니 그러죠. 이장님이 없는 이상 저 고기가 어디서 사 온 건지, 돼지 앞다리살인지 목살인지조차 아무도 모르잖아요. 그러니까 숨기는 거예요. 지금까지는 계속 제물을 바쳐도 됐지만 지금처럼 어떤 고기를 제물로 바쳐야 하는지 모르는 상태에서 마을 사람들한테 영접까지 시켜줬다가는 얼마 안 가 동이 날 테니까."

재료가 뭔지는 알고 있었지만 그걸 미정에게 말해줬다가는 내 속셈을 눈치챌 수도 있었다.

"그렇지만, 아무리 그래도 그렇게까지 할까요? 가족이나 다름없는 마을 사람들한테 거짓말을 하면서까지. 그런 분은 아니셨는데."

미정은 조금씩 설득되는 것 같았지만 그나마 남아 있던 그녀의 이성이 잘 생각해 보라며 아우성쳤다. 그녀를 일깨우려면 충격요

법이 필요했다.

"지금 마을을 보세요. 너나 할 것 없이 남 탓만 하며 싸우고 있잖아요. 교장 선생님이라고 다를 것 같아요? 물론 좋으신 분이죠. 아이들 등하교하는 것도 지켜봐 주시고, 교직원이라고 해봤자 셋밖에 없지만 아무튼 저희들한테도 잘해주시는 분이죠. 그렇지만 교장 선생님도 결국에는 사람이에요.

그리고 교장 선생님에게 저나 이미정 선생님처럼 아픈 가족이 없다고 확신해요? 아픈 가족이 없다고 해도 그와 버금갈 정도로 간절히 이루고 싶은 소원은 있을 수 있죠. 사람이 나빠서 남 탓을 하거나 거짓말을 하는 게 아니에요. 환경이 그렇게 만드는 거지.

당장 저랑 이미정 선생님만 해도 그렇잖아요. 이미정 선생님은 충분히 도덕적인 분이시고, 제 입으로 말하긴 뭣하지만 저도 범죄를 저지르며 자라지는 않았어요."

그녀는 작게 고개를 끄덕였다.

"그러면 이준 씨는 어떻게 하고 싶은데요?"

거의 넘어왔다는 신호였다. 나는 목소리에 힘을 싣고 말했다.

"저는 교회에 몰래 들어갈 거예요. 밤에 들어가면 아무한테도 안 들키고 들어갈 수 있어요."

"밤에는 순찰을 돌잖아요."

"이번 주 금요일은 제 차례라서 순찰은 걱정하지 않아도 괜찮아요. 자리에 없는 걸 들켜도 반대편에서 순찰을 돌고 있었다고 하면 아무도 의심하지 않을 거예요.”

　미정은 어떻게 해야 이 작전이 실패할지 속으로 계산하는 것 같았지만 파고들 요소가 전혀 없었다. 내가 생각하기에도 밤에 조깅을 하는 상훈만 조심하면 문제 될 일은 없었다. 그가 운동을 하는 시간대만 피하면 되고, 만일 상훈의 마음이 바뀌어 다른 시간에 조깅을 한다고 해도 둘이 같이 걷는다면 연애라도 하는 모양이라고 형편 좋게 생각할 것이다.

　“정말 안 들킬 자신 있어요?”

　“네. 일부러 들키려고 하지 않는 이상 안 들켜요. 이미정 선생님도 같이 가실래요?”

　나는 그녀의 눈빛이 잠시 흔들리는 것을 놓치지 않았다.

　“둘이 간다면 저도 편할 거예요. 영광의 방에는 저번에 잠깐 들어가긴 했지만 마을에 오래 살았던 사람이 필요해요. 같이 가실래요?”

　미정은 곰곰이 생각하더니 결국 입을 열었다.

　“알겠어요. 같이 갈게요. 금요일이라고 하셨죠?”

　떨리는 목소리가 그녀가 얼마나 긴장하고 있는지 알려주었다.

　“네. 금요일 새벽 1시에 나오시면 돼요. 그때쯤이면 아무도 없을 거예요.”

　미정은 비장한 얼굴이었다. 미안하긴 했지만 누군가 강요한 것이 아닌 그녀가 스스로 선택한 것이라고 생각하며 합리화했다. 나는 그저 이러면 어떻겠냐고 제안한 것뿐이다. 그녀도 이게 옳지 않은 일이라는 건 알고 있을 것이다.

"여기 앉아도 될까?"

마침 혼자 카운터를 보는 것이 심심했는지 지은이 다가와 말을 걸었다. 미정은 죄지은 사람처럼 창백해진 얼굴로 지은에게 앉으라고 권하며 의자를 뒤로 뺐다.

"뭐야. 얼굴이 왜 그래. 내가 방해한 것 같은데, 다시 가?"

"아니, 언니. 그게 아니라 그냥 속이 안 좋아서 그래."

"속이 왜. 맛이 이상했어? 이상하네. 전보다는 질이 낮긴 하지만 그래도 괜찮은 원두인데."

"커피 때문이 아니라 점심을 이상한 걸로 먹었어. 유통기한이 지났긴 해도 괜찮을 줄 알았는데."

"위장약 있는데 그거라도 먹을래? 먹는 게 좋을 것 같은데."

미정은 한사코 거절했지만 지은은 끈질기게 권했다.

"아직 가게 영업 중이신데 여기 있으셔도 괜찮으세요?"

내가 묻자 지은은 손사래를 쳤다.

"괜찮아요. 어차피 아무도 안 오니까. 이대로면 분명 적자긴 한데 어쩌겠어요. 아무나 끌고 와서 커피를 먹이고 돈을 받을 순 없으니까. 영접이라도 해봤으면 소원이 없겠어요."

미정은 영접이라는 얘기가 나오자 바늘에 찔린 것처럼 움찔했다. 다행히 지은은 다른 곳을 보고 있어 눈치채지 못했다.

"영접하면 어떤 걸 기도하시게요?"

"저는 커피머신이나 바꿔달라고 하려고요. 원두만 좋으면 뭐해요. 원두 가는 기계가 먹통인데. 아마 손님이 없어진 것도 이 기계 영향이 아예 없지는 않을 거예요."

내가 지은을 빤히 바라보자 그녀는 무안했는지 헛기침을 했다.

"왜 그렇게 빤히 쳐다보세요?"

"부러워서요."

그녀는 놀리지 말라며 웃었지만 나는 진심이었다. 그런 말을 할 정도면 나 같은 사람과는 다르게 여유가 있는 편이니까. 물론 장사가 안돼서 죽겠다는 그녀의 고충은 충분히 공감할 만했다. 나같아도 당장 교사직을 그만두게 되면 뭘 하며 먹고 살아야 할지 막막했다. 그러나 밥벌이에 대한 고민은 나처럼 현실적으로는 절대 일어날 수 없는 일을 바라는 사람들에게는 사치였다.

무료로 해주겠다는 지은의 제안을 한사코 거절하고 미정과 밖으로 나왔다. 원래는 이웃들의 대화로 시장통처럼 시끌벅적했던 거리는 아무도 없는 지은의 카페처럼 조용했다. 해는 길의 끝에 매달려 있었다. 햇빛은 이미 사라진 지 오래였다. 우리에게는 어두운 길만이 남아 있었다.

"금요일이요."

미정은 재차 확인했다.

"제가 또 연락드릴게요. 그때까지는 생각하지 마세요."

"너무 부자연스러웠나요?"

"신경 쓰지 않는 편이 더 자연스러울 것 같아요."

미정은 한숨을 쉬었지만 얼굴은 아침보다 밝아 보였다. 안색의 힘일까. 푸석푸석했던 머리카락도 조금이지만 차분해진 것처럼 보였다.

"그러면 내일 봐요."

집으로 돌아가려는 미정의 모습은 석양을 받아 그림자가 졌지만 표정은 웃고 있었다. 그녀의 생각대로 되지 않으리라고 알고 있어서일까. 그녀의 미소를 보면 불편해지기만 했다.

"죄송해요."

"네? 뭐가요?"

미정은 어리둥절해하며 물었다.

당연히 그녀에게 사실대로 말할 수는 없었다.

내가 할 수 있는 것이라고는 그녀를 어두운 길 너머로 보내는 것밖에 없었다.

7. 잔불

7. 잔불

미정은 전처럼은 아니었지만 비교적 활기찬 모습으로 학교에 나왔다. 아이들은 모두 그런 그녀를 환영해 주었다. 그 영향인지는 모르겠지만 아이들은 천벌을 입에 달고 사는 시간이 줄어들었다. 어디까지나 '전에 비하면'이었지만 적어도 수업 시간에 난리를 치는 일은 없어졌다.

사람을 차별하는 것 같아 꽤씸했지만 어쩔 수 없었다. 예전부터 함께 지내온 미정이 더 신경 쓰이는 건 아이들로서는 당연할 테니. 내 말을 아예 안 듣는 것은 아니었으므로 내색하지는 않았다.

미정은 활기찬 모습을 되찾은 대신 멍을 때리는 일이 잦아졌다. 다가오는 금요일을 기다리다 보니 긴장되는 바람에 저절로 의식을 놓는 것 같았다. 상훈이 이준 선생한테 옮은 거 아니냐며 짓궂게 놀릴 때마다 그녀는 얼굴을 붉히며 손사랫짓했다.

준비를 하려고 해도 준비할 것이 없을 만큼 계획은 간단했다. 새벽에 몰래 미정을 데리고 교회에 들어간 후 영광의 방에서 미정을 죽이고 제물로 바친다. 그리고 가족을 부활시킨 뒤 차로 마을을 빠져나가면 그만이었다.

문제가 일어난다고 해봤자 누군가를 마주친다거나, 미정이 순순히 죽어주지 않고 반항하는 정도인데 그 정도는 충분히 대비할 수 있었다.

누군가 마주친다 해도 교회에 몰래 들어갈 것이라고는 생각하지 못할 것이다. 경비를 서야 할 사람이 왜 여기 있냐고 묻기라도 하면 혈기 넘치는 젊은이들처럼 몰래 데이트라도 하고 있었다고 둘러대면 꾸중은 들을지언정 계획이 어그러지는 일은 없다.

나는 뒤에서 끈으로 미정의 목을 조를 계획이었다. 그녀가 호신용으로 전기충격기라도 갖고 있지 않은 이상 위협적인 반격은 못할 것이다. 막상 실제로 목을 조르면 죄책감에 망설일 수도 있었지만 실제로 그럴지는 그때가 되어야 알 것 같았다.

약속된 금요일이 오자 미정은 수업을 제대로 진행하지 못할 정도로 심하게 긴장했다. 얼굴이 창백한 것이 새하얀 종이를 얼굴에 붙이고 있는 것 같았다.

"미정 선생님. 혹시 천벌 받으신 거 아니에요?"

교무실에 들어온 채윤이 나지막이 속삭였다. 나는 미정이 들었을까 싶어 황급히 채윤에게 그런 말 하지 말라고 꾸짖었지만 숨을 가쁘게 몰아쉬는 미정을 보고 있으면 그런 생각을 하는 것도 무리는 아니었다. 만약 내가 아무것도 모른 채 그녀를 봤다면 나 역시도 그렇게 생각했을 것이다.

평소라면 하지 않았을 말실수를 수업 시간에 세 번 정도 하고 결정적으로 점심시간에 교무실에서 커피를 쏟자 상훈은 더 이상 안 되겠다는 듯 엄숙하게 말했다.

"안 되겠네. 미정이는 오늘 수업 못 할 것 같은데, 이준 선생이 오후 수업 대신 해줄 수 있어?"

오늘 오후 수업은 원래 내 담당이다.

"네. 제가 할게요."

"미정이는 집에 가서 쉬어."

"교장 선생님한테 말은 하고 가야죠."

"내가 대행이야. 재영이 그놈이 자기가 없는 동안 맡아달라고 했어."

교장이라는 직함을 대리로 맡길 수 있는 건가 싶었지만 서로 이름으로 부를 만큼 친한 사이니 그러려니 했다. 어차피 시골 마을의 초등학교이니 이런 것쯤이야 아무 문제 없었다.

"그래요, 이미정 선생님. 오늘은 집에 가서 쉬셔야 할 것 같아요. 낯빛이 안 좋으세요."

그녀는 내 말에 따라 순순히 자리에서 일어섰다. 어차피 학교에 있어봤자 오후에는 수업도 없으니 할 일이 없기도 했다. 그럴 바에야 집에 틀어박혀 있는 편이 남들에게 덜 수상해 보일 것이다.

"죄송해요. 집이 추워서 그런지 감기 기운이 좀 있어서."

"죄송하게 생각하지 말고 몸조리나 잘해. 다음 주에는 나아서 건강한 얼굴로 봐야지."

"알겠습니다. 즐거운 주말 보내세요. 이준 씨도 나중에 봬요."

나중에 보자는 말이 즐거운 주말 보내라는 말 뒤에 오면 남들이 보기에 어색하겠지만 이미 뱉어버린 말은 주워 담을 수 없었다. 다행히도 상훈은 그리 주의 깊게 듣지 않는 눈치였다.

"네, 알겠습니다. 나중에 뵙겠습니다."

미정이 나가고 상훈과 어색한 기류가 흘렀다. 그와 사이가 안 좋은 것은 아니었지만 개인적인 얘기는 거의 하지 않아 서로 취미가 무엇인지도 몰랐기에 미정처럼 친근하게 얘기할 거리가 없었다.

어색한 분위기를 참지 못한 상훈이 먼저 입을 열었다.

"이준 선생은 우리 마을 어때? 한사람 마을 말이야. 이제 여기 온 지도 오래됐잖아."

뜬금없이 이런 질문을 받아 당황스러웠지만 긍정적인 대답을 해야 한다는 것만은 알고 있었다.

"그야 좋죠. 도시에서만 살다가 숲이 근처에 있으니 공기도 맑고. 갑자기 그건 왜 물어보세요?"

"아니. 요즘 마을 분위기가 안 좋잖아. 왜인지는 당연히 알 거고."

그는 망설이더니 덧붙여 말했다.

"나는 우리 마을이 뭔가 바뀐 것 같아. 이장님이 없어진 것 말고 도 뭔가 근본적으로. 원래는 다 같이 가족처럼 지내던 사람들인데 서로 싸워대는 모습을 보니 마음이 영 불편해. 그렇지 않아?"

"요즘 들어 그런 분위기가 없지 않아 있는 것 같긴 해요."

"없지 않은 정도가 아니라, 엄청 바뀌었어. 원래 내가 알던 한사 람 마을은 초등학생마냥 누가 이랬니 저랬니 잘잘못을 따지며 싸 우지는 않았다고. 이웃 사람들에게 친절한 게 우리 마을의 자랑이 었는데 이렇게 되다니."

그 말을 들으니 내가 처음 한사람 마을에 왔을 때가 떠올랐다. 이장은 아무리 안 쓰는 집이라고 해도 그날 처음 본 외지인에게 통 크게 집 한 채를 빌려주었고, 더러운 벽지와 곰팡이들은 남자 들이 다 같이 청소해 주었다. 겉으로 내색은 안 했지만 순수하게 감동받았었다. 그 추억을 얘기해 주자 상훈은 기억이 났는지 손가 락을 튕겼다.

"그래, 그때 내가 벽지 바꾼다고 얼마나 고생했는지 알아?"

그는 장난스럽게 내 머리를 쥐어박았다. 거칠고 투박한 손놀림 이 어쩐지 아버지의 수염에 얼굴을 비비는 것 같아 이상하게도 그 리 싫지 않았다.

"그럴 때도 있었는데. 만약 선생이 지금 왔다면 아무도 도와주 지 않았겠지. 아니, 어쩌면 천벌을 두려워하면서 억지로 도와줬을 수도 있겠다."

상훈은 깊은 한숨을 쉬었다.

"어떨 때 보면 이게 맞는 걸까 싶어. 신께서 하시는 행동이니 우리가 뭐라고 가타부타 할 입장도 아니고 그래서도 안 되지만, 그래도 천벌을 두려워하면서 사람들끼리 의심해야 한다니."

그는 아무렇지 않게 덧붙였다.

"이장님이랑 운영팀원들 말이야. 정말로 천벌을 받은 걸까?"

나는 잠시 앉아 있던 책상째로 땅이 쑥 꺼지는 착각에 빠졌다. 설마 그가 알아챘을까. 정확히 무슨 일이 일어났는지는 알 수 없겠지만 내가 수상하다고 생각할 이유는 충분했다. 밤에 마주친 것이 나였으니까. 의문을 조금이라도 가진다면 큰일이었다. 하루만 늦게 알아도 좋으련만.

그런 기도를 신이 들어준 것일까, 상훈은 내가 수상하다고 말하지 않았다. 어쩌면 다른 이들에게 가서는 이준 선생이 수상하다고 운을 띄울지도 몰랐지만 그의 성격상 내가 수상하다고 생각했으면 내 앞에서 말했을 것이다.

나는 입에 고인 침을 삼키고 물었다.

"……천벌을 받은 게 아니라면요?"

"예를 들어 누군가 전부 죽이고 산에다 묻었다든가. 수색대를 꾸려 수색을 하기는 했어도 우리가 경찰도 아니고 산을 파보면서까지는 하지는 않았잖아. 파고 싶어도 저 넓은 산에서 어디를 파야 되는지도 모르고."

"그럴 수도 있겠네요. 진짜 무서운 일이라도 당해 산에 있는 거 아니에요?"

나는 호들갑을 떨며 상훈을 추켜세웠다. 그가 이대로 오해해 주면 나야 좋았다. 실제로는 이장과 운영팀원들은 지금쯤 사이좋게 천국에 있을 것이다.

상훈이 다시 무언가 말하려고 할 때 수업 종이 울렸다. 나는 오후 수업을 핑계로 자리를 떴다. 계속 대화했으면 아무리 둔감한 상훈이라도 무언가 눈치챘을지 모른다.

손에 땀이 나서 책을 제대로 잡고 있을 수가 없었다. 겨드랑이에 책을 여러 권 끼워 넣고서야 겨드랑이에도 땀이 흥건하다는 것을 깨달았다. 내 표정도 미정처럼 하얗게 질렸을까.

아이들은 금요일이라서 그런지 다들 들떠 있었다. 수업이 끝날 즈음에 나는 아이들에게 물었다.

"너희는 주말에 뭐 할 거니?"

아이들은 저마다 목소리를 높여 대답했다. 대부분의 대답은 텔레비전이나 게임이었다. 그들은 질 수 없다는 듯 내게 질문을 그대로 돌려주었다.

"선생님은 뭐 하실 거예요?"

"나?"

그러고 보니 가족을 부활시키겠다는 부분에만 치중했던지라 정작 그 후는 생각해 보지 않았다. 가족을 부활시키면 어떤 것을 할까 고민하는데 문득 보육원에 있을 때가 떠올랐다.

　나는 할 것이 없을 때면 종종 우리 안에 갇힌 동물들이 사람들을 쳐다보듯 보육원 밖 공원에서 부모의 손을 잡고 거니는 아이들을 멍하니 쳐다보며 시간을 때웠다. 그러면 선생님은 내가 가족을 그리워하는 모양이라며 상담 시간을 늘려줬다. 상담은 성실하게 받았지만 상담사와 선생님이 기대하는 것만큼 큰 효과는 없었다.

　가족들이 죽었다는 것은 물론 몇 년이 지나도 받아들여지지 않았지만 바로 옆에서 나와 같이 밖을 바라보는 부모 없는 고아들을 볼 때면 나도 이들과 같은 처지라는 것이 싫어도 실감 났다. 동시에 가족들이 살아 있다고 해도 다시는 볼 수 없을 것 같은 절망이 조금씩 그들에게서 스며들었다. 옆 사람이 하품을 하면 나도 따라 하게 되는 것처럼 그들의 태도에 전염되었다. 내가 보육원에 있는 이상 가족들은 절대 살아 돌아올 수 없는 것 같았다.

　"집에 돌아갈 것 같은데."

　아이들은 갑자기 무슨 소리냐며 깔깔 웃었다.

　학교가 끝난 뒤 미정에게 전화를 걸었다.

　"여보세요?"

　그녀는 다 죽어가는 목소리로 전화를 받았다.

　"최이준입니다. 몸은 좀 어떠세요?"

　"아…… 지금은 좀 나아졌어요."

그녀는 말끝을 흐렸다. 긴장하는 기색이 역력히 느껴졌다. 그녀의 목소리를 들으니 덩달아 나까지 불안해졌다.

"오늘 밤에 가시는 거 알고 계시죠?"

"……네. 알고 있죠."

미정은 왜인지 대답을 망설였다. 나는 혹시나 계획에 차질이 생길까 집요하게 물었다.

"뭔가 신경 쓰이는 것이라도 있으세요?"

"아뇨. 그런 건 아니고, 그냥 계획대로 잘 풀릴지 걱정이 되어서요."

"걱정하지 마세요. 다 잘될 겁니다. 만약 잘 안 풀린다고 해도 다음에 다시 하면 되잖아요. 열쇠만 안 빼앗기면 언제든 시도할 수 있어요. 들키지만 않으면요."

"다음에 언제요?"

나는 미정의 목소리가 조금 높아졌다는 것도 모른 채 속 편히 말했다.

"당장 그다음 주도 괜찮고, 제가 경비를 맡았을 때가 가장 좋으니까 그때 상황을 봐서……."

"그게 언제일 줄 알고요? 그사이에 동생이 죽기라도 하면 어떡하고요. 그렇게 되면 이준 씨가 책임지실 수 있으세요?"

그녀는 말을 내뱉고 나서 곧바로 헉, 하고 숨을 들이켰다.

"죄송해요. 말이 헛나왔네요. 이준 씨랑은 상관없는 일인데."

"괜찮습니다. 이미정 선생님께서 걱정하시는 대로는 안 될 거예요. 지금까지 괜찮았잖아요."

"그렇긴 하지만 불안하잖아요. 사실은 아직도 안 믿겨요. 동생을 다시 볼 수 있을지도 모른다는 사실이. 아직도 꿈에서 깨어나지 않은 것 같아요. 금방이라도 깨져버릴 것 같은 꿈."

"걱정하지 마세요. 다시 볼 수 있을 겁니다. 제가 그렇게 만들어 드릴게요."

"말만으로도 고마워요. 진짜 그렇게 되면 좋겠네요."

미정의 상태는 다행히 아까보다 안정된 것 같았다. 식겁했던 마음이 다시 가라앉았다. 이제 와서 못 하겠다고 한다면 다른 제물을 찾아봐야 했는데.

"그러면 밤에 봅시다. 제가 이미정 선생님 댁 앞으로 갈게요."

"그냥 만나지 않고 따로 가도 되지 않아요? 이준 씨한테 열쇠가 있으니까 이준 씨가 먼저 가서 열어놓으면 제가 뒤따라갈게요."

"아뇨. 이미정 선생님께서 새벽에 혼자 길거리에 있는 걸 누군가 봤다가는 이상하게 생각할 수도 있잖아요. 차라리 저희가 같이 있으면 덜 이상하게 보일 거예요. 그편이 변명할 거리도 있고."

방금 말한 이유도 같이 교회까지 가야 하는 이유들 중 하나였지만 더 중요한 이유는 미정이 중간에 실수라도 저지르지 않는지 지켜봐야 한다는 것이었다. 그녀의 실수 하나 때문에 누군가 눈치챌 수도 있었고 내 계획이 틀어질 수도 있었다.

그리고 무엇보다도 중간에 마음이 바뀌지 않는지 지켜보고 있어야만 내가 불안하지 않았다. 미정의 제안대로 내가 그녀를 기다린다면 혹시 그녀가 오지 않는 것은 아닐까, 지금쯤 마음이 바뀌어 교장한테 사실대로 털어놓은 건 아닐까 밤새 불안할 것이다.

"알겠어요. 그러면 새벽 1시에 저희 집 앞에서 보는 거죠? 굳이 번거롭게 안 오셔도 되는데."

"네. 1시에 제가 갈게요. 그때까지 좀 쉬고 계세요. 피곤하면 할 수 있는 것도 제대로 못 해요."

미정이 통화를 끊고 중얼거렸다.

"니 동생 따위 내가 알 바야?"

그녀에게서 정을 떼고 죄책감을 덜기 위해 시험 삼아 중얼거렸다. 진심이 아니어서 그런지 스스로가 더 한심할 뿐이었다.

착잡한 기분으로 집에 돌아와 짐을 챙겼다.

손전등은 저번에 버렸으니 불빛은 핸드폰 라이트로 켜야 했다. 그녀를 교란시킬 고기는 어떤 것이든 상관없으니 기존에 사두었던 고기를 조금 챙겼다. 벨트도 가방에 넣었다. 용도는 떠올리고 싶지 않았다. 혈액이 없을 수도 있으니 칼도 따로 가져가는 편이 좋을 것 같았다. 그냥 칼로 찌르면 되는 것 아닌가 싶었지만 혹시나 얕게 찌르는 바람에 반격당할 수도 있었다. 차라리 벨트로 뒤에서 기습적으로 목을 조르는 편이 나을 것이다.

오후 8시. 마을 정문 쪽으로 가자 영훈이 기다리고 있었다. 그는 나를 방범초소 쪽으로 데려갔다. 내가 할 일은 기본적으로 초소에 앉아서 정문을 노려보는 것과 2시간에 한 번씩 마을을 순찰하는 것 말고는 없었다. '의외의 일'이 일어나게 되면 혼자 나서지 말고 교장에게 전화하라는 말도 잊지 않은 채 영훈은 인수인계를 끝내고 돌아갔다.

초소는 어찌나 공기가 눅진거리는지 벽에 손을 대면 쩍하고 달라붙을 것 같았다. 전등은 깜빡거리고 공기도 잘 통하지 않으니 앉아 있는 것만으로도 고역이었다. 영훈이 항상 날이 서 있는 이유를 알 것 같았다.

이후의 일을 생각하니 심장이 점점 빠르게 뛰기 시작했다. 천장과 벽이 점점 좁아지는 것 같았다. 천천히 숨을 들이쉬었지만 목구멍까지 누군가 조르는 것처럼 답답해졌다. 이대로면 진정은커녕 숨이 막혀 죽을 판이었다.

앞으로 일어날 일이라. 좋지 않은가, 그렇게 그리워했던 가족의 품으로 돌아가는데. 산타 할아버지가 무더기로 오지 않는 이상 불가능했던 선물을 받게 되는 셈인데.

그러기 위해서는 많은 사람을 죽여야 했고, 앞으로 한 사람을 더 죽여야 했다. 미정은 내가 마을에 들어왔을 때부터 친절했지만 우리 가족보다 중요한 사람은 아니었다.

뭘 그렇게 고민해. 그냥 죽여버리면 되는 거잖아. 이제 와서 그만두면 이장이랑 운영팀원들은 어떡해. 그냥 개죽음 아냐? 생각해 보고 말고 할 것도 없어. 나약해지지 마. 죽여야만 하는 것 너도 알고 있잖아. 아니면 이제 와서 다른 사람이라도 찾아보게? 제일 죽이기 쉬운 먹잇감을 놔두고? 그럴 거면 그냥 마을 사람들한테 다 말해버리지 그래. 네가 이장을 제물로 바쳤고, 신께서는 제물로 동물 고기가 아니라 사람만 받는 특이한 취향이시라고. 그러면 속은 편하겠다. 그치?

속이 편할 리 없었다. 가족을 되살릴 수 있는 기회를 놓쳐버린 것을 두고두고 후회할 것이다. 그러고는 발 빠르게 자살로 생을 마무리하거나 고독하게 평생 혼자서 살아가겠지. 나한테 가족이란 이미 포기해 버린 것이 될 테니까.

전부 알고 있지만 그렇다고 사람을 죽인다는 것이 실감이 나진 않았다. 이장을 죽였을 때는 자기방어에 가까웠고 운영팀원들을 죽였을 때는 들키면 안 된다는 급박한 상황 속에서 충동적으로 저지른 것에 가까웠다. 둘 다 지금처럼 계획적으로 저지른 살인이 아니었다.

엎드려서 잠이라도 자둘까 싶었지만 만약 누군가 본다면 귀찮아질 것이다. 피곤해서 금방이라도 쓰러질 것 같았지만 계획을 미룰 수도 없는 노릇이니 가야만 했다.

불행 중 다행인지 아니면 당연한 것인지 길거리는 한적하고 고요했다. 나는 조용히 미정의 집 앞까지 걸어갔다. 저번처럼 상훈과 마주치는 일은 없었다.

미정의 집 대문 앞에 도착해 그녀에게 전화를 걸었다. 신호음이 울리자마자 뚝 끊기더니 그녀의 목소리가 들렸다.

"이준 씨, 도착하셨어요?"

"네. 대문 앞입니다. 지금 가시죠."

미정은 문 앞에서 기다리고 있었는지 말이 끝나자마자 집 밖으로 나왔다. 추운 날씨는 아니었지만 미정은 검은 코트를 걸치고 있었다. 머리는 산발이었는데 눈이 충혈된 것으로 봐서는 나처럼 잠에 들지 못한 것 같았다.

"좀 주무셨어요?"

"아뇨. 못 잤어요. 너무 긴장이 돼서……. 자려고 하니까 심장이 떨려서 도저히 못 자겠더라고요. 이준 씨는 좀 어때요?"

"저도 피곤해요. 빨리 끝내고 가서 쉬죠."

미정은 하품을 하며 고개를 끄덕였다.

그녀는 내 등 뒤를 물끄러미 바라보았다. 혹시 가방을 메고 있는 것을 수상하게 여기는 것일까. 뭐라고 변명해야 할지 재빨리 고민했지만 다행히 그녀는 가방에 관심이 있던 건 아닌지 곧 시선을 돌렸다.

"열쇠는 들고 오셨죠?"

"다 들고 왔죠. 저만 믿으세요."

미정의 집에서 교회까지는 오래 걸리지 않았다. 혹시나 남의 눈에 보일까 싶어 최대한 어두운 곳으로 골라 걸었다. 마을은 깊은 잠에 빠져 있어 조용했다.

교회의 정문 앞에 도착해 보란 듯이 열쇠를 꺼내 들었다. 아무도 없다는 건 알고 있었지만 그래도 혹시나 하는 마음이 허공을 떠돌아 팔을 휘감았다. 열쇠가 안 맞으면 어떡하지? 이장은 열쇠를 목에 걸고 다녔지만 교장이 열쇠를 어디에 보관하는지는 본인밖에 몰랐다. 이게 안 맞으면 한참을 돌아가야 한다.

다행히 열쇠는 잘 돌아갔다. 정문은 동네가 떠나가라 시끄럽게 삐걱였다. 나는 황급히 정문을 잡고 소리가 나지 않을 정도로 천천히 열었다. 미정은 불안한 듯 정문을 노려보았다. 그녀에게 시선을 던지자 잠시 주변을 두리번거리더니 재빨리 따라왔다.

"이렇게 늦은 시간에 교회에 와보신 적 있으세요?"

"초등학생 때 교회에서 저녁에 크리스마스 파티를 했었는데, 이렇게 새벽에 와본 적은 처음이에요."

시체를 제물로 바치는 방 앞에서 아이들이 뛰어논다고 생각하니 마음이 불편했다. 문득 방방을 탔던 교회가 생각났다. 그 교회의 목사는 신과 영접한다고 하면 어떤 반응을 보일지 문득 궁금해졌다.

나는 핸드폰을 꺼내 빛을 비추었다. 전등을 켰다가는 우연히 잠에서 깬 누군가가 볼 수도 있었다.

"영광의 방은 자물쇠가 따로 없어서 열려 있을 거예요."

나는 영광의 방에 들어가 본 적이 없다는 미정에게 설명해 주었다. 그녀는 나름대로 열심히 맞장구쳐 주었다.

영광의 방은 내 방문을 열듯 간단히 열렸다. 손잡이에 잠그는 기능이 없으니 당연했지만 여기 들어오려고 얼마나 노력했는지 생각해 보면 약간 허무했다.

"밖에서는 몰랐는데 피 냄새가 엄청나네요. 여기다 제물을 바치는 건가요?"

"네, 여기서 고기를 올려두고 기도를 하면 돼요. 잠시만요, 제가 보여드릴게요."

"또 뭔가 해야 하는 게 있나요?"

그녀가 의아한 듯 물었다. 나는 대충 둘러댔다.

"네. 그리 오래 걸리진 않으니까 걱정하지 않으셔도 돼요."

나는 책상 위를 바라보았다. 혈액은 남아 있지 않았다. 사람의 몸에는 피가 많이 흐르니 다행이었다.

나는 메고 있던 가방을 내려놓고 고기를 꺼내 제단 위에 올려두었다.

"좀 녹아야 하니까 기다려주세요."

"녹아야 한다고요?"

"언 고기를 바치기는 좀 그러니까요. 이미정 선생님도 얼어 있는 고기를 먹지는 않잖아요."

그녀는 그러려니 하며 반박하지 않았다. 한 번뿐이지만 나는 먼저 들어와 본 사람이니 믿고 따르는 것 같았다.

"그러면 녹을 때까지 해야 하는 건 없나요?"

미정은 심심한지 말을 걸었다.

나는 그녀에게서 등을 돌리고 가방에서 가죽 벨트를 꺼냈다. 손이 패지 않게 장갑도 꼈다. 가죽 벨트는 거의 사용하지 않아 새것처럼 빳빳했다. 거칠거칠한 표면을 만지면 가시나무에 찔린 것처럼 아팠다.

나는 벨트를 양손으로 잡고 당겨 보았다. 소가죽으로 만들어서 그런지 소의 힘줄처럼 뻑뻑했다. 이 정도면 밧줄보다 더 치명적으로 목을 조를 수 있을 것 같았다. 뒤에서 칼로 찔러도 죽일 수 있었지만 그렇게 하면 피를 낭비하는 셈이 됐다. 책상에 피가 없으므로 혹시 모르니 피를 아껴야 했다.

"미정 씨."

나는 그녀를 불렀다.

"왜 그러세요?"

"여기 와서 이것 좀 도와주실래요?"

미정은 아무 의심 없이 다가왔다.

"어떤 걸 하면 될까요?"

"저기 책상 보이시죠. 책상 서랍에 보면 뭔가 있을 텐데 그것 좀 꺼내주세요."

그녀는 군말 없이 책상 서랍 앞으로 갔다. 물론 안에 무엇이 있는지는 나도 몰랐다. 목을 뒤에서 조르기 쉽게 하기 위한 변명이었으니까.

"아무것도 없는데요?"

"작아서 잘 안 보일 거예요."

"작은 수준이 아니라 텅텅 비었는데요. 진짜 여기에 있는 거 맞아요?"

미정은 책상 서랍 안에 손을 넣고 이리저리 손을 가져다 댔다. 그녀는 빨리 와서 직접 보라는 듯 내게 손짓했다.

"안에 없다고요? 그럴 리가 없는데."

나는 미정의 뒤에 서서 주머니에 넣어둔 벨트를 꺼냈다. 그녀는 여전히 책상 서랍만을 보고 있어 내가 뒤에서 무엇을 하는지 전혀 눈치채지 못했다.

"진짜 아무것도 없어요. 다른 곳이랑 착각하신 것 아니에요?"

미정은 나름대로 제 역할을 다하기 위해 최선을 다했다. 나 역시 내 역할을 하기 위해 가죽 벨트를 손으로 팽팽하게 잡아당겼다.

"잠시만요. 잠시만 그대로 가만히 계세요."

나는 여자 친구의 목에 수줍이 목걸이를 걸어주는 풋풋한 청춘처럼 그녀의 목으로 천천히 벨트를 가져갔다. 그녀는 내가 장난을 치는 줄 알았는지 뭐 하는 것이냐며 웃었다.

미정의 웃음이 뚝 그친 것은 내가 손에 힘을 줬을 때였다. 힘을 준 순간에는 당황해했지만 벨트를 양쪽으로 힘껏 잡아당기자 바로 발버둥을 치기 시작했다. 곧 그녀의 옆얼굴에 핏줄이 튀어나왔다. 목구멍에서 수도꼭지가 막혔을 때 나는 꾸르륵 소리가 새어 나왔다.

그녀는 손발을 마구 버둥거렸다. 그러다 내 손과 그녀의 손이 맞닿았다. 옳다구나 싶었는지 내 손을 마구 할퀴자, 손등의 살갗이 떨어져 나갔다.

나는 꼴사납게 비명을 지르며 손에 더 힘을 주려 했지만, 미정이 손등을 잡아 뜯고 있어서인지 아까처럼 힘이 들어가지 않았다. 이대로면 벨트가 풀릴 것 같았다. 그녀의 등에 발을 올리고 힘껏 잡아당겼다. 손으로만 잡아당기는 것보다 효과가 좋았다.

미정의 얼굴에서 부풀어 오르던 혈관은 이제 곧 터져서 피가 사방으로 튀어나온다고 해도 이상할 게 없어 보였다. 그녀는 게처럼 입에서 거품을 뿜어냈다. 꾸르륵거리던 소리는 수도꼭지가 망가진 듯 잦아들었다.

손등을 할퀴던 미정의 손도 점점 약해져 가더니 바닥으로 툭 떨어졌다. 이리저리 발버둥 치던 발도 힘이 다해 잠시 경련하더니 그대로 멈추었다. 그녀의 바지가 점점 축축해졌다. 몸에 힘이 풀려 실금을 한 것 같았다.

이제 그만 졸라도 되겠다고 생각한 건 그 후로 5분이 지났을 때였다. 미정은 아무리 목을 조르고 발로 차도 어떤 반응도 보이지 않았다. 아직까지 그녀가 죽었다는 실감이 나지 않았다. 현실감이 돌아오지 않았을 때 빨리 할 일을 해야 했다.

나는 미정의 옷을 벗겼다. 옷에 단추가 많아 벗기는 데 시간이 오래 걸렸다. 성인 여성의 시신은 생각했던 것보다 무거워 제단 위로 올리는 것만 해도 애를 먹었다.

이제는 시체에 불과한 미정을 바라보았다. 그녀의 팔다리는 실이 끊어진 꼭두각시 인형처럼 아무렇게나 늘어져 있었다. 이제 보니 입으로 튀어나온 것은 거품뿐만이 아니었다. 거품 사이로 혀가 검지 길이만큼 튀어나와 있었다. 안 그래도 컸던 미정의 눈은 이제 복어처럼 부풀어 올라 조금이라도 잘못 건드리면 톡 하고 터질 것 같았다.

잘했다. 또 죽였네. 이번엔 네가 스스로 죽인 거니까 변명거리도 없어.

어딘가에 처박혀 있던 양심이 비아냥거렸다.

지금 와서 그런 얘기를 해도 늦었다. 이미 미정은 죽었고 그 전으로 되돌아간다 해도 다른 이를 죽여서 제물로 바치는 수밖에 없었다. 죄책감이 없는 것은 아니었지만 지금은 적절한 때가 아니었다. 죄책감에 빠지는 것은 가족을 살리고 난 이후에 해도 충분했다.

미정을 제단 위에 올려둔 후 그 앞에 무릎 꿇었다. 이장을 바쳤을 때와 똑같이 두 손을 맞잡고 기도했다.

자비로운 신이시여. 제발 우리 가족을 되살려 주세요. 부탁드립니다. 이것만 들어주신다면 더는 바랄 게 없습니다.

그러나 한참을 기다려도 달라지는 것은 없었다.

자신도 어디까지 가능할지 모른다고 했었던 이장의 말이 떠올랐다. 설마 사람을 되살리는 것은 안 되는 걸까. 이제 와서 물어볼 사람도 없으니 눈앞이 깜깜했다. 단순히 내 착각이기를 절실히 빌었다. 이것 때문에 사람도 죽였는데. 이제 와서 불가능하다는 건 말이 안 된다.

일어서서 미정을 빤히 쳐다보았다. 그러다 내 실수를 눈치채고 크게 웃었다. 세상에. 이런 실수를 하다니. 사소한 일이었지만 제물에 피를 붓지 않았다. 그러고 보니 기도가 성공했을 때는 항상 시체 위에 피를 부었다. 정신이 잠시 나가 있었던 걸까.

나는 가방에서 칼을 꺼내 그녀의 몸에 대고 죽 그었다. 상처가 벌어지면서 피가 새어 나왔다. 피가 적당히 나올 때까지 칼로 상처를 넓힌 다음 손으로 벌렸다. 그다음 손에 피를 묻히고 오일을 바르듯이 그녀의 전신에 발랐다. 다행히 피의 양은 부족하지 않았다. 손에 묻은 피는 그녀의 찢어진 옷에 닦았다.

나는 손에 묻은 피를 꼼꼼히 닦고 나서 다시 무릎을 꿇고 기도했다.

자비로운 신이시여, 저희 가족을 되살려 주십시오. 제물에 피까지 발라놓았습니다. 이 정도면 충분할까요?

신은 그런 내 헌신에 곧바로 보답해 주었다.

하늘이 빛나더니 이제는 익숙한 거대한 손이 나타났다.

손은 미정을 쥔 채로 사라지더니 이내 다시 내려와 나의 그리웠던 가족들을 지상에 두고 다시 올라갔다. 나는 두근거리는 심장을 주체할 수 없었다. 손 안에는 내가 그동안 바라왔던 것들이 있었다.

은혜로운 신이시여, 감사드립니다.

나는 울면서 말했다.

거대한 손바닥이 펼쳐지자 안에서 무언가 걸어 나왔다. 눈이 뜨거워져 잘 보이지 않았다. 눈시울이 붉어진 것이 아닌 말 그대로 불에 데는 것처럼 뜨거워졌다.

눈물을 닦고 앞을 보니 춤추는 사람 모양의 풍선 세 개가 불타고 있었다. 풍선들은 앞뒤로 흔들리고 있었다. 바람이 빠지는 것처럼 푸슉 소리가 여기저기서 들렸다. 누군가 풍선에 구멍을 뚫어 둔 것일까.

그 풍선이 무엇인지는 잠시 후에 싫어도 알게 되었다.

어디선가 닭이 우는 소리가 들렸다. 벌써 밤이 샜나 싶었지만 아직 시간은 여유로웠다. 게다가 자세히 들어보니 닭의 울음소리라고 보기에는 이상했다. 평소에 듣던 울음소리와는 어딘가 달랐다.

그렇지만 이 울음소리는 어디선가 들어본 것이었다. 이 마을에 오기 전, 아주 오래된 일이었는데…….

세 풍선이 마구 팔을 흔들었다. 아랫부분에서 바람을 불어 넣는 여느 풍선들과는 다르게 이것들은 사람처럼 양다리가 아래에 달려 있었다. 겉보기로는 아무 장치도 되어 있는 것 같지 않아서 어떻게 흔들리는 것인지 알 수 없었다. 양다리는 제각각 움직였다.

살짝 벌어진 입에서 침이 흘렀다. 바람도 없는데 잘만 흔들리는 풍선을 보며 정신이 반쯤 나가 피식거리는 와중에 타닥거리며 불타는 소리 너머로 무언가 말소리가 들렸다.

"너무 뜨거워. 너무 뜨거워서 피부가 벗겨지는 것 같아."

이것도 마찬가지로 어디서 들어본 말투였지만 성대가 거의 뒤집어져 있어 뭐라고 하는 것인지 정확히 알아들을 수 없었다. 그래도 뜨겁다고 하는 것만은 알 것 같았다. 하기야, 몸이 불타고 있는 와중에 뜨겁다는 것 말고 무슨 말을 할 수 있을까.

그 뜻 모를 말 때문에 불타고 있던 것이 바람이 빠져가는 풍선이 아니라 사람이라는 것을 알 수 있었다. 신께서 갑자기 왜 이 사람들을 내려주었는지 혼란스러웠다.

풍선이 아니라 사람이라는 것을 알고 나니 낯익은 닭 울음소리 같은 것도 어디서 들었는지 곧 생각났다.

우리 부모님이 불에 탈 때 내질렀던 비명 소리였다.

두 명 중 누가 닭 울음소리를 내었는지는 이제 알 수 있었다. 두 명 모두 비명을 지르고 있었다.

그러면 저기서 너무 뜨겁다고 계속 중얼거리는 작은 풍선이 우리 동생이라는 말인가.

나는 금세 고개를 저었다. 그럴 리가 없었다. 내가 아는 동생은 양갈래 머리를 하고 있었는데…….

풍선의 머리 부분에 두 개의 무언가가 양옆으로 튀어나와 있었다. 양갈래라고 한다면 딱 알맞을 크기였다.

아니, 양갈래 머리 말고도 다른 특징이 있을 것이다. 옛날 일이라 정확히 기억은 안 나지만, 그래, 키. 키가 아마도…….

나는 동생의 키를 옛날 기억에 의존해 대충 어림짐작해 손으로 표시해 보았다. 풍선은 그 손에 딱 알맞았다.

다른 건? 여동생을 알아볼 특징으로 다른 건 없었나? 여러 개를 생각해 보면 분명 그중 하나는 다른 것이 있을 것이다. 그도 그럴 것이 저건 우리 동생이 아니니까. 아니어야만 하니까.

"불 좀. 누가 불 좀 꺼주세요."

작은 풍선이 소리쳤다. 큰 풍선들은 비명을 지르는 데 여념이 없었다.

나는 정신이 번쩍 들었다. 저들이 우리 가족이건 아니건 사람이라는 것은 확실해 보였다. 불타는 사람이 누구든 불부터 꺼야 했다.

교회에 소화기가 있었던가? 몇십 년 전에 만들고 보수공사 한번 하지 않았을 것 같은 영광의 방에는 당연히 소화기가 없었다. 방을 나가서 교회의 불을 켰다. 이제 마을 사람들에게 걸리는 것은 문제가 아니었다.

이리저리 둘러보자 메인 홀 구석에 소화기가 비치되어 있었다.

최대한 빠르게 달려가려다 바닥에 떨어져 있던 무언가 때문에 대자로 넘어졌다. 코를 정통으로 바닥에 찧어 코피가 조금 흘렀다. 신이 비웃는 소리가 여기까지 들리는 것 같았다.

소화기를 들려 했지만 이미 피곤한 몸 상태에 손등까지 난도질되어 있어 손에 힘이 제대로 들어가지 않았다. 하는 수 없이 영광의 방까지 소화기를 질질 끌고 갔다.

막상 들어와서 불타는 풍선들, 아니 사람들을 보니 이제 소화기는 필요 없을 것 같았다. 작은 풍선의 팔이 이리저리 흔들리더니 떨어져 나갔다. 작은 풍선은 떨어져 나간 팔을 붙이려 애쓰며 제 부모처럼 울부짖었다. 주인이 울부짖는 동안 떨어져 나간 팔은 바닥에서 통나무처럼 활활 타오르며 제 역할을 다하고 있었다.

아까보다 울음소리는 약해졌다. 내 귀가 적응이 된 것은 아니었다. 여전히 시끄러웠지만 울음소리에 들어 있던 생명력이 바람 앞의 촛불처럼 꺼져갔다.

"조금만 기다려. 금방 불 꺼줄게."

나는 손을 벌벌 떨며 소화기를 들었다. 손잡이를 아무리 세게 눌러봐도 분말은 티끌조차 나오지 않았다.

다 쓴 소화기를 들고 왔다기에는 너무 무거웠다. 플라스틱이 아니라 철이니까 무거운 게 당연한 걸까. 맞다, 안전핀. 안전핀을 뽑고 손잡이를 눌러야 분말이든 뭐든 나오지. 바보 같으니. 너 때문에 나머지 팔도 떨어져 나가면 네가 책임 질 거야?

사람을 향해 소화기를 쏘면 안 된다고 들었던 것 같았지만 불타는 것이 사람인 마당에 그런 사소한 안전수칙 따위를 신경 쓸 때가 아니었다. 나는 그들을 향해 소화기의 손잡이를 눌렀다.

다행히 소화기에서는 하얀 분말이 힘차게 뿜어져 나왔다. 그들의 비명은 잦아들었다. 세 명의 몸에 붙어 있던 불이 전부 꺼지고 나서야 소화기를 끌 수 있었다.

나는 몸을 부르르 떨며 그들에게 다가갔다. 그들이 정말로 내 가족이 맞는지 확인해야 했다. 어쩌면 불에 타는 모든 사람들이 닭 울음 비슷한 소리를 내는 것일지도 모른다. 내가 실제로 본 불에 타는 사람이라고는 내 가족밖에 없으니 어쩌면 그럴 수도 있었다. 실제로 내 동생도 안 그러지 않았는가.

큰 풍선들 먼저 확인했다. 얼굴로 구분하는 것은 불가능했다. 얼굴은 특징이랄 것 없이 눈코입이 전부 타버렸다. 옷과 몸도 마찬가지였다. 거기에 남은 것은 오직 타버리다 못해 숯이 된 시체 두 구였다.

팔이 떨어져 나간 작은 풍선도 확인했다. 이 역시 얼굴이 타버려 알아볼 수 없었다. 숯이 되어버린 것은 작은 풍선 역시 마찬가지였다.

한 가지 유추할 수 있는 것이 있긴 했다. 새까맣게 타버린 나비 모양의 머리 끈이 풍선의 양갈래 머리에 묶여 있었다.

그러나 인정하고 싶지 않았다. 인정해 버리면 우리 가족이 한

번으로 모자라 두 번 죽은 것이 되기 때문에. 그리고 소원을 빌고, 바보처럼 멀뚱멀뚱 서 있던 내게 책임이 있었기 때문에.

나는 여동생을 닮은 시체를 끌어안았다. 그나마 남아 있던 팔 한쪽도 힘없이 덜렁거리더니 툭 하고 떨어져 나갔다. 여기 누워 있는 숯들은 내 여동생이 아니고 우리 부모님이 아니라고 생각했지만 비명이 되지 못한 신음이 입술 사이로 끅끅대며 기어 나올 뿐이었다.

나는 천장을 보며 신이 어떤 저의로 그랬을지 생각했다. 부모와 동생이 불에 타는 집에 갇혀 있을 때는 아무리 빌어도 구해주지 않더니 이제는 고인들을 능욕하기까지 했다. 이장이 죽던 날 밤, 소원을 정확히 빌기 위해 자신이 사람들 대신 기도한다고 했던가. 기도도 제대로 못 하는 나를 비웃으며 하늘 어딘가에서 깔깔 웃고 있을 신이 머릿속에 그려졌다. 지금쯤 뿌듯해하고 있을까, 아니면 한낱 인간의 생각 따위는 머릿속에 없는 것 아닐까.

저것은 신이 아니다. 전지전능한 존재일지는 몰라도 우리가 흔히 아는 신이 아닌 것은 분명했다. 그렇지 않고서야 나의 기도를 이런 식으로 들어줄 리 없었다.

머릿속에서는 불 좀 꺼달라는 여동생의 유언이 맴돌았다. 이미 팔도 떨어져 나갔고 불에 타기 시작한 지 한참 지난 상태로 내려왔으니 즉시 소화기를 뿌렸더라도 효과는 없었을 것이다. 하지만 조금만 더 빨랐으면 마지막으로 얼굴은 볼 수 있지 않았을까, 좀 더 편하게 가지는 않았을까 하는 죄책감이 용솟음쳤다.

"거기 누구 있습니까?"

누군가 교회 밖에서 소리쳤다. 웅성거리는 사람들의 목소리도 들렸다.

"문이 열려 있어요. 열쇠는 교장 선생님이 갖고 계시죠?"

"네. 지금도 들고 왔습니다. 보세요."

"창문은 안 깨져 있는데, 귀신이 곡할 노릇이네요. 일단 들어가 봅시다."

사람들이 교회 안으로 들어오는 소리가 들렸다. 나는 영광의 방 안에 있었기 때문에 그들의 눈에는 보이지 않았다.

"불은 켜져 있는데 안에 아무도 없네요. 저번에 누가 왔다가 불을 끄는 걸 잊은 거 아닐까요?"

"아뇨. 어젯밤에는 꺼져 있었어요. 오늘 낮에도 꺼져 있었고요."

"그러면 누가 들어온 건 분명한 것 같은데요."

"혹시 영광의 방에 들어간 것 아니에요? 도둑질을 할 것이면 가정집을 털지 굳이 교회까지는 안 올 테니까, 누구인지는 몰라도 목적이 있다면 영광의 방에 들어갔을 것 같은데요."

"저도 그렇게 생각합니다. 한번 가보죠."

사람들이 영광의 방으로 걸어오기 시작했다. 영광의 방 내부로 들어오는 이들은 곧 불에 탄 시체 세 구와, 소화기 분말이 잔뜩 뿌려진 바닥에 엎드려 타버린 장작 같은 무언가를 껴안고 질질 짜고 있는 성인 남성 한 명을 보게 될 것이었다.

도망치든지 숨든지 둘 중 하나를 해야 했지만 그럴 마음이 들지 않았다. 이제 어떻게 되든 상관없었다. 동료 교사를 제물로 바쳤지만 가족을 되살리지도 못했다. 미정의 목을 조를 때를 생각하면 손이 벌벌 떨렸다. 이 이상은 도저히 무언가를 할 수 없을 것 같았다.

나는 엎드린 자세 그대로 사람들을 맞이했다. 선봉에 서 있던 교장이 당황한 목소리로 물었다.

"거기 누구십니까?"

나는 고개를 들었다. 그제야 교장은 나를 알아본 것 같았다. 교장의 바로 뒤에 서 있던 상훈이 나를 보고 당황한 듯 말했다.

"이준 선생 아냐? 이준 선생이 왜 여기 있어?"

"어쩌다 보니 이렇게 됐네요."

나는 변명을 할 의지도 없이 말했다.

그들은 처참한 방의 풍경에 넋이 나간 것처럼 보였다.

"저거, 저거 진짜 시체 아냐?"

누군가 외치자 시체의 주변에 있던 이들은 헛구역질을 했다. 토할 거라면 가족의 시체에 묻지 않게 멀리 떨어져서 해줬으면 좋겠는데.

"최이준 선생님. 설명을 해주셔야겠는데요. 이게 대체 무슨 일입니까?"

교장의 말은 귓등으로 흘린 채 나는 앞으로 어떻게 살아야 할지 고민했다. 가족이 한 번이면 모를까 두 번이나 불타 죽는 것을 보니 더는 삶에 미련이 없어졌다. 한 번 희망에 올라타 높게 날아올랐다 떨어지니 원래 자리로도 돌아올 수 없었다.

"신과 영접하는 곳에서 이런 일이 일어나다니."

한 노인이 믿을 수 없다는 듯 중얼거렸다.

그러고 보니 사람들은 내가 불에 탄 시신들과 함께 있는 것보다 영광의 방에서 불미스러운 일이 일어났다는 사실에 더 경악하는 것 같았다. 사실 불에 탄 시신들 따위 구역질을 일으키기만 할 뿐 크게 신경 쓰지도 않았다. 사람 취급을 하지 않는 것은 신이나 신자들이나 똑같았다.

"알았어요. 말씀드리겠습니다."

내가 입을 열자 상훈은 궁금하다는 듯이 어서 말해보라며 재촉했다.

"저는 최근에 어째서 아무리 기도를 올려도 신이 오지 않는지 알고 있습니다."

사람들은 술렁거렸다. 그들이 그토록 원하는 정보였으니 어린 아이처럼 들뜬다 해도 그들을 탓할 수는 없을 것이다.

"그게 뭔데요. 괜히 사람 애간장 태우지 말고 빨리 말해봐요."

"신이 기도를 들어주기를 바란다면 사람을 바치면 됩니다. 지금까지 다들 정육점에서 산 소고기나 돼지고기 같은 것만 바치셨잖아요. 사람은 다들 바쳐보신 적 없으시죠?"

"사람이라니. 해괴망측한 소리 하지 말고, 그 비결이 대체 뭐냐니까."

헛구역질을 하던 할아버지 중 한 명이 참을 수 없다는 듯이 목소리를 드높여 말했다.

"진짜예요. 이장님께서는 그동안 사람을 바치셨어요. 어떻게 시체를 구해왔는지는 저한테 물어보지 마세요. 저도 모르니까."

사람들은 내가 거짓말이나 농담을 하는 게 아니라는 것을 알았는지 한순간에 조용해졌다. 누군가 분노에 찬 욕설을 중얼거렸지만 그뿐이었다.

교장은 분위기가 심상치 않다고 느꼈는지 사람들을 진정시키려 애썼다.

"최이준 선생. 그런 농담 해서 얻을 게 뭐야. 장난치지 말고 빨리 무슨 일이 있었는지나 말해주지그래."

그는 평정심을 가장하려 애썼으나 말투에서부터 긴장한 티가 역력했다.

"직접 해보시면 알 거예요. 백날 돼지고기나 바쳐봤자 안 될 겁니다."

"그러면 이 시신들은 뭔가."

교장은 설명을 요구했지만 나는 대답하지 않았다. 그들에게 구질구질하게 한 바보의 슬픈 사연을 늘어놓고 싶지는 않다.

나는 일어서서 비틀비틀 걸어갔다. 더 이상 여기 있어도 할 말이 없었다. 사람들은 얼떨결에 길을 터주었다.

상훈은 돌아서서 걸어가는 내 어깨를 뒤에서 붙잡고 물었다.

"그러면 이준 선생은 어떻게 소원을 빈 거야. 설마 누구를 죽인 거야?"

"마음대로 생각하세요."

나는 신자들에게 그들의 창조주를 따르기 위해서라면 알아둬야 할 불편한 진실을 알려주었다. 그것을 따르느냐, 따르지 않느냐는 그들의 몫이었다. 신에게 기대기만 했었던 한사람 마을의 주민들이라면 아마 분명히 따를 것이다. 시체라면, 내가 했던 것처럼 만들어내면 그만이니까.

내 마음속에서는 화염이 일었다. 내 가족을 두 번이나 잃게 한 신이여. 이번에는 너의 신자들을 바쳐주마. 너의 집을 불태워주마. 그렇게 다짐하며 나는 뒤쫓아오는 사람들을 뒤로하고 교회를 나왔다.

***

노파는 가게의 문을 잠그고 창고 겸 안방으로 쓰는 방으로 들어갔다. 팔리지 않은 낡은 물건들이 가득해 비좁았지만 드러누워 잘 정도의 공간은 있었다. 그 정도만 있으면 생활하는 데 불편함은 없었다. 움직일 때마다 허리가 아팠지만 지금보다 안방이 더 넓어진다고 해도 크게 달라질 것 같지는 않았다.

마지막으로 손님이 온 것이 언제였는지 기억도 잘 나지 않았다. 한사람 마을로 간다고 했었던 청년. 지금은 어떻게 지내고 있을까. 잘 지내고 있을 것 같지는 않다. 그 마을에서 잘 지내는 사람은 이장이나 이장한테 굽실거리는 사람밖에 없으니까.

아들을 제물로 바친 이장과 그 아들. 뻔뻔스레 발뺌하던 얼굴만 생각하면 지금도 화가 나 정신이 까마득해졌다. 더 화가 나는 것은 답답한 남편이 이장님이 그럴 리가 없다며 오히려 역정을 내는 꼴을 보는 것이었다. 그는 아내를 도와주지는 못할망정 그녀 때문에 마을에서 쫓겨났다며 도리어 화를 냈다. 아무리 설명해도 남편은 귀를 닫은 것인지 들으려 하질 않았다. 결국 답답함에 그녀가 던진 접시가 깨짐과 동시에 그들의 결혼 생활도 끝이 났다.

습관적으로 텔레비전을 틀었다. 아무도 오지 않는 가게를 지키다 뒷방에서 텔레비전을 보는 것이 노파의 일과였다. 딱히 좋아하는 드라마나 프로그램이 있는 것은 아니었다. 그녀가 보는 채널은 뉴스 채널밖에 없었다. 신께서 손을 쓰시진 않았을까 하는 마음에 계속 챙겨보게 되었지만 지금까지는 그럴 기미조차 없었다.

뉴스에서는 앵커가 차분한 목소리로 소식들을 전하고 있었다. 노파는 무료한 표정으로 화면 너머의 앵커를 마주 보았다. 앵커는 어딘가의 공동묘지에서 주기적으로 시체를 빼돌리다 붙잡힌 일당의 사연을 늘어놓았다. 이 근처에 있는 곳이었다.

다음 소식은 한 시골 마을에서 일어난 참극이었다. 이상하게도 몇십 명이나 되는 시신들이 전부 교회에 모여 있었다며, 기자는 창백한 얼굴로 교회 입구에서 말했다. 그녀는 화면 밖으로도 전해질 만큼 긴장하고 있었다. 아마 이런 현장은 처음 겪어보는 것 같았다. 초짜 기자 너머의 풍경을 노파는 어디선가 본 것 같다는 생각에 얼굴을 텔레비전에 더 가까이 했다. 한참을 들여다보고 나서야 그것이 익숙한 교회라는 것을 깨달았다. 젊은 시절을 계속 함께했던, 그걸로 모자라 아들까지 데려갔던 교회였다. 예전의 교회는 크고 웅장했지만 지금은 불에 탄 것인지 허물어져 있었다.

뉴스는 다음 장면으로 넘어갔지만 노파의 정신은 한동안 무너진 교회에 가 있었다. 뉴스가 다 끝나고 광고가 나오고서야 비틀거리는 몸을 겨우 일으킬 수 있었다. 그녀는 계산대에서 지폐를 몇 장 꺼냈다. 때마침 택시가 멀리서 다가오고 있었다. 택시 기사는 한사람 마을이 어디인지 모르는 눈치였다. 위치를 자세히 말해주자 그제야 알아듣는 듯했다.

엉성한 표지판을 지나 마을의 입구에 도착하자 한기가 느껴졌다. 사람이 없어진 지 수십 년은 지난 폐가에서 나오는 한기와 비슷했다. 울타리는 정문이 채로 뜯겨 있었다. 택시 기사는 무언가 이상하다고 느꼈는지 노파가 내리자 재빨리 떠났다.

수십 년 전에 쫓겨난 뒤 처음으로 와보는 고향은 많이 달라져 있었다. 집들은 전부 창문이 깨져 있거나 불에 타 뼈대만 남았고,

무언가 부서진 잔해들이 바닥에 흩뿌려져 있었다. 노파는 고향에 좋은 감정이라고는 남아 있지 않아 안타깝진 않았다.

방범초소에서 조금 걸어가니 길거리에 화살표 같은 것이 분필로 그려져 있었다. 자세히 보니 화살표가 아니라 엎드린 사람 모양이었다. 경찰들이 현장에 그려두는 보존 선이 길을 안내하는 것처럼 일렬로 그려져 있었다. 간격은 일정하지 않았고 몇 개가 같이 그려진 것도 있었다.

노파는 무심코 그림을 따라갔다. 그림은 꿈에서라도 잊지 못할 곳, 교회의 입구에서 끊겨 있었다. 노파는 폴리스 라인 테이프를 뜯어내고 안으로 들어갔다.

교회의 내부는 엉망진창이었다. 의자들은 뒤집어져 있거나 부서져 있었다. 스테인드글라스로 된 창문들은 깨져 있었다. 의자나 바닥에는 바깥에서 봤던 사람 그림들이 군데군데 그려져 있었다. 노파는 정신이 아득해져 주저앉을 뻔했다.

엉망인 교회의 상태보다 더 충격인 것은 사방으로 흩뿌려진 핏자국이었다. 바닥에 무언가를 질질 끌고 간 것처럼 길게 이어진 핏자국이 여러 개 있었다. 핏자국들은 모두 한곳으로 향했다. 노파도 잘 아는 방이었다.

영광의 방은 문이 경첩에 매달린 채 흔들리고 있었다. 마치 이리 들어오라고 하는 것 같았다. 노파는 홀린 듯 방 안으로 들어갔다.

그녀는 마을에 살 때 한 번도 영광의 방에 들어갔던 적이 없었다. 지금은 어떨지 몰라도 한 달에 한 번이었던 추첨에서 걸리기란 하늘의 별 따기였다. 아들이 실종되었을 때에는 억지로라도 들어가려고 했었지만 이장 패거리들에 의해 강제로 마을에서 쫓겨났었다.

영광의 방에는 가운데에 드러누운 사람 모양이 그려진 커다란 제단이 있었다. 노파는 제단 위에 그려진 자그마한 체구를 보고 자신의 아들이 떠올랐다. 그림에 손을 대니 돌의 차가운 느낌이 손바닥으로 전해졌다. 아들도 이 차가운 돌에 올려진 채로 신에게 바쳐졌을 것이라 생각하니 숨을 제대로 쉴 수가 없었다.

노파는 제단에서 눈을 떼고 방을 둘러보았다. 구석에는 밖에서 본 사람 그림이 하나 그려져 있었다. 자세히 보기 위해 다가간 노파는 그 자리에서 다리에 힘이 풀려 주저앉았다. 멀리서 보았을 때는 하나뿐인 줄 알았지만, 사람 그림은 여러 개가 겹쳐 있었다. 어찌나 많은지 세어볼 엄두도 나지 않았다. 바닥뿐만 아니라 벽에도 그림들이 그려져 있었다. 아마도 이곳에 누군가 시체를 쌓아둔 것 같았다.

지나오면서 마을이 조용했던 것이 떠올랐다. 기자들과 경찰들이 다녀와서 조용한 것이 아니었다. 소리를 낼 사람들이 마을에 남아 있지 않은 것이다. 이 마을에는 노파를 제외하면 산 사람은 없었다.

노파의 머릿속에서 한 단어가 떠올랐다.

천벌.

한사람 마을이 받은 것은 그야말로 천벌이다. 아이를 데려가 제물로 바치는 족속들이니 당연히 신께서도 노하셨겠지. 조금 늦게 알아차리셨지만 그래도 상관없었다.

노파는 주저앉은 자세에서 고개를 숙이고 두 손을 모아 신에게 기도했다. 매일 밤 아들을 돌려달라고, 그것이 안 된다면 저들에게 천벌을 내려달라고 기도했는데, 마침내 소원이 이루어진 셈이다. 감사하다는 말이 나오지 않을 수 없었다.

노파는 킬킬거리며 마녀처럼 웃었다.

신이시여, 천벌을 내려주셔서 감사합니다.

비나이다 비나이다

초판 1쇄 인쇄 2024년 8월 13일
초판 1쇄 발행 2024년 8월 27일

지은이　신도윤

총괄　김명래
책임편집　김혜정
디자인　zincbook
책임마케팅　김서연, 김예진, 김소희, 김찬빈, 박상은, 이서윤, 최혜연, 노진현, 최지현

마케팅　유인철
경영지원　백선희, 권영환, 이기경
제작　제이오

펴낸이　서현동
펴낸곳　㈜오팬하우스
출판등록　2024년 5월 16일 제2024-000141호
주소　서울특별시 강남구 테헤란로 419, 11층 (삼성동, 강남파이낸스플라자)
이메일　info@ofh.co.kr

ⓒ신도윤 2024
ISBN 979-11-988393-5-0 (03810)

한끼는 ㈜오팬하우스의 출판브랜드입니다.